ullstein

FRANCESC MIRALLES, geboren 1968 in Barcelona, studierte Germanistik und arbeitete einige Jahre als Verleger, bevor er selbst zu schreiben begann. Neben Sachbüchern verfasste er sowohl Romane für Kinder und Jugendliche als auch für Erwachsene. 2009 erhielt er den renommierten Premio de Novela Ciudad de Torrevieja. Francesc Miralles lebt als Schriftsteller und Musiker in Barcelona.

FRANCESC MIRALLES

Samuel
und die Liebe zu den kleinen Dingen

Roman

Aus dem Spanischen
von Anja Lutter

Ullstein

Besuchen Sie uns im Internet:
www.ullstein.de

Wir verpflichten uns zu Nachhaltigkeit
- Klimaneutrales Produkt
- Papiere aus nachhaltiger Waldwirtschaft und anderen kontrollierten Quellen
- ullstein.de/nachhaltigkeit

MIX
Papier
FSC FSC® C083411

Neuausgabe im Ullstein Taschenbuch
1. Auflage Oktober 2022
2. Auflage 2022
© für die deutsche Ausgabe
Ullstein Buchverlage GmbH, Berlin 2008 / List Verlag
© 2006 Francesc Miralles
Die spanische Ausgabe erschien 2006 unter dem Titel
Amor en minúscula
bei Vergara, Barcelona.
Umschlaggestaltung: zero-media.net, München
Titelabbildung: © PS / Alamy Stock Vector
(Seamless vintage pattern)
Satz: Leingärtner, Nabburg
Gesetzt aus der Sabon und der Avant Garde
Druck und Bindearbeiten: CPI book GmbH, Leck
ISBN 978-3-548-06728-5

Enjoy the little things, for one day you may
look back and realize they were the big things.

Robert Brault

INHALT

Ein Nebelmeer

650 000 STUNDEN

Noch einen Augenblick, und wieder würde ein Jahr zu Ende gehen und ein neues beginnen. Letztlich haben wir doch willkürlich festgelegt, wann Jahre, Monate und Stunden anfangen. Erfindungen der Menschen, um Kalender zu verkaufen. Wir haben die Welt nach unseren Vorstellungen eingerichtet, weil es uns beruhigt. Vielleicht hat das Universum hinter dem offensichtlichen Chaos ja tatsächlich eine feste Ordnung. Ganz bestimmt aber nicht unsere.

Während ich einen Piccolo und einen Teller mit zwölf Weintrauben auf meinen großen Esstisch stellte, dachte ich über die Zeit nach. Ich hatte einmal gelesen, dass die Batterien eines Menschenlebens nach rund 650 000 Stunden leer sind.

Angesichts der Krankengeschichte des männlichen Teils meiner Familie würde mein persönliches Kontingent wohl kaum über 600 000 Stunden liegen. Mit meinen siebenunddreißig Jahren befand ich mich vermutlich ziemlich genau auf halber Strecke.

Bis zu diesem 31. Dezember, kurz vor Mitternacht, war mein Leben nicht gerade besonders abenteuerlich gewesen.

Außer einer Schwester, die ich fast nie sah, hatte ich keine Verwandten, und mein Leben spielte sich zwischen dem Institut für Germanistik, wo ich als Dozent arbeitete, und meiner Wohnung ab.

Mit Ausnahme der Studenten in meinen Literaturseminaren hatte ich kaum soziale Kontakte. Meine Freizeit verbrachte ich, abgesehen von den Unterrichtsvorbereitungen und dem Korrigieren von Klausuren, mit den typischen Beschäftigungen eines Junggesellen, der zu viel Zeit hat: Bücher wieder und wieder lesen, klassische Musik, die Nachrichten … Das Aufregendste in dieser Routine waren meine gelegentlichen Fahrten zum Supermarkt.

An Feiertagen gönnte ich mir hin und wieder einen Kinobesuch. Meistens einen ausländischen Film in Originalfassung. Immer die vorletzte Vorstellung. Ich verließ das Kino stets so einsam, wie ich es betreten hatte, doch die Erinnerung an den Film lenkte mich für den Rest des Abends hinreichend ab. Zu Hause studierte ich dann das Infoblatt zum Film: die technischen Daten, die Lobreden der Kritiker (die schlechten Kritiken werden ja nie abgedruckt) und das eine oder andere Interview mit Regisseuren oder Schauspielern. Die Lektüre änderte jedoch nie etwas an meiner Meinung über den jeweiligen Film. Schließlich schaltete ich das Licht aus, um zu schlafen.

Wie jedes Mal überkam mich in diesem Augenblick ein seltsames Gefühl. Ich dachte daran, dass ich keinerlei Gewissheit hatte, am nächsten Tag wieder aufzuwachen. Das Gefühl verschlimmerte sich, wenn ich damit begann zu berechnen, wie viele Tage oder gar Wochen vergehen würden, bis jemand bemerkte, dass ich tot war.

Dieser Gedanke ließ mich nicht mehr los, seit ich in der Zeitung gelesen hatte, dass ein Japaner drei Jahre tot in seiner Wohnung gelegen hatte, bis man ihn fand. Offenbar hatte ihn niemand vermisst.

Aber zurück zu der besagten Silvesternacht. Während ich an meine verlorenen Stunden dachte, betrachtete ich das Tellerchen mit den zwölf Trauben und die kleine Sektflasche. Ich habe mir nie viel aus Alkohol gemacht.

Als ich den Piccolo öffnete, waren es noch sechs Minuten bis zum Glockenschlag – ich wollte nicht riskieren, dass mich das neue Jahr unvorbereitet traf. Dann schaltete ich den Fernseher ein und zappte mich durch die Programme bis zu einer Sendung, die die Feier zum Jahreswechsel an der Puerta del Sol in Madrid übertrug. Hinter den beiden Moderatoren – strahlend und schön – zappelte eine enthusiastische Menge und ließ die Sektkorken knallen. Es wurden die traditionellen Gesänge angestimmt und einige Leute rissen die Arme hoch und sprangen in die Luft, um ins Bild zu kommen.

Wie seltsam einem die Vergnügungen der anderen vorkommen, wenn man allein ist.

Um Mitternacht steckte ich mir vorschriftsmäßig mit jedem Glockenschlag eine Weintraube in den Mund. Während ich die Reste mit einem Schluck Sekt hinunterspülte, kam ich mir ziemlich albern vor, weil ich einer dummen Tradition auf den Leim gegangen war.

Derart ertappt, beschloss ich, dem Jahreswechsel nicht noch mehr Zeit zu widmen, wischte mir mit einer Serviette den Mund ab und schaltete den Fernseher aus.

Während ich meinen Pyjama anzog, drangen von der Straße her das Krachen der Raketen und johlendes Gelächter in meine Wohnung herauf. Wie kindisch, dachte ich bei mir, als ich mich ins Bett legte wie an jedem anderen Abend auch.

In dieser Nacht konnte ich nicht einschlafen. Allerdings nicht wegen des Trubels auf der Straße – der sich kaum ausblenden lässt, wenn man mitten in Gràcia wohnt. Ich schlafe immer mit Schlafmaske und Ohrstöpseln.

Nein – zum ersten Mal fühlte ich mich wirklich einsam und verlassen an einem Feiertag, und ich wollte nur, dass diese ganze Farce so schnell wie möglich vorüber ging. Ich hatte fünf ruhige Tage vor mir. Dann am Dreikönigstag das Essen mit meiner Schwester und ihrem Mann, der unter Depressionen leidet, seit ich ihn kenne. Kinder haben sie keine.

Das wird bitter, dachte ich. Ein Glück, dass am nächsten Tag das normale Leben wieder beginnt.

Getröstet durch diesen Gedanken merkte ich, wie mich langsam der Schlaf übermannte. Ob ich wohl morgen aufwachen würde? Wieder ein neues Jahr. Und wieder wird es nichts Neues bringen, war mein letzter Gedanke.

Wie hätte ich ahnen können, dass ich mich ganz unglaublich geirrt hatte.

Ein Teller Milch

Ich war früh aufgestanden und hatte das Gefühl, außer mir läge die ganze Stadt im Tiefschlaf. Es war so still, dass ich mir beinahe wie ein Verbrecher vorkam, als ich in meiner Küche saß und mir im Schlafanzug ein paar Scheiben Toast schmierte, anstatt wie der Großteil der Menschheit meinen Rausch auszuschlafen.

Von der kleinen Überraschung, die das neue Jahr für mich bereithielt, ahnte ich da noch nichts. Eine kleine Überraschung mit großer Auswirkung, wie der Flügelschlag eines Schmetterlings, der auf der anderen Seite des Erdballs einen Orkan auslöst. Ein Sturm war im Anzug, der die grauen Wände, zwischen denen sich mein Leben bis dahin abgespielt hatte, einreißen sollte.

Ich setzte Kaffee auf, zog mich an und begann den Tag zu planen. Ich fühle mich verloren, wenn ich meinen Tag nicht organisiere, selbst an einem Feiertag.

Es gab nicht allzu viele Möglichkeiten. Ich konnte die Arbeiten der Nachzügler korrigieren, die erst kurz vor Weihnachten abgegeben hatten statt am ersten Dezember, wie ich es eigentlich verlangt hatte. Ich verwarf diese Option jedoch sogleich wieder.

Vielleicht würde ich mir eine Weile das Neujahrskonzert der Wiener Philharmoniker anschauen, obwohl Walzer nicht mein Fall sind. Doch bis dahin waren ohnehin noch ein paar Stunden Zeit.

Im Bad wusch ich mir mit reichlich Wasser das Gesicht und griff dann zum Kamm. Das Erste, was er zu fassen bekam, war ein neues graues Haar, das mit nächtlicher Hinterlist gesprossen sein musste, denn ich war mir sicher, dass es am Vortag noch nicht da gewesen war.

Okay, graue Haare sind zwar ein Zeichen von Weisheit, sagte ich mir, als ich eine Pinzette nahm und es ausriss. Aber es muss ja nicht jeder wissen, wie weise ich bin.

Graue Haare deprimieren mich noch mehr als Haarausfall. Wenn ein Haar ausfällt, besteht immerhin noch die Möglichkeit, dass es wieder nachwächst, womöglich sogar kräftiger als vorher. Aber bei einem grauen Haar gibt es keine Hoffnung, dass es wieder schwarz wird, wenigstens nicht auf natürlichem Wege. Im Gegenteil. Wahrscheinlich wird es recht bald sogar weiß.

Von diesen düsteren Gedanken beherrscht, trottete ich durch die Wohnung. Als ich am Telefon vorbeikam, warf ich ihm einen traurigen Blick zu. Es hatte nicht geklingelt in der Silvesternacht, ebenso wenig wie am Heiligabend oder dem ersten Weihnachtstag. Und nichts deutete darauf hin, dass es am Neujahrstag anders sein würde.

Andererseits – ich hatte ja auch niemanden angerufen.

Nachdem ich es mir in einem Sessel bequem gemacht hatte, griff ich nach einem Buch, das ich mir kürzlich im Internet bestellt hatte. Es heißt *They have a word for it –*

ein kurioses Wörterbuch mit Wörtern, die nur in einer einzigen Sprache existieren.

Einen Namen für etwas zu finden ist laut dem Herausgeber Howard Rheingold eine Methode, die Existenz eines Dings oder Zustands nachzuweisen. Wir denken und verhalten uns in einer bestimmten Weise, weil wir die entsprechenden Begriffe dafür kennen. So gesehen werden unsere Gedanken von unserer Sprache geleitet.

Einige Beispiele für solche einzigartigen Begriffe, die ich besonders schön finde, sind:

Baraka: arabisch für eine spirituelle Energie, die für weltliche Zwecke eingesetzt werden kann.

Won: koreanisch für den Widerstand gegen das Loslösen von einer Illusion.

Rasbljuto: russisch für das Gefühl, das man für jemanden empfindet, den man einmal geliebt habt, aber nicht mehr liebt.

Mokita: kiriwinisch für die Wahrheit, die jeder kennt, aber keiner ausspricht.

Aus dem Spanischen hatte der Herausgeber Begriffe wie *ocurrencia* – der Gedanke, der jemandem plötzlich in den Sinn kommt – ausgewählt, von denen ich niemals vermutet hätte, dass sie unübersetzbar sind.

Zahlreiche Einträge gab es aus dem Deutschen, da die Wortbildungsmöglichkeiten hier – unter Einhaltung bestimmter Regeln – quasi unbegrenzt sind. Unter anderem *Torschlusspanik*, die »beklemmende Angst, die ledige Frauen beim Wettlauf mit der biologischen Uhr verspüren«.

Nach allem, was ich gelesen hatte, schien mir das Japanische die Sprache mit den subtilsten Nuancen zu sein, denn dort gab es Wörter wie:

Ah-un: stillschweigende Verständigung zwischen zwei Freunden.

Oder mein Favorit:

Mono no aware: die Traurigkeit der Dinge.

Während ich diesen Eintrag wieder und wieder studierte, wurde mir bewusst, dass mich seit einigen Minuten ein penetrantes Geräusch beim Lesen störte. Ein langsames und regelmäßiges Schaben, wie von einem Insekt, das sich seinen Weg durchs Holz gräbt.

Ich schaltete das Radio aus, um zu horchen, woher dieser lästige Laut kam. Genau in dem Augenblick verstummte er jedoch, als hätte sich sein Verursacher ertappt gefühlt.

Ich kehrte also zu meinem Sessel und meiner Lektüre zurück. Aber kaum hatte ich das Buch wieder zur Hand genommen, setzte das Geräusch wieder ein, nun noch erheblich lauter.

Das kann doch kein Insekt sein, dachte ich. Zumindest keins von normaler Größe.

Das Schaben schien von der Tür her zu kommen. Leicht beunruhigt stand ich auf. Welcher Irre würde sich hinter eine Tür setzen, um daran herumzukratzen? Die Sprache der Bantu kennt das Wort *palatyj*, »ein mythisches Monster, das an Türen kratzt«.

Ob Mensch oder Monster, wer auch immer die Absicht hatte, mir Angst zu machen, war auf dem besten Weg, das zu schaffen. Jedenfalls hatte derjenige meine Schritte gehört, denn als ich an die Tür trat, wurde das Schaben noch wilder und lauter. Ich fasste mir ein Herz und riss mit einem Ruck die Tür auf, um mein Gegenüber zu erschrecken.

Doch da war niemand. Genauer gesagt, niemand auf meiner Augenhöhe. Denn während ich verblüfft auf den leeren Treppenabsatz starrte, spürte ich, wie sich etwas Weiches an meinen Beinen vorbeischlängelte.

Instinktiv machte ich einen Satz nach hinten und schaute an mir herunter, um einen Blick auf den Eindringling zu werfen. Es war eine Katze, die mich mit einem fröhlichen Maunzen begrüßte. Jung, aber auch nicht mehr ganz klein, mit getigertem Fell, wie Millionen von anderen streunenden Katzen eben.

Wahrscheinlich hatte sie ein feindseligeres Auftreten von mir erwartet, denn jetzt rieb sie sich noch heftiger an meinen Beinen und streifte um mich herum.

»Ist gut jetzt«, sagte ich zu ihr, und schob sie sanft mit dem Fuß auf den Treppenabsatz zurück.

Schneller als ich gucken konnte, war das Tier jedoch wieder in die Wohnung geschlüpft und blickte mich fragend an. Ich schob die Abneigung, die mir Katzen schon immer verursacht hatten, beiseite, packte sie am Nackenfell und hob sie hoch. Ich vermutete, sie würde sich wehren und kratzen, aber sie beschränkte sich auf ein spitzes Miauen.

»Und jetzt zieh Leine«, befahl ich und beförderte sie mit Schwung in den Hausflur.

Kaum hatte sie den Boden berührt, schoss die Katze los und saß, ehe ich die Tür schließen konnte, wieder in meinem Flur. Ich war kurz davor, die Beherrschung zu verlieren.

Einen Augenblick lang dachte ich daran, mit dem Besen auf sie loszugehen, wie es mein Vater in solchen Fällen getan hätte. Vielleicht war es das Bedürfnis, mich ihm, der längst unter der Erde lag, noch einmal zu widersetzen, oder es war ein Rest Weihnachtsstimmung, jedenfalls gab ich die Jagd zunächst auf und ging stattdessen ein Tellerchen Milch holen, damit das Tier mich endlich in Ruhe ließ.

Zunächst dachte ich, die Katze würde mir bis in die Küche folgen, aber sie zog es vor, mir vom Flur aus erwartungsvoll hinterherzuschauen.

Ich goss einen Schluck Milch in eine Untertasse und ging vorsichtig, um nichts zu verschütten, in den Flur zurück. Doch als ich dort ankam, war die Katze verschwunden.

Die Tür zum Treppenhaus stand noch einen Spalt offen, und so nahm ich an, sie hätte meine Wohnung wieder verlassen. Ich verfluchte die Katze, weil ich die Milch umsonst geholt hatte, stellte dann die Untertasse auf den Boden und steckte den Kopf durch die Tür, um nachzusehen, ob sie vielleicht noch im Treppenhaus saß. Aber keine Spur von ihr.

Wahrscheinlich klappert sie die anderen Wohnungen ab, dachte ich bei mir.

Als rationaler und pragmatischer Mensch hasse ich es, wenn etwas grundlos passiert. Ich hatte die Milch geholt, und nun sollte die Katze sie verdammt noch mal auch trinken. Ich begann sie zu rufen, mit diesem zischenden Laut, mit dem man Katzen lockt. Jedoch ohne Erfolg.

Dann hatte ich das Theater satt, ließ den Teller draußen stehen und schloss die Tür.

In wenigen Minuten würde das Neujahrskonzert beginnen.

Die Leiden des jungen Werther

Der Nachmittag verging ohne nennenswerte Ereignisse. Ich stöberte noch ein wenig in dem Wörterbuch der ungewöhnlichen Wörter. Dann sah ich mir ein Weilchen das Konzert an, aber diese ganze Postkartenszenerie – Paare Hand in Hand am verschneiten Fenster – ging mir auf die Nerven und ich schaltete den Fernseher aus.

Mein Gewissen sagte mir, ich sollte ein bisschen arbeiten, um nicht das Gefühl zu haben, ich hätte den Tag vertrödelt. Also raffte ich mich auf und machte mich daran, ein paar Arbeiten zu korrigieren.

Es war eine eher leichte Übung gewesen: »Fassen Sie auf zwei Seiten Goethes Roman *Die Leiden des jungen Werther* zusammen.« Dieser Titel hat erstaunlich viele unterschiedliche Übersetzungen ins Spanische erfahren, etwa *Die Sorgen des jungen Werther, Die Leidenschaft des jungen Werther*, auch *Die Qualen, Die Pein* oder *Die Kümmernisse des jungen Werther*.

Die Handlung dieses Briefromans ist weithin bekannt: Der junge Werther lässt sich in dem idyllischen Dörfchen Wahlheim nieder, um sich ganz der Malerei und seinen Büchern zu widmen. Doch auf einem Tanzvergnügen lernt er Charlotte – für ihre Freunde Lotte – kennen, in die er sich unsterblich verliebt. Obwohl das Mädchen einem anderen versprochen ist, macht Werther ihr den Hof, in der Hoffnung, sie werde seine Gefühle erwidern. Er steigert sich immer heftiger in seine Leidenschaft hinein, wie es häufig geschieht, wenn eine Liebe nicht erhört wird. Auf Rat seines Freundes Wilhelm verlässt Werther das Dorf und nimmt eine Stellung als Sekretär bei einem Gesandten an. Doch er erträgt das mondäne Leben nicht und kehrt nach Wahlheim zurück, wo er sich angesichts der Unmöglichkeit, die inzwischen verheiratete Lotte zu lieben, erschießt.

Derart verkürzt, erscheint die Geschichte ziemlich dick aufgetragen und beinahe kitschig, doch bei Goethe wirkt sie ganz existenziell, so als sei Werthers maßlose Verliebtheit nur ein Vorwand für seinen Selbstmord, da er in Wirklichkeit seines Lebens überdrüssig ist.

Zumindest sehe ich das so, meine Studenten sind ganz anderer Meinung. Nach mehr als zwei Jahrhunderten sind junge Menschen von diesem Werk immer noch uneingeschränkt begeistert. Vielleicht weil man in ihrem Alter die Liebe noch idealisieren kann.

Die Studenten lieben es, wenn ich ihnen von dem Aufsehen erzähle, das dieser Roman zu seiner Zeit erregt hat. In weniger als zwei Jahren wurde er in zwölf Sprachen übersetzt – sogar ins Chinesische –, was für die damalige Zeit ungewöhnlich war. Er begründete einen Lebensstil, der auf der ganzen Welt seine Anhänger fand: Tausende von Romantikern kleideten sich nach dem Vorbild des Protagonisten in blaue Fracks und gelbe Westen, vergossen bächeweise Tränen und schrieben ihren Geliebten verzweifelte Briefe. Selbst Napoleon behauptete, das Buch auf allen Schlachtfeldern bei sich getragen und sieben Mal gelesen zu haben.

Ihrem Helden nacheifernd brachten sich Hunderte von jungen Leuten um, in einigen Städten, etwa in Leipzig, wurde der Roman deshalb sogar verboten.

Werther ist zu großen Teilen für den Begriff der romantischen Liebe verantwortlich, wie wir ihn heute noch verstehen. Es ist ein großartiges Werk, auch wenn mich einige Anwandlungen des Protagonisten zum Lachen reizen. Ich für meinen Teil habe den Verdacht, dass Goethe selbst mehr als einmal laut herausgeplatzt ist, während er an dem Roman arbeitete.

Der Überfall

An meinem Küchenfenster hatten sich von der winterlichen Kälte Eisblumen gebildet. Der Tag neigte sich dem Ende entgegen, und ich machte mir in aller Stille mein Abendessen. Ich habe die letzten Stunden des Tages nie gemocht. Das ist der Moment, in dem die Einsamkeit einem am meisten zu schaffen macht.

Während ich in einer kleinen Pfanne eine Tortilla zubereitete, fragte ich mich, warum es mit keinem der Mädchen, mit denen ich zusammen gewesen war, geklappt hatte. Meine letzte Beziehung war schon viele Jahre her. Sie war blond und ziemlich lustig gewesen. Ihr einziger Fehler war, dass sie schon einen Freund hatte, was ich allerdings erst nach einigen Monaten erfuhr. Ihr Bruder hatte sich meiner schließlich erbarmt und mir nahegelegt, die Sache zu beenden.

»Sie liebt keinen von euch beiden«, hatte er gesagt. »Wenn sie ihren Freund lieben würde, wäre sie nicht mit dir zusammen. Und wenn sie dich lieben würde, würde sie ihren Freund verlassen.«

Eine einfache Gleichung, die mich wieder auf den Pfad der Einsamkeit verschlug.

Werther hatte wenigstens Wilhelm, seinen treuen Freund, gehabt, dem er sein Leid klagen konnte. Ich hatte niemanden.

Wahrscheinlich habe ich aus Angst vor weiteren Enttäuschungen aufgehört, soziale Kontakte zu pflegen. Ich hatte genug davon, von vermeintlichen Freunden hängen gelassen zu werden, sobald man sie brauchte. Zudem ist es auch nicht leicht, Menschen zu finden, mit denen man sich auch nur halbwegs interessant unterhalten kann.

Also grolle ich der Welt und ihrer Dummheit.

Im Radio wurde eine Jazz-Jamsession aus Tokio übertragen. Genau in dem Moment, als ich die Tortilla erfolgreich wendete, fing das Publikum an zu applaudieren. Ich verbeugte mich mehrfach in der leeren Küche und widmete mich wieder meinem Essen.

Um elf war ich bereits im Bett, ich hatte das Licht gelöscht und hörte im Dunkeln weiter das Konzert aus Tokio.

Während ich an die Decke starrte und der virtuos gespielten Musik lauschte, tauchte vor meinem inneren Auge immer wieder der mausetote Japaner auf.

Vielleicht war es ihm mitten in der Nacht plötzlich schlecht gegangen, und er hatte niemanden um Hilfe bitten können, ging es mir durch den Kopf. Wahrscheinlich leben verheiratete Menschen deshalb länger als ledige. Wenn ich jetzt zum Beispiel ohnmächtig zusammenbrechen würde …

Gerade als ich das dachte, verspürte ich einen heftigen Stoß vor die Brust, der mir den Atem nahm. Ich tastete mit der Hand nach dem Telefon und fühlte, wie mir kalter Schweiß auf die Stirn trat. Der Hörer fiel zu Boden.

Am ganzen Körper zitternd gelang es mir, die Nachttischlampe anzuknipsen. Da sah ich sie.

Die Katze. Sie starrte mich aus ihren runden grünen Augen an.

Das Tier hatte sich offenbar in der Wohnung versteckt. Und nun saß sie auf meiner Brust und beobachtete mich neugierig.

»Verdammtes Viech!«, schrie ich, während ich mich mit einem heftigen Ruck aufsetzte. Fluchtartig stürzte die Katze ins Wohnzimmer. »Du hast mich zu Tode erschreckt!«, brüllte ich ihr nach.

Nachdem ich mich von dem Schrecken erholt hatte, sprang ich aus dem Bett, holte einen Küchenbesen und rannte der Katze hinterher, entschlossen, den Eindringling hochkant hinauszuwerfen.

Von der Katze keine Spur.

Ich lehnte den Besen an die Wand und inspizierte alle Zimmerecken – ohne Ergebnis. Dann nahm ich mir das Schlafzimmer vor, doch sie war weder unter der Decke noch unterm Bett und auch nicht im Kleiderschrank, dessen Türen nur angelehnt waren.

Meine zweite Razzia im Wohnzimmer verlief ebenso erfolglos wie die erste, die Katze schien wie vom Erdboden verschluckt. Leicht würde sie es mir nicht machen.

Ein plötzliches Gefühl der Erschöpfung kam über mich. Mehrere Stiche im Rücken bedeuteten mir, lieber wieder ins Bett zu gehen, anstatt weiter auf dem Boden herumzukriechen.

»Die Schlacht habe ich vielleicht verloren, aber nicht den Krieg«, sagte ich, betont laut, auf dem Weg ins Schlafzimmer. »Morgen kriege ich dich, und wenn ich die ganze Wohnung auf den Kopf stellen muss. Mach dich auf was gefasst.«

Ich legte mich ins Bett und sank augenblicklich in tiefen Schlaf, sodass ich sogar vergaß, das Radio auszuschalten.

Erste Siege

Am nächsten Morgen erwachte ich von einem leicht vibrierenden Druck auf der Brust. Ich brauchte nicht die Augen aufzuschlagen, um zu wissen, dass es sich nicht um die Vorboten eines Herzinfarkts handelte.

Seufzend schaute ich an mir herunter und stellte fest, dass die Katze seelenruhig zusammengerollt auf meiner Brust schlief.

»Du bist ziemlich hartnäckig, was?«, sagte ich zu ihr, während ich überlegte, ob ich ihr direkt an Ort und Stelle den Hals umdrehen sollte.

Doch stattdessen strich ich ihr mit der Hand über das kurze, weiche Fell. Die Katze schnurrte und blinzelte verschlafen. Schließlich richtete sie sich auf, wölbte den Rücken zum Buckel und streckte gleichzeitig die Vorderpfoten nach vorne, ehe sie sich wieder auf meinen Bauch setzte. Sie schnurrte und mir schien, als lächelte sie.

Können Katzen lächeln?

Nach dem Frühstück beschloss ich, der kleine Eindringling könne bleiben, bis das Tierheim wieder öffnete. Ich hatte die Nummer im Telefonbuch gefunden, doch eine blecherne Tonbandstimme hatte mir mitgeteilt, das Heim sei bis zum siebten Januar geschlossen.

Mir kam die Idee, eine Annonce in einem der kostenlosen Anzeigenblättchen aufzugeben. Vielleicht wollte ja jemand das Tier haben. Nur als Alternative, für den Fall, dass sie beim Tierheim Schwierigkeiten machen, dachte ich und suchte sogleich nach der Nummer der Anzeigenannahme.

Mein Anruf wurde von einem Mitarbeiter mit affektierter Stimme entgegengenommen. Ich nannte die Rubrik, in der ich annoncieren wollte, und diktierte:

»Junge Katze zu verschenken, so gut wie neu. Exzellenter Zustand. Bitte abends anrufen.«

Eine Prise Humor könnte vielleicht hilfreich sein, um die Katze an den Mann zu bringen, hätte ich gedacht. Offenbar war der Mitarbeiter nicht dieser Meinung.

»Ist das alles?«, fragte er, nachdem er meine Nummer notiert hatte.

»Ich denke schon.«

»So kann ich die Anzeige nicht annehmen. Was ist mit den Impfungen?«

»Wie bitte?« Ich hatte keine Ahnung, was er meinte.

»In dieser Rubrik werden nur Tiere angenommen, die vorschriftsmäßig geimpft sind. So kann die Zeitschrift nicht haftbar gemacht werden, falls es zu Ansteckungen kommt. Sie müssen das also schon ganz genau angeben.«

Fast hätte ich zugegeben, dass ich keine Ahnung hatte, ob die Katze geimpft war oder nicht, doch ich biss mir auf die Zunge, schließlich wollte ich das Erscheinen der Anzeige nicht verzögern.

»Sie ist geimpft«, log ich. »Schreiben Sie das dazu.«

»In Ordnung.«

Die Anzeige würde in der Ausgabe vom 8. Januar erscheinen, also beschloss ich, die Fahrt zum Tierheim bis zum 15. aufzuschieben. Ich wollte erst abwarten, ob sich eine gute Seele des kleinen Tigers erbarmte. Trotzdem würde ich die Sache mit der Impfung regeln müssen. Bestimmt würde der Interessent eine Bescheinigung von mir verlangen.

Während ich darüber nachsann, was als Nächstes zu tun war, ließ mich die Katze, die es sich auf dem Sofa bequem gemacht hatte, nicht aus den Augen. Ohne ihre Lauerstellung zu verlassen verfolgte sie jeden meiner Schritte durch das Wohnzimmer und schlug ab und an ungeduldig mit dem Schwanz.

Da ich lästige Dinge gerne so schnell wie möglich erledige, griff ich erneut zum Telefonbuch und suchte einen Tierarzt in der Nähe heraus, um einen Termin zu vereinbaren.

Eine etwas trockene weibliche Stimme begrüßte mich am anderen Ende der Leitung.

»Um was für ein Tier geht es?«

»Eine Katze. Sie braucht eine Impfbescheinigung.«

»Name?«

»Samuel de Juan.«

»Und die Katze?«

Diese Frage traf mich unvorbereitet. Müssen Tiere einen Namen haben?, schoss es mir durch den Kopf. Mein Blick fiel auf mein Bücherregal, und der erste Titel, der mir ins Auge sprang, war *Der Seemann, der die See verriet*. Kurz entschlossen nannte ich einfach den Namen des Autors:

»Mishima.«

Die Katze antwortete mit einem lauten Maunzen, als

sei sie einverstanden mit dem Namen eines japanischen Schriftstellers, der sein Leben durch Harakiri beendet hatte.

»Wie bitte?«

Während ich den Namen buchstabierte, fiel mir ein, dass ich ein logistisches Problem hatte. Wie sollte ich die Katze zum Tierarzt befördern? Sie würde mir glatt durch die Hände flutschen, und ich war nicht in der Stimmung, ihr auf der Straße hinterherzulaufen.

»Sie brauchen eine Petbox«, teilte mir die unterkühlte Telefonstimme mit.

»Eine Petbox? Was zum Teufel ist das denn?«

Mishima – für Freunde Mishi – schien die Situation zu amüsieren. Die Anzahl der Schwanzschläge pro Minute hatte sich merklich erhöht.

Die Dame erklärte mir, eine derartige Box sei für den Transport von Tieren gedacht. Sie schlug mir vor, zuerst allein zur Tierarztpraxis zu kommen, dort eine Box zu kaufen und anschließend die Katze darin zu bringen.

»Das ist mir zu viel Hin und Her«, erwiderte ich etwas angesäuert. »Ich kann wegen einer Katze nicht den ganzen Tag vertrödeln. Gibt es keine andere Möglichkeit?«

»Wir machen auch Hausbesuche, aber das ist wesentlich teurer.«

»Das ist mir egal. Hauptsache, wir können das alles so schnell wie möglich erledigen.«

»Dann werde ich selber kommen müssen«, seufzte sie in leicht genervtem Ton. »Passt es Ihnen heute am frühen Nachmittag?«

Ich bejahte und nutzte die Gelegenheit, gleich alles

Nötige bei ihr zu bestellen: Fressnäpfe, Futter, Katzenstreu … und eine Petbox.

Um halb drei klingelte es an der Tür. Da ich nie Besuch bekomme, konnte es nur die Dame mit der unterkühlten Stimme sein. Als ich öffnete, war ich angenehm überrascht: Die Tierärztin war eine attraktive Frau um die dreißig, ihr freundliches Gesicht wurde umrahmt von kurzem, fransigem Haar, auf ihrer Nase saß eine markante Brille. Ihre Miene – ernst, aber nicht verkrampft – schien zu sagen: »Lassen Sie uns keine Zeit verschwenden und gleich zum Wesentlichen kommen.«

Genau der Typ Frau, der mir gefallen könnte, schoss es mir durch den Kopf. Ich malte mir aus, wie ich mit ihr in einem der Cafés in der Carrer Petritxol bei einer Tasse heißer Schokolade und Churros sitzen und mich unterhalten würde.

Ihre barsche Stimme schreckte mich aus meinen Tagträumen.

»Können wir jetzt bitte anfangen«, sagte sie ungeduldig. »Ich habe viel zu tun heute.«

»Natürlich.«

Ich nahm ihr die beiden großen Tüten ab und bat sie, mir ins Wohnzimmer zu folgen, wo Mishima den ganzen Tag gesessen hatte. Doch als wir ankamen, war das Sofa leer.

»Wo ist denn nun Ihre Katze?«, fragte sie, während sie ihr kleines Köfferchen auf den Tisch stellte und es öffnete.

Ich lief ins Schlafzimmer, vielleicht hatte sich Mishima ja wieder ins Bett verkrochen. Dort war sie nicht. Dann sah ich in der Küche nach, wo ihre Milch stand, aber auch da keine Spur von der Katze. Als ich ins Wohnzimmer zurückkam, klappte die Tierärztin ihren Koffer bereits wieder zu und war im Begriff zu gehen.

»Haben Sie doch einen Moment Geduld«, bat ich. »Sie wird sicher gleich auftauchen.«

»Das glaube ich kaum. Alle Katzen verstecken sich, wenn sie das Gefühl haben, jemand will ihnen etwas tun. Wussten Sie das nicht? Sie hätten sie irgendwo einsperren sollen.«

»Ehrlich gesagt habe ich keine Ahnung von Katzen. Möchten Sie einen Kaffee? Ich würde Sie gerne ein paar Dinge fragen.«

»Tut mir leid, ich habe um drei den nächsten Termin«, erwiderte sie scharf. »Außerdem bin ich gekommen, um mich um die Katze zu kümmern und nicht um Sie.«

Das saß. Verlegen riss ich ihr die Rechnung aus der Hand, zahlte brav den Gesamtbetrag – Hausbesuch inklusive – und gab ein großzügiges Trinkgeld, weil sie nicht herausgeben konnte.

Als ich sie zur Tür begleitete, sagte sie: »Wenn Sie sie finden, sperren Sie sie in die Box und bringen sie in die Praxis. Sie brauchen keinen Termin zu vereinbaren.«

Ich nickte stumm. Bevor sie in den Hausflur trat, zeigte sie auf eine klebrige Masse am Rand des Fußabtreters, die ich gar nicht bemerkt hatte.

»Und geben Sie ihr keine Milch mehr«, sagte sie zum Schluss noch. »Das bekommt den Tieren nicht, davon erbrechen sie.«

Dieser letzte Ratschlag versöhnte mich, und bevor ich die Tür schloss, bedankte ich mich bei ihr.

Kaum zwei Minuten später tauchte Mishima wieder im Wohnzimmer auf und begrüßte mich mit einem fröhlichen Maunzen, als wäre nichts gewesen.

»Das hast du wirklich toll gemacht«, schimpfte ich. »Du bist unverbesserlich, weißt du das?«

DER ALTE REDAKTEUR

Es war der dritte Tag des Jahres. Ich erwachte mit einem fiebrigen Gefühl und starken Gliederschmerzen. Offenbar war eine Grippe dabei, meine letzten Abwehrkräfte zu bezwingen und mich außer Gefecht zu setzen.

Mishima sprang zusammen mit mir aus dem Bett, und wir frühstückten, jeder von seinem Teller, wie zwei alte Junggesellen. Eine Ausnahmesituation, die nicht länger als bis zum 15. Januar dauern sollte.

Als ich vom Küchentisch aufstand, wurde mir schwindlig. Ich warf einen Blick in die Schublade, in der ich meine Medikamente aufbewahre, fand jedoch lediglich eine leere Packung Schmerztabletten.

»Ich sollte runter zur Apotheke gehen, bevor es schlimmer wird.«

Ein alleinstehender Mann muss doppelt so vorausschauend handeln wie einer, der jemanden an seiner Seite hat, denn er kann sich nur auf die eigene Vorsicht verlassen, um zu überleben.

Im Glauben, ich würde in wenigen Minuten zurück in der Wohnung sein, zog ich mir nur schnell einen Mantel über den Schlafanzug. Als ich aufbrach, funkte mir Mishima erneut dazwischen. Ich war bereits im Treppenhaus und wollte die Tür schließen, als sie durch den Spalt geschossen kam und die Treppe hochjagte.

»Du verdammtes Mistviech!«, rief ich, und meine Stimme hallte im ganzen Treppenhaus wider.

Es war offensichtlich, dass diese Katze nicht unbedingt in mein Leben getreten war, um es mir leichter zu machen. Wutschnaubend kehrte ich in die Wohnung zurück, schnappte mir die Petbox und stapfte damit die Treppe hoch, fest entschlossen, das Biest einzufangen und es notfalls bis zum 15. Januar darin schmoren zu lassen.

Da ich in der zweitletzten Etage wohnte, rechnete ich mir gute Chancen aus, sie in die Enge treiben zu können. Doch langsam dämmerte es mir, dass eine Katze niemals das tut, was man von ihr erwartet.

Als ich oben ankam, saß sie ganz friedlich auf dem Fußabtreter. Sie kratzte geduldig mit der Pfote an der Tür, wie sie es drei Tage zuvor bei mir getan hatte.

Mit einem Mal sah ich mich gerettet. Bestimmt gehörte die Katze dem alten Mann in der Wohnung über mir, der immer so mürrisch wirkte. Er war kahl wie eine Billardkugel und sein Alter schwer zu schätzen; nach den Furchen auf Stirn und Hals zu urteilen, musste er die siebzig überschritten haben. Er hatte schon hier gewohnt, als ich vor sechs Jahren eingezogen war, und seitdem waren wir uns nur einige wenige Male im Treppenhaus begegnet.

Ich klingelte, der Summer ertönte, und die Tür öffnete sich. Ich stieß sie auf, und die Katze schlüpfte sofort hinein. Meine Vermutung war also richtig gewesen.

Ohne recht zu wissen, was mich trieb, betrat ich die

Wohnung. Da die Katze zurückgebracht war, hatte ich dort eigentlich nichts mehr verloren.

Ein süßlicher Moschus-Geruch hing in der Luft, wie von einer Duftlampe.

»Hallo?«, fragte ich vorsichtig, während ich die Tür hinter mir schloss. Das Risiko, der Katze treppabwärts hinterherrennen zu müssen, falls sie noch einmal entwischte, wollte ich nicht eingehen.

Keine Antwort.

Neugierig ging ich den Flur entlang, der ebenso geschnitten war wie meiner. Bevor ich ins Wohnzimmer kam, blieb ich vor einem Bild stehen, das mir sofort ins Auge gefallen war. Es war ein Kunstdruck des *Wanderers über dem Nebelmeer* von Caspar David Friedrich.

Während meiner Studienzeit hatte ich mich sehr für diesen Maler der deutschen Romantik interessiert, für seine Bilder melancholischer, beinahe mystischer Landschaften, die immer ein Gefühl der Einsamkeit und Abgeschiedenheit vermittelten. Auf einem seiner traurigsten Bilder, dem *Eismeer*, ist der Schatten eines untergegangenen Schiffes unter einer Pyramide von Eisschollen zu erahnen. Ich hatte einmal gelesen, dass »dieses Werk ein Monument für den Sieg der Natur über das menschliche Streben« sei und »den romantischen Pessimismus in seiner Essenz« darstelle.

Der Wanderer – dem ich nun viele Jahre nach meinem Studium wiederbegegnete – zeigt einen zerzausten Herrn von hinten auf einer Klippe. Auf einen Stock gestützt, betrachtet er das turbulente Wolkenmeer zu seinen Füßen. Es könnte Werther sein, wie er da steht und beschließt, allem ein Ende zu machen.

Ich hatte dieses Bild schon oft gesehen, in Büchern und im Museum. Doch plötzlich hatte *Der Wanderer* eine neue Bedeutung für mich erlangt. Mir wurde auf einmal bewusst, dass er eine Allegorie auf mein Leben sein könnte. Ich war dem Mann auf dem Bild nicht unähnlich: Ich stand oben auf einem Berg und verstand nichts von dem, was unten in der Welt vor sich ging.

»Kommen Sie nun rein oder bleiben Sie draußen?«, fragte eine ungeduldige Stimme vom Wohnzimmer her.

»Meinen Sie mich?«, fragte ich, aus meinen Gedanken aufschreckend.

»Wen wohl sonst?«, gab die Stimme zurück und lachte schallend.

Ich besann mich wieder darauf, weshalb ich eigentlich hier war, und betrat das Wohnzimmer; ich wollte die Angelegenheit mit der Katze klären und dann so schnell wie möglich verschwinden.

Der Alte saß an einem modernen Schreibtisch, der mitten im Raum stand. Ich sah mich nach der Vorrichtung um, mit der er die Tür geöffnet hatte, aber da war lediglich ein Laptop auf dem Tisch. Sein Besitzer hämmerte in die Tasten, als sei ich unsichtbar. Neben sich hatte er ein Buch liegen, das ich auch einmal besessen hatte: *Eine kurze Geschichte von fast allem.* Darin hatte ich das mit den 650 000 Stunden gelesen.

Als der Alte seine Arbeit unterbrach und zu mir aufschaute, bemerkte ich, dass neben ihm, auf einem kleineren Tisch, eine kleine Modelleisenbahn aufgebaut war, wie sie die Kinder in meiner Jugend gehabt hatten. Unter dem Tisch lag ein flauschiger Teppich, auf dem die Katze es sich gemütlich gemacht hatte.

Der Alte wandte sich mit unerwartet sanfter Stimme an mich: »Also, was führt Sie zu mir?«

»Ich bin der Katze hinterhergelaufen, sie hat mich hierher geführt. Ich vermute, sie gehört Ihnen.«

»Da vermuten Sie falsch.«

Mishima leckte sich die Pfote und begann sich das Gesicht zu putzen. Offenbar saß sie nicht zum ersten Mal unter diesem Tisch.

»Wem gehört sie dann?«, fragte ich.

»Die Katze gehört sich selbst, genau wie Sie und ich.«

Dem Alten schienen solche Spitzfindigketen zu gefallen, ich jedoch konnte so etwas noch nie ertragen. Am liebsten hätte ich auf dem Absatz kehrtgemacht und ihn mit der Katze, wem auch immer sie gehörte, allein gelassen.

Doch irgendetwas hielt mich zurück, als hätte man mir die Fersen ans Parkett genagelt. Während der Alte erneut auf den Computer einhämmerte, wanderte mein Blick noch einmal zu der Spielzeugeisenbahn und dann zu dem Buch, auf dessen Cover eine schwebende Erdkugel abgebildet war.

»Dieses Buch hatte ich auch mal, aber ich habe es verschenkt«, sagte ich beiläufig und wunderte mich über mich selbst, weil ich jemandem, den ich gar nicht kannte, so etwas auf die Nase band.

»Wieso denn das?«, fragte er, ohne den Blick vom Bildschirm abzuwenden. »Es ist ein großartiges Buch.«

»Die Wissenschaft deprimiert mich. Es ist doch zum Verzweifeln, dass wir nichts als ein Klumpen Atome sein sollen, der auf seine Auflösung wartet. Zu wissen, dass die Atome sich dann wieder neu zusammensetzen, um einen Misthaufen zu formen oder, mit ein bisschen Glück, ein Champignonfeld, ist mir kein Trost.«

»Offenbar haben Sie rein gar nichts verstanden«, spöttelte er, während er den Laptop ausschaltete und behutsam zuklappte. »Die Wissenschaft ist der kürzeste Weg zu Gott. Wenn man sich die Biografien der großen Wissenschaftler ansieht, stellt man fest, dass das im Grunde alles Mystiker waren.«

»Mag sein, aber das hat nichts mit dem zu tun, was ich meine. Was mir nicht behagt ist, dass sich meine Atome und Moleküle 650000 Stunden, nachdem sie sich zusammengetan haben, um meinen Körper zu formen, wieder zerstreuen und ohne meine Erlaubnis irgendwelche anderen Dinge bilden.«

»Aber Atome und Moleküle sind – nichts.«

»Ach, ich dachte, sie wären alles«, ging ich zum Gegenangriff über. »Mit Ausnahme des leeren Raums, natürlich. Immerhin ist der leere Raum allgegenwärtig, sowohl im Universum als auch auf Molekülebene.«

»Vergessen Sie den leeren Raum. Im Moment scheint mir das Leerste hier Ihr Kopf zu sein.«

Gespannt musterte er mich und wartete meine Reaktion ab. Doch ich schwieg. Der Mann begann mich zu faszinieren. Dann fuhr er fort: »Atome sind wie Buchstaben. Dieselben Buchstaben, aus denen die Lieder des Kabir oder die Bibel bestehen, dienen dazu, irgendwelche Schundzeitschriften oder Werbebroschüren für Haarwuchsmittel zu bilden. Sehen Sie, worauf ich hinauswill?«

»Nein.«

»Okay, ein anderer Vergleich, Sie scheinen ja etwas schwer von Begriff zu sein. Ein und dieselben Steine können zum Bau der Sagrada Familia oder für die Mauern von Auschwitz verwendet werden. Entscheidend sind nicht die Steine, sondern was wir damit machen. Verstehen Sie jetzt?«

»Ich denke schon.«

»Egal, ob es sich um Steine, Buchstaben oder Atome handelt, es kommt immer darauf an, wer sie anordnet und wozu er sie einsetzt. Anders ausgedrückt, es kommt nicht darauf an, was wir sind, sondern was wir aus unseren Ressourcen machen. Es ist egal, ob man 650000 Stunden lebt oder sechseinhalb. Die Anzahl der Stunden allein nutzt einem nichts, wenn man nicht weiß, was man damit anfangen soll.«

Er schwieg und ich wusste nicht, was ich noch erwidern sollte. Ich war beeindruckt; eine solche Argumentation hatte ich von dem mürrischen Alten aus der Wohnung über mir nicht erwartet. Als das Schweigen langsam unangenehm zu werden begann, sagte ich:

»Sie sind Wissenschaftler?«

»Kalt, ganz kalt.«

»Philosoph?«

»Eiskalt. Ich bin ein einfacher Redakteur, der gerne mal an den äußeren Rändern der Wissenschaften kratzt.«

»Redakteur ... Das heißt, Sie schreiben Artikel, nicht wahr?«

»Wenn ich Artikel schreiben würde, hätte ich gesagt, ich bin Journalist. Aber ich sagte: Redakteur. Ich nehme alle möglichen Texte und stelle daraus Bücher zusammen, die die Verlage bei mir bestellt haben.«

»Wenn Sie das so sagen, klingt das ziemlich einfach«, meinte ich und nahm, ohne zu fragen, auf dem Sofa Platz.

»Das ist es auch, wenn man die Quellen kennt, das

heißt, wenn man weiß, wo man suchen muss. Wenn ich eine Anthologie mit Liebesgedichten zusammenstellen soll, weiß ich, welche den Lesern am besten gefallen und wo ich sie finde. Wenn man ein Handbuch für Naturheilmittel von mir verlangt, weiß ich auch, wo ich nachlesen muss. Ich bin vermutlich so eine Art Arrangeur.«

Für einen Moment war ich ziemlich sprachlos. Ich hatte nicht gewusst, dass es so einen Beruf gibt. Bisher hatte ich mir vorgestellt, dass Bücher von Leuten verfasst werden, die sich in der jeweiligen Materie auskennen.

»Und darf man fragen, was Sie derzeit arrangieren?«, erkundigte ich mich.

Der Alte warf mir ein schiefes Lächeln zu: »Ein schwieriger Auftrag, weil ich in dem Fall nicht nur Bücher durchforsten, sondern auch mündliche Zeugnisse zusammentragen muss. Vielleicht haben Sie Lust, einen Beitrag zu liefern.«

»Worum geht es denn?«

»Das Buch heißt: *Gönn dir eine Pause*. Es geht um Berichte von Menschen, die einen magischen Augenblick erlebt haben, so eine Art *Satori*. Sie wissen schon, wenn die Zeit stillzustehen scheint.«

»Ich glaube, da werde ich Ihnen nicht behilflich sein können«, antwortete ich. »Ich kann mich nicht erinnern, je so einen Augenblick gehabt zu haben. Mein Leben ist nicht sehr aufregend, wissen Sie. Es sei denn, ein *Satori* kann auch beim Tortillawenden erlangt werden.«

»Schade«, sagte er. »Vielleicht können Sie mir dann auf andere Art helfen. Da Sie nun schon einmal zu mir heraufgekommen sind, mit Katze und allem, und Sie sich offenbar schwer wieder losreißen können, haben Sie sicher nichts dagegen.«

Seine Bitte überraschte mich. Der Alte hatte recht. Was zum Teufel schwatzte ich hier mit einem Fremden, von dem ich nicht einmal wusste, wie er hieß? Der Höflichkeit halber antwortete ich nur: »Aber sicher.«

Der Redakteur trommelte mit den Händen auf den Tisch, um seine Begeisterung zu verdeutlichen, und drehte sich dann mit seinem Stuhl zu der Eisenbahn hin. Während er sich an dem Spielzeug zu schaffen machte, sagte er: »Übrigens, ich heiße Titus. Der Name ist etwas auffällig, deshalb erscheinen meine Bücher unter einem Pseudonym.«

Er schüttelte mir die Hand, während ich verwundert zusah, wie der Alte behutsam ein Stück Schiene – es war ein Kurvenstück – löste und es mir lächelnd in die Hand drückte.

»Irgendwie hat sich dieses Stück verbogen, und jetzt entgleisen die Züge in der Kurve immer.«

»Und was kann ich da tun?«, fragte ich, verwirrt das Stück Schiene in meiner Hand betrachtend.

»Mir fällt seit einigen Tagen das Laufen sehr schwer. Vielleicht ist es Rheuma, von dem kalten Wetter, wer weiß. Jedenfalls ist der Modellbau-Laden im Zentrum – gar nicht weit für einen jungen Menschen wie Sie.«

Innerlich stieß ich einen Fluch aus, weil ich ihm blindlings einen Gefallen zugesagt hatte. Mein Fieber stieg schubweise an, und nun würde ich durch die halbe Stadt fahren müssen, um ein Stück Spielzeugschiene zu besorgen.

»Sind Sie nicht ein bisschen alt, um mit der Eisenbahn zu spielen?«, platzte ich heraus.

Ich hatte befürchtet, die Bemerkung würde ihn verletzen, aber der Mann schien jetzt rundum glücklich und zufrieden. Umständlich erhob er sich und tätschelte mir den Rücken.

»Der Eisenbahn zuzuschauen entspannt mich enorm. Wenn man nachdenkt, ist es gut einen Punkt zu haben, auf den man sich konzentrieren kann.«

Ich steckte das Schienenstück in die Tasche. Ehe ich mich zur Tür wandte, erkundigte ich mich noch: »Wie heißt die Katze denn nun eigentlich?«

Während unseres ganzen Gesprächs hatte sie sich nicht von ihrem Platz unter dem Tisch fortbewegt, wo sie nun friedlich zusammengerollt schlief.

»Was weiß ich! Fragen Sie sie doch selber. Ich habe Ihnen ja gesagt, es ist nicht meine. Aber ich passe auf sie auf, solange Sie die Schiene besorgen gehen.«

Gabriela

Mit einem äußerst flauen Gefühl trat ich auf die Straße.
Erst ging ich kurz in die Apotheke und versuchte dann
vergeblich, ein Taxi zu bekommen. Doch alle schienen
besetzt, wahrscheinlich von Leuten, die ins Zentrum
hetzten, um ihr Weihnachtsgeld auszugeben. Die Kredit-
karten qualmen, dachte ich. Und ich hole mir wegen
eines Stückchens Schiene noch den Tod.

Zitternd und voller Zorn auf meinen Nachbarn
schleppte ich mich bis zur Bushaltestelle an der Carrer
Balmes, einer der Hauptverkehrsadern, die ins Zentrum
führen. Die 16 oder die 17 würde mich bis zur Ecke Pelai bringen, genau vor den Laden.

Doch zwanzig Minuten lang kam außer ein paar mör-
derischer Windböen nichts an der Bushaltestelle an.
Dann bemerkte ich ein Schild, das die Fahrgäste über einen Streik der Busfahrer informierte.

Mein Schicksal verfluchend machte ich mich auf und
marschierte in großen Schritten die Carrer Balmes hinunter. Bei dem Tempo konnte ich in zwanzig Minuten
da sein. Ab und zu hatte ich das Gefühl, gleich ohnmächtig zu werden, doch ich hielt den Fieberattacken
stand und lief weiter.

Gegen ein Uhr mittags erreichte ich endlich den Laden. Ein träger Verkäufer in blauem Kittel betrachtete das Schienenstück stirnrunzelnd und meinte: »Ich weiß nicht, ob wir die noch haben. Dieses Modell wird schon lange nicht mehr hergestellt.«

Er verschwand in einem Lagerraum, den ich mir voller Miniaturschienen in allen Formen und Größen vorstellte.

Während ich wartete, schaute ich mir die Auslagen im Schaufenster an. Eine Lokomotive tuckerte durch eine künstliche Kulisse, und immer, wenn sie ihr Ziel erreichte, schaltete sie das Vorderlicht ein, um dann absurderweise die ganze Strecke rückwärts wieder zurückzufahren.

»Sie haben Glück«, rief der Verkäufer, als er aus dem Lager zurückkam, und zeigte mir ein Stück Schiene, das genauso aussah wie das, das ich mitgebracht hatte. »Es ist das letzte, das wir von dieser Serie haben. Hätten Sie ein gerades Stück gebraucht, hätte ich Sie mit leeren Händen nach Hause schicken müssen.«

Schweigend zahlte ich an der Kasse. Der Betrag schien mir lächerlich für eine derart beschwerliche Tour. Der Verkäufer reichte mir die sorgfältig in braunes Papier eingewickelte Ware, und ich verließ den Laden.

Ich wollte so schnell wie möglich nach Hause, weswegen ich eilig die Hauptstraße überquerte. Ich befand mich kaum auf halber Strecke, als die Ampel auf rot umsprang. Da sah ich sie. Groß und schlank, mit dichten schwarzen Locken, etwa in meinem Alter. Die leicht mandelförmigen Augen und die markanten Sommersprossen auf ihren Wangen beseitigten die letzten Zweifel. Es war nur ein Moment, der Bruchteil einer Sekunde, die wir uns unmittelbar in die Augen sahen. Ihrem überraschten Blick nach zu urteilen, hatte sie mich ebenfalls erkannt.

Plötzlich schien die Zeit stillzustehen – ein *Satori*. Ganz deutlich konnte ich mit einem Mal eine Szene aus längst vergangenen Tagen vor mir sehen.

Ein Samstagnachmittag vor etwa dreißig Jahren, den ich längst vergessen glaubte. Wie jedes Wochenende hatten meine Schwester und ich uns bei einer der Stadtvillen auf den Ramblas zum Spielen eingefunden. Die Villa hatte eine große Marmortreppe und viele Ecken und Winkel, die man erkunden konnte. Eine Schulfreundin meiner Schwester wohnte gleich nebenan, es waren immer Kinder aus der Nachbarschaft da, und wir dachten uns alle möglichen Spiele aus. An jenem Tag spielten wir ganz klassisch Verstecken.

Ich wollte mich unter einer Treppe verstecken, doch da war schon jemand, der die gleiche Idee gehabt hatte. Ein Mädchen von etwa sechs Jahren, so alt wie ich, mit schwarzen Locken und dunklen mandelförmigen Augen, aus denen sie mich neugierig anblitzte.

»Hast du schon mal einen Schmetterlingskuss bekommen?«, fragte sie mich flüsternd.

»Nein«, antwortete ich erschrocken. »Was ist das?«

Sie kam ganz nah zu mir heran, sodass sich unsere Gesichter fast berührten, dann ließ sie ihre Augenlider ein paarmal auf und ab flattern, wobei ihre Wimpern meine Wange streiften.

Nie hatte ich dieses Mädchen vergessen können. Doch wir hatten uns nicht mehr wiedergesehen – bis zu diesem Augenblick, denn ganz ohne Zweifel war sie es, die mir auf der Straße entgegengekommen war und einen Moment innegehalten hatte, als wir aneinander vorbeigingen. Es war seltsam, aber sie hatte sich seit damals kaum verändert.

In jenem Bruchteil eines Augenblicks war mir klar geworden, dass ich Gabriela – selbst ihren Namen wusste ich noch – immer geliebt hatte. Dieses Mädchen, das mir unter der Treppe einen Schmetterlingskuss gegeben hatte, war die Liebe meines Lebens, und ich würde niemals mehr für jemanden so empfinden wie für sie. Ich konnte nicht sagen, woher diese Erkenntnis kam. Ich wusste es einfach.

Das *Satori* war vorbei, die Ampel stand auf rot, und wir eilten jeder auf seine Straßenseite. Auf meiner Seite angekommen, drehte ich mich um und sah, dass auch sie – mit einem zarten Lächeln – über die Schulter blickte, bevor sie ihren Weg fortsetzte.

Ich hätte sie gerne aufgehalten, sie gefragt, was sie so machte, sie vielleicht sogar auf einen Kaffee eingeladen, doch der Verkehr rollte wieder an, und der Weg in die Vergangenheit war abgeschnitten.

Ich muss den Arm gehoben haben, denn ein Taxi hielt neben mir an. Wie in Trance stieg ich ein und murmelte geistesabwesend meine Adresse. Auf dem Rücksitz zusammengesunken, merkte ich, dass mein Herz ganz sonderbar schlug, und ich spürte im Magen einen Druck, wie ich ihn das letzte Mal als Teenager gefühlt hatte.

Während das Taxi sich durch den dichten Verkehr schlängelte, traf mich plötzlich eine Erkenntnis wie ein Blitzschlag. Ich hatte Gabriela, die Liebe meiner Kindheit, wiedergefunden, weil ich einen Teller Milch in meinen Flur gestellt hatte. Vielleicht hätte dieser Umstand jemand anderes gar nicht weiter gewundert, doch mir kam es wie eine Offenbarung vor. Die Katze hatte sich in meiner Wohnung eingenistet, sie hatte mich zu Titus geführt, und der Alte hatte mich zu dem Eisenbahnladen geschickt und so zu Gabriela geführt.

Das Stück Schiene in meiner Hosentasche gewann mit einem Mal eine fast schicksalhafte Bedeutung. Diese kleine Aluminiumkurve hatte mich aus meiner Bahn gelenkt und mir einen neuen Weg eröffnet.

Doch was hatte das alles für einen Sinn? Bedeutete das, ich sollte Gabriela suchen? Sollte ich nach mehr als dreißig Jahren den Faden einfach wieder aufnehmen? Wohin würde das führen?

Die Kleinigkeiten sind es, bei denen die Liebe beginnt, dachte ich. Liebe im Kleinen, das ist das Geheimnis. Diese Worte schienen nicht von mir zu kommen, sondern von dem Sonnenstrahl, der durch das Taxifenster fiel und Myriaden von Staubpartikeln sichtbar machte.

Eins war klar: Ohne diesen Teller Milch hätte ich Gabriela nicht gefunden. Mit ihm hatte alles angefangen.

Die dunkle Seite des Mondes

DREIKÖNIGSTAG

Drei ganze Tage, die mir im Nachhinein vorkamen wie
ein langer und quälender Traum, hatte mich die Grippe
ans Bett gefesselt. In dieser Zeit war Mishima kaum von
meiner Seite gewichen. Nun kam sie angeschnurrt und
stupste mir mit dem Kopf gegen die Wange, als wollte sie
sagen: »Jetzt mach schon, steh auf. Du hast zu tun: mir
Futter und Wasser hinstellen, mein Klo sauber machen
und all das.«

Ich linste auf den Wecker. Vor allem wollte ich wissen,
welcher Tag eigentlich war, ich hatte jedes Zeitgefühl
verloren. Sechster Januar, 10:44 Uhr.

Dreikönigstag, dachte ich, während ich mit dem Fuß
den kalten Boden ertastete. Ich fühlte mich noch etwas
schwach, aber das Fieber schien vorüber zu sein, und ich
verspürte einen leichten Hunger. Das Schlimmste war offenbar ausgestanden. Leider bedeutete das auch, dass ich
keine Entschuldigung mehr hatte, dem Mittagessen bei
meiner Schwester fernzubleiben.

Während der letzten Tage hatte ich mich anscheinend
wie ein Gespenst durch die Wohnung bewegt, denn ich
konnte mich nicht daran erinnern, Mishimas Napf ge-
füllt zu haben. Doch neben der Schale fanden sich ein

paar verstreute Bröckchen, also musste ich es zumindest versucht haben.

Nachdem ich der Katze frisches Wasser hingestellt hatte, warf ich einen Blick ins Esszimmer. Auf dem Tisch lag ein Blatt Papier, auf dem ich in großen Buchstaben etwas hingekrakelt hatte. Ein unbeholfener Bericht über meine Begegnung mit Gabriela an der Ampel.

Also war es doch kein Traum gewesen, dachte ich, und mich durchströmte ein zartes Glücksgefühl.

Ich begann die Arbeitsplatte in der Küche sauber zu machen; verschüttete Brühe und Reiskörner zeugten von meinen Versuchen, mich während meiner Krankheit zu ernähren. Im Radio wurde das Verdi-Requiem gespielt, ein verstörendes Stück, bei dem ganz sanfte und poetische Passagen durch ohrenbetäubende Einbrüche mit Pauke und Becken unterbrochen werden.

Ich schaltete das Radio aus und blickte prüfend durch das Fenster in den Vormittagshimmel; ein Spatz flog vorüber.

Ich werde zu diesem Essen gehen, dachte ich bei mir, ohne recht zu wissen, warum. Vielleicht ist das, was wir Intuition nennen, nur der für uns spürbare Teil eines uns innewohnenden Selbst, das gelegentlich die Führung über unser Leben übernimmt. Dieser Gedanke ist zumindest seltsam, wenn nicht gar beunruhigend, denn über eine solche versteckte »Stimme« hat nicht einmal der rationalste Mensch Kontrolle.

Als ich am Telefon vorbeikam, sah ich, dass der Anrufbeantworter nicht blinkte. Drei Tage lang hatte mich also niemand vermisst. Es hätten drei Jahre gewesen sein können, und keiner hätte es gemerkt, wie bei dem Mann in Tokio.

Mishima rieb sich an meinen Beinen, um sich bemerkbar zu machen.

»Ich weiß ja, dass du da bist«, sagte ich zu ihr. »Und da oben sitzt Titus. Drei Könige, die nicht wissen, bei wem sie ihre Geschenke abgeben sollen.«

Dann dachte ich, es wäre keine schlechte Idee, dem Alten einen Besuch abzustatten, bevor ich zu meiner Schwester ging. Bestimmt würde er sich freuen. Beim Rausgehen warf ich einen letzten Blick auf den Zettel und steckte ihn ein.

Der kosmische Spielautomat

Titus hörte mir aufmerksam zu und hielt das Blatt Papier, das ich ihm überreicht hatte, unschlüssig in der Hand, als wüsste er nicht recht, was er damit anfangen sollte. Als ich fertig war, schwieg er einen Moment nachdenklich.

Während ich ungeduldig auf seine Meinung wartete, stellte ich fest, dass der alte Mann schlechter aussah als beim letzten Mal. Ich erinnerte mich vage daran, wie ich ihm seine Schiene übergeben hatte und die Katze mir wieder in meine Wohnung gefolgt war. Dann hatte mich das Fieber niedergestreckt.

Dem gelblichen Ton seiner Haut nach zu urteilen war Titus auch schon einmal gesünder gewesen. In seinen dunkelgrauen Bademantel gewickelt sah er aus wie ein verängstigtes Tier, das auf den Gnadenschuss wartet. Gerade als ich das Schweigen mit einer Frage unterbrechen wollte, bekam ich doch noch eine Antwort.

»Ich werde dein *Satori* in das Buch aufnehmen.«

»Finden Sie es sehr dumm?«, erkundigte ich mich.

»Gar nicht.«

Zwar hatte er angefangen, mich zu duzen, aber er zeigte sich äußerst wortkarg. Das bestärkte mich in meinem Verdacht, dass es ihm nicht gut ging. Ich hätte gehen und ihn in Ruhe lassen sollen, doch etwas an ihm forderte mich heraus, weitere Erklärungen abzugeben.

»Was ich sagen will, ist, nachdem ich sie auf der Straße gesehen habe, kann ich nicht einfach tatenlos dasitzen. Ich weiß, es ist idiotisch, aber ich glaube, ich muss etwas tun.«

»Dann mach das doch.«

»Das Problem ist, ich weiß nichts über sie außer ihren Vornamen. Wo soll ich denn anfangen? Und selbst wenn ich sie finde, was soll ich ihr sagen? Wird sie nicht denken, ich sei völlig übergeschnappt? Ich brauche eine gute Ausrede.«

»An Ausreden mangelt es dir ja wohl kaum. Hör auf, so herumzueiern, und schreite endlich zur Tat!«

Seine Worte weckten meinen Ehrgeiz.

»Glauben Sie, ich soll sie finden? Ist das die Botschaft?«

»Natürlich. Das ist deine Mission.«

»Aber wer hat mir diese Mission übertragen? Der Zufall? Das Schicksal?«

»Oder der Schatten Gottes, nenn es, wie du willst.«

»Ich kann nicht glauben, dass das nur Zufall gewesen sein soll. Als ich Gabriela begegnet bin, wusste ich, dass ich mich in diesem Moment nur ihretwegen auf dieser Straßenkreuzung befand. Daran war nichts Zufälliges.«

Titus trommelte mit den Fingern auf dem Schreibtisch.

»Wenn er sich allzu kapriziös gebärdet, können wir den Zufall in unserem ganz normalen Alltag nicht akzeptieren. Wenn es um das Universum oder um die Entstehung des Lebens geht, haben wir keinerlei Probleme mit ihm, obwohl die Verbindung von Elementen, von der dabei alles abhängt, eine noch viel unberechenbarere Angelegenheit ist.«

»Worauf wollen Sie hinaus?«

»Die Wahrscheinlichkeit, dass Leben entsteht, ist etwa so groß wie die, an einem Spielautomaten den Jackpot zu knacken. Wir sind hier, weil ein einziges Mal die eine Kombination zustande gekommen ist, die funktionierte. Findest du das nicht erstaunlich? Aber vor allem: Wer hat die Münze eingeworfen, um zu spielen? Das ist das große Rätsel. Der Urknall an sich ist vollkommen belanglos, das Wichtige ist nämlich nicht, was geschehen ist, sondern wer oder was da geklickt und damit die Ereignisse ins Rollen gebracht hat.«

»Sie glauben also, es gibt eine unsichtbare Hand, die alles lenkt?«

»Das wäre wohl ein bisschen einfach«, antwortete Titus und lächelte zum ersten Mal. »Ich glaube, es war C. G. Jung, der sagte, dass wir alle durch unsichtbare Fäden miteinander verbunden sind. Wenn man an einem dieser Fäden zieht, bewegt sich das ganze Gefüge. Darum hat jede noch so kleine Handlung Auswirkungen auf den Zustand der gesamten Welt. Dafür braucht es keinen Gott.«

»Aber das beantwortet nicht die Frage, warum Gabriela in dem Moment an dieser Ampel stand, und noch weniger hilft es mir bei der Frage, was ich jetzt tun soll.«

»Denk an den kosmischen Spielautomaten. Allein unsere Existenz ist ein Mysterium. Ein großes Rätsel, das ist alles.«

Vertrau aufs Gegenteil

Mein Gespräch mit Titus, der irgendwie seltsam abwesend gewirkt hatte, war nicht unbedingt hilfreich gewesen, um die Situation zu klären. Zwar trieb er mich an, etwas zu tun, sagte mir aber nicht, was und wie. Vielleicht war es das Beste, mich von meinen romantischen Fantasien zu verabschieden und die Angelegenheit ein für alle Mal zu vergessen.

Bevor ich ihn verließ, erzählte ich Titus noch, wie wenig Lust ich auf den Besuch bei meiner Schwester hatte.

»Für solche Fälle kenne ich eine Zauberformel«, hatte er gesagt. »Vertrau einfach aufs Gegenteil. Jedes Mal, wenn du auf jemanden wütend bist, folgst du diesem Rat. Tu einfach immer genau das Gegenteil von dem, wonach dir eigentlich ist. Glaub mir, das wirkt Wunder.«

Während ich eine Bäckerei aufsuchte, um einen Königskranz zu kaufen, nahm ich mir vor, Titus' Methode auszuprobieren – und sei es nur als eine Art Experiment im Kampf gegen die Langeweile.

Rita und Andrés – meine Schwester und ihr Mann – bildeten ein ebenso perfektes wie destruktives Zweigespann. Er hat sich in der Rolle des wehleidigen Quenglers eingerichtet, sie ist dafür zuständig, mit dem Finger auf die Schuldigen zu zeigen.

In den fünfzehn Jahren, die sie zusammen sind, habe ich keine einzige fröhliche Szene in diesem Haus erlebt. Ich habe das immer auf den Umstand geschoben, dass sie keine Kinder bekommen konnten, wie sie es sich gewünscht hatten. Inzwischen ist meine Schwester weit über vierzig, und ich nehme an, sie hat sich damit abgefunden, dass sich in ihrem Leben nichts mehr ändern wird. Nicht einmal ihr schlechter Charakter.

Im Fahrstuhl auf dem Weg nach oben in ihre Wohnung in der Avinguda Diagonal merkte ich, dass mein Nacken nass war von kaltem Schweiß. Es war immer dasselbe, wenn ich meine Schwester besuchte. Die Aussicht, mehrere Stunden dort oben zu verbringen, erzeugte bei mir ein körperliches Unbehagen, noch ehe ich die Wohnung überhaupt betreten hatte. Psychosomatisch nennt man das wohl.

»Vertrau aufs Gegenteil«, murmelte ich vor mich hin, als ich die Klingel drückte.

Andrés öffnete mir die Tür. Ein Blick auf seine Leidensmiene und ich bereute bereits, nicht zu Hause geblieben zu sein.

»Wie geht's?«, erkundigte er sich.

Ich wusste genau, dass es ihn nicht interessierte, wie es mir ging. Seine Frage war lediglich ein Einstieg, damit er anfangen konnte zu klagen. Doch anstatt die von ihm erwartete Gegenfrage zu stellen, folgte ich Titus' Maxime und sagte nur:

»Ich habe drei Tage mit Grippe flachgelegen. Aber du siehst wirklich fantastisch aus.«

»Tatsächlich?«, entgegnete er überrascht.

»Kaum zu glauben, dass sie dich vor zwei Monaten an der Bandscheibe operiert haben«, fuhr ich fort. »Für mich siehst du aus, als wärst du zur Kur gewesen und zehn Jahre jünger wiedergekommen.«

Mit diesen Worten marschierte ich ins Esszimmer und ließ den perplexen Andrés an der Tür stehen. Das kann lustig werden, dachte ich und musste schmunzeln.

»Was redest du denn da für einen Quatsch?«, rief mir meine Schwester als Gruß entgegen. »Hast du zu viel getrunken oder bist du hier, um dich über uns lustig zu machen?«

Wäre ich ein weniger beherrschter Mensch, hätte ich bei diesen Worten den Dreikönigskranz ausgewickelt und ihn ihr ins Gesicht geschleudert.

Doch ich wollte das Experiment fortsetzen, um zu sehen, wohin es mich führte. Also nahm ich meine Schwester in den Arm und gab ihr einen Kuss auf die Stirn.

»Ich hab mich wirklich darauf gefreut, euch zu sehen«, log ich. »Entschuldigt, dass ich keine Geschenke mitgebracht habe.«

»Seit wann schenken wir uns etwas?«, fragte Rita, während sie mir verdutzt ins Wohnzimmer folgte.

»Seit heute. Was haltet ihr davon, wenn ich euch demnächst mal in eins dieser edlen Restaurants einlade?«

Ich konnte selbst kaum glauben, was ich da sagte, doch jetzt musste ich das Theater bis zum Ende durchziehen. Auf einmal schien die Anspannung aus dem Gesicht meiner Schwester zu weichen und machte einem schüchternen Lächeln Platz.

»Das ist wirklich sehr nett von dir«, sagte sie, »aber Andrés ist auf Diät und ich bin seit einem Monat Vegetarierin.«

»Sehr vernünftig«, erwiderte ich. »Das Fleisch heutzutage ist ja sowieso voll mit Hormonen und allem möglichen Mist.«

»Dass du mir ein Mal nicht widersprichst …«, staunte sie und ging zurück in die Küche, um sich um das Essen zu kümmern.

Ich setzte mich auf die Couch neben Andrés, der mit einem Glas Wasser in der Hand wie hypnotisiert die Nachrichten im Fernsehen verfolgte. Ab und an warf er mir einen verstohlenen Blick zu, als fürchte er, ich sei tatsächlich betrunken und könnte etwas anstellen. Nach einigen Minuten schien er diese Befürchtung abgelegt zu haben und begann ein Gespräch.

»Wirklich schlimm, wie es um die Welt heute steht. Wo soll das bloß noch alles hinführen?«

»Man muss so schnell wie möglich etwas unternehmen«, erklärte ich, ohne eine Ahnung zu haben, was ich eigentlich meinte.

»Du meinst, da ist noch was zu machen?«, rief Andrés überrascht aus.

»Natürlich. Zuerst sollte man mal den Verantwortlichen für diese Sendung da feuern. Und einen anderen einstellen, der für bessere Nachrichten sorgt.«

In diesem Augenblick betrat Rita das Zimmer und stellte die vegetarische Lasagne auf den Tisch.

»Darf man mal fragen, was mit dir los ist?«, erkundigte sie sich misstrauisch. »Du verhältst dich ausgesprochen sonderbar heute.«

Unter normalen Umständen hätte ich mich an den Tisch gesetzt und wir hätten in stummer Eintracht gegessen und dabei die Nachrichten geschaut. Doch Titus' Rat hatte mich angespornt: Ich lobte jeden einzelnen

Gang, den sie auftrug, erkundigte mich nach Einzelheiten aus dem Leben von Schwester und Schwager und gab selbst ein paar Anekdoten zum Besten.

»Mir ist eine Katze zugelaufen«, sagte ich zwischen zwei Bissen. »Erst dachte ich, sie gehört Titus, aber wie es scheint, ist sie herrenlos.«

»Wer ist Titus?«, fragte Andrés, während er zur Fernbedienung griff und den Fernseher abstellte.

Bevor ich antworten konnte, fiel mir Rita ins Wort: »Das finde ich sehr gut, dass du jetzt eine Katze hast. Das bringt gute Schwingungen, Katzen absorbieren negative Energie.«

Normalerweise hätte ich darauf mit einem ironischen Kommentar geantwortet, etwa: »Deshalb dachte ich, ich schenke sie dir«, doch stattdessen lenkte ich das Gespräch in eine völlig andere Richtung. Ich erinnerte meine Schwester daran, wie wir vor dreißig Jahren unsere Samstagnachmittage verbracht hatten, und fragte sie auch, ob sie etwas von Gabriela wüsste.

»Ich kann mich nicht mal erinnern, dass es ein Mädchen mit diesem Namen gegeben hat«, sagte sie. »Da waren immer so viele Kinder aus dem Barri Gòtic, die wir nicht kannten.«

»Sie hatte sich zusammen mit mir unter einer Treppe versteckt. Ich glaube, du warst es sogar, die uns entdeckt hat.«

»Und daran soll ich mich erinnern? Außerdem, wenn sie unter einer Treppe gesessen hat, war sie wahrscheinlich ein böser Geist.«

»Ich dachte, du glaubst nicht mehr an dieses ganze übersinnliche Zeug.«

»Weißt du, warum die Leute Angst haben, unter einer

Leiter durchzugehen? Es gibt eine Stelle in der Bibel, glaube ich, wo sich der Teufel unter einer Treppe versteckt.«

Das Gespräch nahm noch manche seltsame Wendung, bis wir – keine Ahnung, wie – bei der Heilung mit Hilfe von Kerzen angelangt waren, einer Wissenschaft, mit der sich meine Schwester neuerdings befasste. Bevor meine gute Laune in Gefahr geriet und ich mich in einen Streit verwickeln ließ, stürzte ich meinen Kaffee hinunter und erklärte den Höflichkeitsbesuch für beendet.

»Leg dich besser wieder ins Bett«, sagte Rita mit spöttischer Miene. »Ich glaube, die Grippe ist dir zu Kopf gestiegen.«

ERLEUCHTUNG AN EINEM WOCHENENDE

Der Dreikönigsnachmittag hielt die letzten Aufsätze meiner Studenten für mich bereit, die nicht einmal den Namen *Werther* richtig geschrieben hatten. Manche ließ ich aus Mitleid bestehen, andere, um sie im kommenden Semester nicht wieder in meinem Kurs zu haben. Ich war pragmatisch geworden.

Die Arbeit war schnell erledigt, und ich steckte die Hefte in meine Aktentasche.

Da es bereits dämmerte, schaltete ich die Stehlampe ein. Ich wollte noch ein wenig im Rheingold'schen Wörterbuch stöbern, bevor es Zeit fürs Abendessen war. Als Erstes stolperte ich über das heute etwas aus der Mode gekommene Wort *Weltschmerz:* »romantische Schwermut, die vor allem privilegierte junge Leute befällt«.

Dieses Wort schien Goethes Helden auf den Leib geschrieben zu sein. Der Autor des Wörterbuchs hatte diese Definition noch präzisiert: »Die an Weltschmerz Leidenden teilen offenbar ein Merkmal: Es handelt sich häufig um Söhne (seltener Töchter) reicher Eltern, die sich nicht um ihren Lebensunterhalt sorgen müssen und frei sind, sich ihrem existenziellen Schmerz hinzugeben.«

Die Beschreibung erinnerte mich an meine Schwester

Rita, die, obwohl alles andere als romantisch veranlagt, bereits als Jugendliche die Tendenz zum Weltschmerz an den Tag gelegt hatte.

Vielleicht lag es daran, dass wir unsere Mutter verloren haben, als wir noch sehr klein waren, und in der Obhut eines Mannes blieben, der sich nicht um uns kümmerte, weil ihm andere Dinge wichtiger waren. Später hinterließ er Rita die Wohnung, in der sie jetzt mit ihrem Mann wohnt; mir vererbte er ein paar Aktien, die ich noch nie angerührt habe. Ein bitteres Gefühl hat er wohl bei uns beiden hinterlassen.

Bis in unsere Zwanziger hinein waren Rita und ich uns ziemlich nahe gewesen. Obwohl sie schon damals eine heimtückische Despotin war, gab es noch Hoffnung auf Veränderung. Ich nannte sie immer die »Kurstante«, weil sie andauernd neue Sachen ausprobierte: Tai-Chi, Reiki, Ausdruckstanz ...

Egotrips, die nie zu etwas geführt haben.

Doch damals fand ich es lustig. Immer hatte sie neue Dinge zu erzählen, und ich hörte ihr gespannt zu, auch wenn ich bezweifelte, dass irgendeins dieser Dinge sie glücklich machen würde.

Ich weiß noch, wie ich sie einmal – ich hatte gerade angefangen zu studieren – zu einem Wochenendkurs in transzendentaler Meditation begleitete. Der Dozent, ein braun gebrannter Typ um die fünfzig, hatte einen Bauernhof im Ampurdán gemietet, wo wir dem Wunder der Erleuchtung innerhalb eines Wochenendes beiwohnen würden – so versprach es zumindest der Werbeprospekt.

Ehe ich michs versah, fand ich mich mit rund zwanzig jungen Leuten, allesamt begierig zu erfahren, was es mit dem Dasein auf sich hatte, auf einem verstaubten Dachboden wieder.

Am Samstag nach dem Frühstück versammelte man sich im Garten, wo der Guru uns einen Vortrag hielt. Er begann damit, uns vor den »falschen Meistern« – mit anderen Worten: die Konkurrenz – zu warnen, und versicherte uns, jeder könne die Erleuchtung erlangen, wenn er es nur wagte, die Augen zu öffnen.

»Man könnte sogar sagen«, fuhr er salbungsvoll fort, »ihr alle seid bereits erleuchtet, ihr habt es nur noch nicht gemerkt.«

Bis dahin war alles ziemlich normal. Dann begaben wir uns in einen Saal, in dem es dicke Teppiche und Kissen gab. Er erklärte uns den Lotossitz und einige andere Stellungen, wies uns auf die richtige Atmung und die korrekte Rückenhaltung hin.

Mit ernster Stimme verkündete er uns: »Jede Sekunde, die ihr es schafft, euren Geist ganz frei zu machen, ist ein Spalt in eurem Panzer, und dieser Spalt lässt Zärtlichkeit und Klarheit fließen.«

Der Meister erwies sich tatsächlich als ein Mann voller Liebe und Zärtlichkeit, vor allem gegenüber den gut gebauten Frauen, denen er unentwegt half, ihre Haltung zu korrigieren. Besonderen Wert legte er darauf, dass sie beim Atmen den Brustkorb richtig anhoben, was er intensiv begutachtete, indem er ihnen von hinten die Hände auf die Brüste legte. Der Gebrauch von Büstenhaltern war während der Meditation untersagt, denn sie »schränken den Atem des Lebens ein«.

Ich schien ein vorzüglicher Schüler zu sein, denn um mich brauchte er sich überhaupt nicht zu kümmern.

Am Samstagabend gab es einen großen Aufruhr, als

unser Guru eins der jüngeren Mädchen für die tantrische Initiation auswählte. Das Mädchen, das während der Meditation beständig seine Aufmerksamkeit auf sich gezogen hatte, wies dieses Privileg mit der Begründung zurück, sie fühle sich noch nicht bereit. Der Meister bekam einen Tobsuchtsanfall und machte sie vor der ganzen Gruppe lächerlich.

»Solange du dein kleinbürgerliches Denken nicht ablegst«, sagte er, »gibt es für dich keine Hoffnung auf Befreiung.«

Ich vermutete, das Einzige, was er tatsächlich befreien wollte, waren die entsprechenden Körperteile aus Slips und BHs, aber das behielt ich für mich.

FRANZ UND MILENA

Am ersten Tag nach den Ferien stand ein Seminar zu zeit-
genössischer Literatur für das vierte Studienjahr auf meinem Programm. Es war eine sympathische Gruppe von
acht Studenten, die recht flüssig Deutsch lasen, wenn
man sie auch nur schwer dazu überreden konnte, ein
ganzes Buch durchzulesen.

Da es sich um ein reines Einführungsseminar handelte, widmeten wir jedem Autor zwei Wochen. Ich stellte
kurz Leben und Werk vor und verteilte dann Referatsthemen, so wie es in Deutschland in den geisteswissen-
schaftlichen Fächern üblich ist. In Spanien fällt es den
Studenten schwer, Eigeninitiative zu entwickeln. Die
Mehrheit bevorzugt den traditionellen Frontalunter-
richt, bei dem der Dozent seinen Monolog hält und die
Studenten nicht vom Papier aufblicken.

An diesem Tag wollte ich Kafka vorstellen, einen Autor,
der viele abschreckt, weil man seine Werke für kompliziert hält. Das ist jedoch ganz und gar nicht der Fall.
Zwar beschreibt Kafka höchst bedrückende und beklemmende Szenarien, aber er hat einen außerordentlichen
Sinn für narrative Spannung und versteht es, den Leser
von der ersten Zeile an zu fesseln.

Um diese These zu belegen, hatte ich von zwei seiner wichtigsten Werke, nämlich *Die Verwandlung* und *Der Prozeß*, jeweils den ersten Satz an die Tafel geschrieben:

Als Gregor Samsa eines Morgens aus unruhigen Träumen erwachte, fand er sich in seinem Bett zu einem ungeheueren Ungeziefer verwandelt.

Jemand mußte Josef K. verleumdet haben, denn ohne daß er etwas Böses getan hätte, wurde er eines Morgens verhaftet.

Bevor ich die Referatsthemen unter den Studenten verteilte, sagte ich kurz ein paar Worte zu Kafkas Biografie. Allzu Bekanntes wie die Probleme mit seinem Vater, dem er einen hundert Seiten langen bitteren Brief geschrieben hatte, der dann von seiner Mutter abgefangen worden war, sparte ich aus.

Dafür erzählte ich ein bisschen Klatsch und Tratsch. Offenbar hatte es ein Onkel von ihm in Madrid bis zum Generaldirektor einer Eisenbahngesellschaft gebracht. Eine weitere Anekdote war, dass Kafka jeden Tag viereinhalb Stunden Mittagsschlaf hielt oder dass er gegen Ende seines Lebens davon träumte, ein Restaurant in Tel Aviv zu eröffnen und dort selbst als Kellner zu arbeiten.

Um die Studenten zu fesseln, muss man mit solchen Geschichten aufwarten.

Die letzten zwanzig Minuten widmete ich Kafkas Briefwerk. Neben den Romanen, die er nicht vollendet hat, sind Hunderte von Briefen erhalten, die Kafka an seine Geliebten geschickt hatte; die Schönsten sind wahrscheinlich die an Milena Jesenská, die einige seiner Erzählungen ins Tschechische übersetzt hat. Obwohl sie im Gegensatz zu ihm nicht jüdisch war, wurde Milena nach der Besetzung der Tschechoslowakei durch die Nazis im Konzentrationslager Ravensbrück interniert, wo sie 1944 starb. So gesehen war es ein Glück für Franz, dass er zwanzig Jahre zuvor an Tuberkulose gestorben war.

Die Romanze zwischen den beiden war zum Scheitern verurteilt, unter anderem deshalb, weil Milena verheiratet war, was sie jedoch nicht daran hinderte, sich mehrmals mit ihm zu treffen, und Kafka nicht davon abhielt, ihr Briefe wie den folgenden zu schreiben:

Liebe Frau Milena,
der Tag ist so kurz, mit Ihnen und sonst nur mit ein paar Kleinigkeiten ist er verbracht und ist zu Ende. Kaum daß ein Weilchen Zeit bleibt an die wirkliche Milena zu schreiben, da die noch wirklichere den ganzen Tag hier war, im Zimmer, auf dem Balkon, in den Wolken.

Ein komischer Kerl

Kafkas Briefromanzen hatten mich wohl romantisch gestimmt; als ich das Institut verließ, beschloss ich jedenfalls, den Ort des Geschehens aufzusuchen.

Es war ein Uhr mittags, wie an dem Tag unserer Begegnung, und die Kreuzung war nur wenige Minuten von der Universität entfernt. Die Carrer Pelai befand sich auf der anderen Seite des Platzes. Dort war der Eisenbahnladen, wo die Spielzeuglok das Schaufenster auf- und abhetzte wie ein wildes Tier im Käfig. Genau gegenüber stand die Ampel, an der ich sie gesehen hatte. Das *Satori*-Territorium.

Doch diesmal fühlte ich nichts. Die Straße, auf der jetzt Busse, Autos und Motorräder vorbeizischten, war nur eine Straße wie jede andere.

Ohne Gabriela sieht es hier auch nicht anders aus als überall, dachte ich bei mir und musste über meine eigene Dummheit lachen.

Auf der anderen Straßenseite gab es ein kleines Café mit ein paar Tischen draußen. Womöglich war es keine schlechte Idee, dort ein Weilchen auszuharren für den Fall, dass sich das Wunder wiederholte. Nur weil ein Mensch an einem bestimmten Tag zu einer bestimmten

Zeit eine bestimmte Straße entlanggegangen ist, heißt das nicht, dass er es später noch einmal tun wird. Aber vermutlich ist die Wahrscheinlichkeit, ihn dort wieder zu treffen, höher als an jedem anderen Ort oder zu jeder anderen Zeit.

Während ich an dem einzigen freien Tisch Platz nahm, fiel mir der Witz von dem Betrunkenen ein, der, als er nachts nach Hause kommt, seine Schlüssel unter einer Laterne sucht – nicht weil er sie dort verloren hätte, sondern weil man dort besser sieht. Meine Suche nach Gabriela schien mir in diesem Augenblick ähnlich absurd. Aber vielleicht wollte ich auch nur ein paar Momente länger träumen.

Zwar schien die Sonne, dennoch war es erstaunlich, dass mitten im Winter draußen zwei von drei Tischen besetzt waren. An einem saß ein älteres, nordisch aussehendes Paar. Ich nehme an, für die beiden fühlten sich fünf Grad über Null und ein paar eisige Sonnenstrahlen bereits an wie Sommer. Am zweiten Tisch saß ein bärtiger Typ von etwa vierzig Jahren mit grauem Mantel, schwarzem, breitkrempigem Hut und weißem Schal. Er hielt einen dicken Stapel Papier in der Hand, der an der Seite mit einer Spiralbindung zusammengehalten war.

Ich bestellte einen Vermouth und vergewisserte mich, dass ich einen guten Blick auf die Kreuzung hatte. Würde es mir gelingen, Gabriela einzuholen, falls sie auf der Bildfläche erscheinen sollte? Alles hing davon ab, aus welcher Richtung sie kam: Kam sie von der Carrer Bergara her, würde ich aufspringen und darauf hoffen, dass die Ampel – und der Verkehr – mir keinen Strich durch die Rechnung machten, wie beim letzten Mal. Kam sie jedoch aus der entgegengesetzten Richtung, brauchte ich einfach nur an Ort und Stelle auf sie zu warten.

Ich malte mir aus, was wir zueinander sagen würden:

»Was für ein Zufall, Gabriela! Ich hätte dir neulich so gerne Hallo gesagt.«

»Mir ging's genauso«, würde sie antworten. »Was für ein Zufall, dass wir uns so schnell wiedersehen.«

»Wie es scheint, hat uns das Schicksal aufs Neue zusammengeführt«, würde ich sagen, »obwohl man ihm manchmal zu Hilfe kommen muss, wie ja Gott auch.«

»Ganz egal«, wäre ihre Antwort. »Die Hauptsache ist doch, dass wir jetzt zusammen sind, nicht wahr?«

»So ist es, und nichts kann uns mehr trennen.«

Während ich tief ergriffen diesen Dialog entwarf, bemerkte ich, dass der Bärtige mich anstarrte, und zwar völlig schamlos und ohne jede Zurückhaltung. Ich starrte zurück, um ihn einzuschüchtern, doch er rührte sich keinen Millimeter. Es war, als hätte meine Anwesenheit ihn hypnotisiert.

Schließlich gab ich mich geschlagen und senkte den Blick auf das Manuskript auf seinem Tisch. Auf der Titelseite stand in großen Lettern:

DIE DUNKLE SEITE DES MONDES

Scheint ein ziemlicher Spinner zu sein, dachte ich bei mir. Um die Situation zu entschärfen, zahlte ich und stand auf. Der Mann mit dem Hut ließ mich trotzdem nicht aus den Augen.

Selbst als ich bereits ein ganzes Stück die Straße hinuntergegangen war, spürte ich im Rücken noch seinen bohrenden Blick.

FLASCHENPOST

Um keine Zeit durchs Kochen zu verlieren, aß ich unterwegs ein Brötchen. Ich hatte für den Tag einen ehrgeizigen Haushaltsplan: zwei Maschinen Wäsche waschen, das Wohnzimmer saugen und Suppe für die ganze Woche vorkochen.

Außerdem wollte ich meine Notizen zu Kafka ordnen, um für die Referate vorbereitet zu sein.

Drei Metrostationen und ich war wieder in Gràcia, dem einzigen Viertel in Barcelona, in dem die Fußgänger mehr Platz haben als die Autos. Auf dem Weg zu meiner Wohnung ging ich am Kino vorbei, um zu schauen, welche Filme dort liefen, kaufte mir anschließend eine Zeitung und eine Flasche Mineralwasser.

Jetzt konnte ich mich bis zum nächsten Tag zu Hause verkriechen.

Als ich meine Wohnung betrat, sah ich, dass der Anrufbeantworter blinkte, ein seltener Anblick. Das Display zeigte sogar zwei Nachrichten an, die beiden ersten in einer langen, stillen Woche. Ich drückte die Wiedergabetaste, legte die Zeitung auf den Tisch und stellte das Wasser in den Kühlschrank.

Eine grobe männliche Stimme ertönte:

Guten Tag. Mein Name ist Paco Liñán, ich rufe an wegen der Katze. Ich würde sie mir ganz gerne mal anschauen, bevor ich sie nehme. Meine Nummer ist ...

Ich löschte die Nachricht, da ich gerade beschlossen hatte, Mishima doch nicht wegzugeben. Die Katze schien die Situation zu erfassen, jedenfalls drehte sie mit stolz gerecktem Schwanz mehrere Runden durchs Wohnzimmer.

Auch die nächste Nachricht war eigentlich für Mishima bestimmt:

Hallo, hier ist die Tierärztin. Da Sie die Katze immer noch nicht vorbeigebracht haben, dachte ich, ich rufe mal an, um Sie an die Impfungen zu erinnern. Sie müssten dann auch nichts mehr bezahlen. Ciao.

»Braves Mädchen«, sagte ich zum Anrufbeantworter. Vielleicht würde es doch noch etwas werden mit der heißen Schokolade und den Churros.

Die Versuchung, Mishima sofort in die Box zu sperren und sie zur Tierärztin zu bringen, war groß, aber schließlich riss ich mich am Riemen. Der restliche Tag stand im Zeichen der Hausarbeit, und das sollte auch so bleiben.

Womit sollte ich anfangen? Eine logische Vorgehensweise war wohl sinnvoll: Die Zwiebelsuppe brauchte ein paar Stunden, also würde ich damit beginnen. Während die Suppe köchelte, konnte ich waschen und saugen.

Ich holte das Gemüse aus dem Kühlschrank und legte es auf der Arbeitsplatte zurecht.

»Houston, wir haben ein Problem«, sagte ich im Gedanken an den Kommandanten der Apollo 13, beim Anblick der Zutaten. Eine einzige Zwiebel würde wohl kaum für einen ganzen Topf Suppe reichen. Bei den übrigen Zutaten konnte man improvisieren, aber eine Zwiebelsuppe darf keinesfalls zu wenig Zwiebel enthalten.

Der Gedanke, erneut das Haus verlassen zu müssen, nervte mich, doch da kam mir eine Idee. Weniger aufwendig wäre es, sich die Zwiebeln von Titus zu borgen – falls der sich nicht nur von Dosenfutter ernährte.

Ich nahm die Treppe zu Titus' Wohnung in Riesensätzen und klingelte. Im Gegensatz zu den letzten Malen ertönte kein Summen, und die Tür ging auch nicht auf. Ich klingelte erneut, doch alles blieb still.

Ich legte ein Ohr an die Tür, um zu hören, ob sich in der Wohnung irgendetwas tat. Da sah ich einen Zettel unter der Tür hervorlugen. Ich verspürte einen unangenehmen Stich in der Brust und griff nach dem Blatt Papier. Tatsächlich enthielt es eine Nachricht für mich.

Hallo Samuel, sie bringen mich in die Uniklinik. Ich brauche dringend Hilfe und du bist der Einzige, der mir helfen kann.

Der Auftrag

Das Krankenhaus war ein geradezu kafkaeskes Labyrinth voller düsterer Flure mit flackernden Leuchtstoffröhren. Mehr als eine halbe Stunde brauchte ich, um das Zimmer zu finden, das sich Titus mit einem Greis teilte, der wohl nicht mehr lange durchhalten würde.

Titus hob die Hand zum Gruß und lächelte mir selig zu. Schlecht rasiert und im grünen Pyjama, schien er an einem Tag um zehn Jahre gealtert. Als ich ihn da so hilflos am Tropf hängen sah, überkam mich ein Gefühl von Traurigkeit, dem ich mit Titus' eigener Formel zu begegnen versuchte: »Endlich gönnen Sie sich mal Erholung. Auch wenn dieses Hotel hier wohl nicht allzu viele Sterne hat.«

»Jetzt rede keinen Mist. Ich hatte eine Angina Pectoris, aber die kriegen mich schon wieder hin. Schön, dass du gekommen bist.«

In diesem Augenblick trat eine üppige Krankenschwester ein, um sich um seinen Zimmergenossen zu kümmern.

»Na, hier lässt es sich leben«, versuchte ich erneut zu scherzen. »Was haben Sie damit gemeint, dass ich der Einzige bin, der Ihnen helfen kann?«

»Das, worum ich dich bitten muss, hat nichts mit dem Krankenhaus zu tun. Es geht um etwas viel Ernsteres.«

Ich setzte mich an seine Seite, auf jedes bizarre Anliegen gefasst.

»Du weißt ja, dass ich davon lebe, diese Bücher zusammenzustellen«, sagte er. »Ich kann nicht einfach meine Arbeit liegen lassen, weil ich im Krankenhaus liege. Sie haben mir gesagt, drei Wochen müsse ich mindestens hierbleiben, weil die Gefahr eines erneuten Anfalls besteht.«

»Dann ist wohl eine Pause angesagt, oder? Wenn Sie Geld brauchen, kann ich ...«

»Danke, aber das ist es nicht«, unterbrach er mich schroff. »Ich sitze ziemlich böse in der Patsche. In meinem Alter kann ich es mir nicht leisten, mir einen Auftrag entgehen zu lassen, sonst bin ich weg vom Fenster.«

»Ich verstehe nicht so recht ...«

»Es ist so: Vor zwei Tagen habe ich einen Auftrag von einem Verleger angenommen, der ziemlich unflexibel ist, so einer, der keinerlei Aufschub duldet. Wenn er erfährt, dass ich im Krankenhaus bin, sucht er sich einen anderen Redakteur und ich verliere den Anschluss, verstehst du? Ich muss dafür sorgen, dass er mich weiter mit Arbeit beliefert, wenn ich hier rauskomme.«

»Und was kann ich da tun? Soll ich mit ihm sprechen und ihm die Situation erklären?«

»Nein!«, rief er aufgebracht. »Eben das muss man unbedingt vermeiden! Er soll denken, dass ich daran arbeite und das Manuskript zum vereinbarten Termin abgegeben wird. Es ist der erste von drei Aufträgen in Folge, verstehst du? Wenn ich den Termin nicht schaffe, bin ich draußen.«

»Also, da sehe ich jetzt auch keine Lösung«, murmelte ich, »es sei denn, Sie breiten Ihre magischen Flügel aus und schweben hier zum Fenster raus.«

»Genau! Magie, darum geht es«, sagte er und seine Augen leuchteten auf. »Jetzt hast du den Nagel auf den Kopf getroffen.«

»Ich verstehe immer noch kein Wort.«

»Ein bisschen Fantasie, Samuel. Ich bitte dich, diesen Auftrag für mich zu übernehmen.«

»Wie bitte? Sie meinen doch wohl nicht, ich soll eines Ihrer Inspirationsbücher anfertigen ...«

»Ganz genau das meine ich. Ich werde dir von hier aus Anweisungen geben, dann ist es alles ganz einfach. Du kannst meine Schlüssel nehmen und mein Arbeitszimmer benutzen. Im Computer findest du eine entsprechende Datei.«

Wäre Titus nicht soeben dem Tod von der Schippe gesprungen, ich hätte das Weite gesucht und ihn niemals wiedergesehen. So etwas kann man von einem Akademiker, der seine Aussagen normalerweise mit Fußnoten und Bibliografien absichert, nun wirklich nicht erwarten.

»Ich nehme an, ich habe keine Wahl.«

»Stimmt, hast du nicht.«

»Wie soll das Buch heißen?«

»Kleiner Lehrgang in Alltagsmagie.«

MARILYNS LETZTER FILM

Ziemlich niedergeschlagen machte ich mich auf den Heimweg. Als hätte ich nicht genug damit zu tun, meine Seminare vorzubereiten, die Aufsätze zu korrigieren und meine Wohnung in Schuss zu halten, sollte ich mich jetzt auch noch in den alten Redakteur verwandeln und seine Arbeit machen. Ein Ding der Unmöglichkeit.

Bevor ich meine Wohnung betrat, zog es mich in Titus' Arbeitszimmer, wie einen Verbrecher, der das Terrain sondiert, ehe er seine Tat begeht.

Als ich die Tür öffnete, fühlte ich mich seltsam ruhig, als wäre dies schon immer meine Wohnung gewesen und als wäre es ganz natürlich, sie zu betreten. Ich schaltete das Licht im Flur an, wo mein Blick erneut auf den *Wanderer über dem Nebelmeer* fiel. Wieder blieb ich stehen, um ihn zu betrachten.

Jetzt bin ich allerdings noch einsamer als vorher, dachte ich bei mir.

In der Zeitung hatte ich gelesen, dass 20,3 Prozent der spanischen Haushalte aus nur einer Person bestehen. Ich war Teil dieser Statistik, ich war ein »Einpersonenhaushalt«, eine Schnecke mit ihrem Haus, in das nur sie allein hineinpasst. Obwohl ich jetzt im Grunde ja zwei Wohnungen und zwei Leben haben würde. In meiner Wohnung würde ich weiter als Samuel, Dozent für Deutsch, leben, und in der Etage darüber würde ich für einige Stunden am Tag Titus spielen. Seltsamerweise beunruhigte mich diese Aussicht kein bisschen.

Was konnte schon noch passieren?

Ich betrachtete den Schreibtisch im letzten Abendlicht. Es war alles wie beim letzten Mal: der Computer, das Wissenschaftsbuch, die Eisenbahn. Auf dem Teppich verstreut lagen drei Bücher, als wären sie Titus während des Anfalls aus der Hand gefallen. Ich bückte mich, um sie aufzuheben. Eins war eine Sammlung der bekanntesten Aphorismen von Siddharta Gautama alias Buddha. Bei den anderen beiden handelte es sich um die Biografien von Alan Watts und Thomas Merton.

Ich beschloss, die Bücher mit zu mir zu nehmen, um mich auf meine neue Arbeit vorzubereiten. Mit der eigentlichen Textproduktion würde ich mich frühestens morgen befassen, falls ich dazu überhaupt imstande sein sollte.

Gegen acht Uhr abends wurde mir immer beklommener zumute, ich fühlte mich wie überrollt von den Ereignissen. Die drei Bücher lagen als Bettlektüre auf meinem Nachttisch.

Ich hatte das Bedürfnis, das Haus zu verlassen, obwohl nichts von dem erledigt war, was ich mir vorgenommen hatte. Im Verdi wurde *The Misfits*, einer meiner Lieblingsfilme, gezeigt. Ich schaute in der Zeitung die Anfangszeiten nach, zur vorletzten Vorstellung würde ich es noch schaffen.

Kurzentschlossen zog ich mir den Mantel an, und in der Hoffnung, ich könnte mir selbst entfliehen, verließ ich die Wohnung.

Bis zum Beginn der Vorstellung vertrieb ich mir die Zeit mit der Lektüre des Infoblatts. Die Geschichte dieses Films, der Marilyn Monroes letzter werden sollte – das Drehbuch stammte von ihrem Mann, Arthur Miller –, war eine einzige Aneinanderreihung von Patzern, Pannen und Katastrophen.

Der Dreh hatte 111 Tage gedauert, und neben Marilyn spielten Clark Gable und Montgomery Clift in den Hauptrollen. Ebenso wie die Figuren, die sie verkörperten, hatten diese Stars bereits ihre besten Zeiten hinter sich.

Marilyn kam jeden Tag zu spät zum Dreh, weil sie zu der Zeit schon so viele Beruhigungsmittel schluckte, dass sie kaum aus dem Bett kam. Von ihren drei Liebhabern, John F. Kennedy, Yves Montand und auch Miller, der sie benutzt hatte, um seine Karriere wieder anzukurbeln, fühlte sie sich verraten. Wenn sie am Set erschien, war kaum etwas mit ihr anzufangen, entweder hatte sie den Text vergessen oder sie wirkte derart weggetreten, dass der Regisseur John Huston auf Aufnahmen verzichtete.

Clark Gable war mit seinen neunundfünfzig Jahren gesundheitlich stark angeschlagen, was ihn nicht daran hinderte, täglich zwei Liter Whiskey zu trinken und drei Schachteln Zigaretten zu rauchen. Marilyns Trödelei brachte ihn nicht aus der Ruhe. Wenn sie eintraf, kniff er ihr nur in den Hintern und sagte: »An die Arbeit, meine Schöne.«

Montgomery Clift für seinen Teil hatte sich, seit sein

Gesicht durch einen Unfall entstellt war, dem Alkohol und den Drogen ergeben. Abgesehen davon, dass er mit seiner Homosexualität nicht klarkam.

Angesichts dieser desolaten Crew ließ John Hustons Interesse an der Arbeit nach, und er verbrachte jede Nacht im Casino. Um elf Uhr abends setzte er sich an den Spieltisch und ging um fünf Uhr morgens wieder nach Hause. Am Ende soll er so hohe Schulden gehabt haben, dass er die Dreharbeiten auf Eis legte und Marilyn in eine Entzugsklinik schickte, um Zeit zu gewinnen und sich aus dem ganzen Schlamassel zu befreien.

Es war ein Wunder, dass der Film am 5. November 1960 tatsächlich fertiggestellt wurde. Alles in allem schien es eine enorme Strapaze gewesen zu sein, denn Clark Gable fiel am nächsten Tag einem Herzinfarkt zum Opfer. Marilyn starb wenig später an einer Überdosis. Um das Unglück komplett zu machen, war *The Misfits* auch noch ein Kassenflop.

Am Ende dieses Ausflugs in die Filmgeschichte war in gekürzter Fassung das Gebet abgedruckt, das der Dichter Ernesto Cardenal für Marilyn Monroe verfasst hat:

Herr / nimm dieses Mädchen auf, das die ganze Welt kannte als Marilyn Monroe / (…) / und das jetzt vor Dir steht, ohne jedes Make-up / ohne ihren Manager / ohne Fotografen, ohne Autogramme zu geben / einsam wie ein Astronaut vor der Nacht des Universums.

Der geheime Garten

Als ich am nächsten Tag erneut auf dem Weg zu dem Café an der Carrer Bergara war, galoppierten in meinem Kopf immer noch die wilden Pferde herum, die Marilyn im Film zu retten versuchte. Der Kinoabend hatte in mir die Lust geweckt, mir weitere Filmklassiker noch einmal anzuschauen, wofür ich jedoch leider keine Zeit hatte.

Immerhin hielt mich die Erinnerung an Vittorio de Sicas *Fahrraddiebe*, ein Juwel des italienischen Neorealismus, davon ab, eine Dummheit zu begehen.

Da ich im Grunde nicht daran glaubte, dass es sinnvoll war, sich erneut in dem Café auf die Lauer zu legen, hatte ich in meiner Verzweiflung tatsächlich mit dem Gedanken gespielt, zu einem Wahrsager zu gehen, der mich auf Gabrielas Spur bringen sollte. Ich hatte mal gelesen, dass die Polizei in Entführungs- oder Vermisstenfällen mitunter Hellseher beschäftigt. Mit Hilfe eines Pendels können diese dann beispielsweise den möglichen Aufenthaltsort einer vermissten Person ausfindig machen.

Dann aber war mir eine Szene aus den *Fahrraddieben* eingefallen. Als dem Protagonisten sein Rad gestohlen wird, das er fürs Plakatekleben – seinen einzigen Lebensunterhalt – braucht, sucht er eine Wahrsagerin auf, die ihm helfen soll, es zurückzubekommen. Der arme Junge gibt sein letztes Geld aus, um die spektakuläre Antwort zu erhalten: »Entweder du findest es bald, oder du findest es niemals mehr.«

Das Café war definitiv die bessere Variante.

Als ich mich dem Café näherte und von Weitem an einem der Tische eine Gestalt erkannte, wurde mir flau im Magen. Bloß das nicht, dachte ich. Der schwarze Hut und der weiße Schal ließen keinen Zweifel: Es war der komische Kauz vom Tag zuvor.

Einen Augenblick lang dachte ich daran, auf dem Absatz kehrtzumachen und diesen Ort in Zukunft zu meiden. Doch der Bärtige schien so sehr in sein Manuskript vertieft, dass er meine Anwesenheit vielleicht nicht einmal bemerken würde. Und tatsächlich, als ich erneut an dem mittleren Tisch Platz nahm, hob er nicht einmal den Blick. Erleichtert atmete ich auf. Ich bestellte einen Vermouth, den ich sicherheitshalber direkt bezahlte. Falls Gabriela die Ampel in Richtung Eisenbahnladen überquerte, könnte ich sofort aufbrechen.

An jenem Donnerstagmittag schien der Lärm der Autos und Fußgänger lauter als gewöhnlich, sodass ich mich bei meiner Detektivarbeit voll konzentrieren musste. Ich war so sehr mit den Leuten beschäftigt, die an mir vorübergingen, dass ich gar nicht bemerkt hatte, dass der Bärtige gegangen war und sein Manuskript auf dem Tisch hatte liegen lassen.

Es wäre richtig gewesen, das Buch dem Kellner zu geben. Der Mann war vermutlich ein Stammgast in dem Café, also würde er es bald wiederbekommen. Doch als ich es in der Hand hielt, konnte ich es mir nicht verkneifen, einen Blick hineinzuwerfen. Ob aus Neugier oder vielleicht auch einfach aus Langeweile, weiß ich nicht. Jedenfalls kehrte ich mit dem Manuskript zu meinem Platz zurück und begann darin zu blättern.

Das Buch begann mit einer Art Vorwort oder Grundsatzerklärung:

Alles Licht hat seinen Schatten. Die vermeintlich harmlosesten Menschen halten eine Welt in sich verborgen, in der unvorstellbare Dinge geschehen. Wenn wir durch Zufall dort hineingeraten, überkommt uns ein Gefühl von Unruhe und Furcht, als dringe man in einen fremden Garten ein.

Plötzlich stellen wir fest, dass wir etwas, das schon immer da war, noch nie bemerkt haben. Der nächste Schritt besteht darin, das Territorium des Zweifels auf angrenzende Felder auszudehnen. Von da an kann die Schattenregion uns an nie gedachte Orte führen. Letzten Endes ist die Unterseite der Münze genauso groß wie die Oberseite.

Vielleicht entdeckst du, dass du keine Ahnung hattest, wer an deiner Seite lebt, oder dass du bisher die Augen zugemacht hast, um es nicht zu sehen. Und du wünschtest, du hättest diese erste Entdeckung, die dich aus dem bequemen Alltagstrott gerissen hat, niemals gemacht.

Darum ist es manchmal ratsam, nicht alles wissen zu wollen.

Einen Moment lang saß ich verwirrt da und wusste nicht, was ich davon halten sollte. Diese Einführung erklärte nicht im Geringsten, auf was das Ganze abzielte.

Meine Neugier war geweckt und ich wollte gerade weiterlesen, als ich zufällig aufsah. Der Bärtige kam mit zornigem Schritt über die Straße gestapft. Zwar war es offensichtlich, dass seine Wut nicht mir galt – er sah mich nicht einmal an –, sondern sich selbst, weil er das Manuskript auf dem Tisch vergessen hatte. Dennoch bekam ich es mit der Angst, legte das Manuskript auf seinen Tisch zurück und machte, dass ich wegkam. Ich drehte mich nicht noch einmal um.

VORLÄUFIGES INHALTSVERZEICHNIS

Die Begegnung mit dem Bärtigen und seinem Manuskript hatte mich in größte Unruhe versetzt, als würde es nicht ohne Folgen bleiben, dass ich etwas gelesen hatte, was nicht für mich bestimmt war.

Aber was war es eigentlich, das ich da gelesen hatte?

Womöglich hatte mein kühner Schritt einen Orkan von kleinen Ereignissen entfesselt – der Schmetterlingseffekt –, deren zerstörerische Konsequenzen erst sichtbar würden, wenn alles zu spät war.

Das jedenfalls dachte ich im Nachhinein. Ich hätte der Sache wahrscheinlich keine weitere Bedeutung beigemessen, hätte ich nicht, während ich mir zu Hause mein Mittagessen kochte, das Radio eingeschaltet.

Ich drehte auf der Suche nach einem Sender mit guter Musik am Rädchen, als die Klänge einer Siebzigerjahre-Gitarre mich innehalten ließen. Normalerweise höre ich lieber klassische Musik oder Jazz, aber es gibt auch ein paar Rock-Klassiker, die mir gefallen, unter anderem auch Pink Floyd, die hier gerade gespielt wurden.

Mit lässiger, tiefer Stimme kommentierte der Sprecher die Platte:

… Eines der symbolträchtigsten Alben aller Zeiten, fünfundzwanzig Millionen verkaufte Exemplare seit seinem Erscheinen 1973. Nachdem sie das Material live vorgestellt hatten, schloss sich die Band in den legendären Abbey Road Studios ein. Als Toningenieur engagierten sie Alan Parsons, der mit der neuen Dolby-Technik auf 16 Spuren ein wahres Meisterwerk vollbrachte. Eine Aufnahme voller Überraschungen. Wir freuen uns, unseren Hörern die neu abgemischte Version des Klassikers *Dark Side of the Moon* präsentieren zu können …

Mir wurde wieder flau, und so schloss ich mich in Titus' Arbeitszimmer ein, um diese Geschichte schnell zu vergessen. Wenigstens solange ich mich mit der Arbeit an dem Buch herumschlug, war ich vor diesem Schattenraum sicher, der sich immer mehr über mir ausbreitete.

»Der Zufall ist der Schatten Gottes«, hatte Titus gesagt.

»Bitte keine Schatten mehr«, murmelte ich in mich hinein, während ich den Laptop einschaltete.

Mishima war mir ganz selbstverständlich gefolgt und schlummerte nun unter dem Tisch mit der Eisenbahn. Ein kleiner Ofen heizte ordentlich ein und verströmte dabei betäubende Gase.

Auf dem Desktop fand ich eine Datei mit dem Namen *Kleiner Lehrgang in Alltagsmagie*. Beim Öffnen des Dokuments stellte ich fest, dass sie außer dem Titel kaum Text enthielt.

Diese Anthologie schrieb Titus unter dem Namen Francis Amalfi, einem seiner zahlreichen Pseudonyme. Da das Buch nun mein Job war, war dies nun auch mein Pseudonym, meine zweite Persönlichkeit.

Ich scrollte herunter bis zum Inhaltsverzeichnis. Das war alles, was Titus bislang zu Papier gebracht hatte, der Rest des Dokuments bestand aus leeren Seiten. In der vagen Hoffnung, dass mir dazu irgendetwas Passendes einfallen würde, las ich mir die Überschriften der Kapitel durch:

Inhaltsverzeichnis (vorläufig)

Das ist nicht allzu viel, dachte ich seufzend und war bereits bei dem Gedanken an die Aufgabe, die mir bevorstand, vollkommen erschöpft. Nicht einmal das Inhaltsverzeichnis war fertig, und Titus erwartete jetzt von mir, dass ich ein ganzes Buch mit nicht einmal fest definierten Inhalten füllte.

Als pragmatischer Mensch beschloss ich, zuerst das Inhaltsverzeichnis zu vollenden und dann mit dem eigentlichen Text zu beginnen. Ich tippte eine 5 und starrte auf die leere Zeile daneben, als könnte dort plötzlich aus dem Nichts etwas auftauchen. Ein unvermittelter Maunzer von Mishima weckte mich aus meinem dumpfen Brüten.

»Danke für den Tipp«, sagte ich zu ihr und schrieb die nächste Überschrift:

5. Katzenphilosophie

Vielleicht war das nicht unbedingt brillant, aber ich fand es lustig, dieses Kapitel einer Katze zu überlassen, auch wenn ich nicht die geringste Ahnung hatte, was darin stehen sollte.

Motiviert von diesem ersten Erfolg widmete ich mich Punkt Nummer sechs und überlegte, dass es schön wäre, auch irgendeine Art Wörterbuch mit aufzunehmen. Ich könnte ein paar Einträge aus *They have a word for it* verwenden, wenn mir nichts anderes einfiel. Vorerst nannte ich das Kapitel:

6. Die Geheimsprache

»Das klingt gut«, beglückwünschte ich mich begeistert. Bekanntlich führt eins zum anderen, und so schrieb ich, fast ohne es zu merken, die Überschrift des letzten Kapitels, die das Inhaltsverzeichnis abschloss:

7. Liebe im Kleinen

Stolz betrachtete ich die Nummer sieben, die ja meine ureigene Erfindung war. Vielleicht war es deshalb das einzige Kapitel, zu dem ich eine klare Vorstellung hatte. Zuerst sollte es eine Einführung zur »Kraft der kleinen Taten« geben, dann käme eine Liste mit den Dingen, die die »Liebe im Kleinen« auslösen.

Ans Ende des Dokuments schrieb ich:

#1. Einer Katze Milch geben (obwohl sie das nicht verträgt)

Das erinnerte mich daran, dass ich zum Tierarzt musste, um Mishima impfen zu lassen. Dort erwartete mich die attraktive Frau mit der harten Schale und dem weichen Kern. So jedenfalls kam sie mir vor.

Als ich den Computer ausschaltete, überkam mich eine unfassbare Müdigkeit, die mehr existenziell als physisch war. Besonders weit war ich nicht gekommen, und ich zweifelte daran, dass die ganze Arbeit überhaupt einen Sinn hatte.

Dicht gefolgt von der Katze blieb ich einen Augenblick vor dem Bild des Wanderers stehen, das für mich eine Art Spiegel geworden war.

»Wenn sich der Nebel lichtet, sag mir Bescheid.«

Der Kanon natürlicher Schönheit

Mittlerweile kannte ich mich mit dem Verhalten der Katze ein bisschen aus. Daher hatte ich Mishima ins Schlafzimmer gesperrt, damit sie sich nicht verstecken konnte. Sie ahnte, was ihr bevorstand, und versuchte mit allen Mitteln, mich zum Öffnen der Tür zu bewegen.

Bald merkte sie, dass es nicht reichte, an der Tür zu kratzen, also sprang sie zu mir aufs Bett, um mich mit lautem Maunzen zu wecken. Doch ich blieb hart, auch wenn das hieß, dass ich womöglich die ganze Nacht kein Auge zutun würde. Schließlich gab sie sich geschlagen und schlief zusammengerollt zu meinen Füßen ein.

Bevor ich mir am nächsten Morgen Frühstück machte, sperrte ich sie in die Petbox. Mishima fing an zu winseln, und ich versuchte sie zu beruhigen, indem ich sie durch einen Spalt mit dem Finger kraulte.

»So ist das manchmal im Leben«, sagte ich zu ihr. »Nimm es mir nicht übel.«

Im Wartezimmer des Tierarztes saß ein sabbernder Pitbull, der uns drohend anblickte. Ich konnte beinahe spüren, wie sich Mishima in ihrer Box die Haare aufstellten. Vermutlich war sie jetzt sogar dankbar für ihren

Käfig. Der Besitzer des Pitbulls war ein junger Skinhead, der ebenso wenig vertrauenerweckend aussah wie sein Hund.

Die Tür des Behandlungsraums ging auf, und eine ältere Frau mit lila gefärbten Haaren und einem Pudel auf dem Arm kam heraus. Der Pitbull begann nervös zu knurren und zu sabbern, doch eine feste Hand packte ihn am Halsband und zog leicht daran, um ihn zum Schweigen zu bringen.

»Du bist gleich dran«, sagte die Tierärztin und lächelte, bevor sie die Tür schloss.

Mishima stieß einen schwachen Maunzer aus, als wollte sie sagen: »Noch mal Glück gehabt.«

Während ich wartete, studierte ich die Poster, mit denen der Warteraum dekoriert war. Allesamt Werbeplakate für Tiernahrung, eine ziemlich kitschige Kollektion von fröhlich herumspringenden Hunden und Angorakatzen, die mit anspruchsvoller Miene ihr Futter musterten.

Als der Pitbull und sein Herrchen die Praxis endlich verlassen hatten, trat ich mit meiner Box in den kleinen Behandlungsraum. Vielleicht lag es daran, dass sie sich in ihrer eigenen Umgebung sicherer fühlte, jedenfalls wirkte die Tierärztin sehr viel entspannter als bei ihrem Hausbesuch vor einigen Tagen.

»Mein Name ist übrigens Meritxell«, sagte sie, ohne dass ich gefragt hatte, und holte die Katze aus der Box.

Während sie Mishima die Spritze verpasste, beobachtete ich diese kleine, zierliche Frau und bewunderte erneut ihre ebenmäßigen Züge. Durch die kurzen dunklen Haare wirkte ihr Gesicht nur noch hübscher.

Irgendwo habe ich einmal gelesen, dass es nichts mit

dem eigenen kulturellen Hintergrund oder einem speziellen gesellschaftlichen Kanon zu tun hat, ob wir ein Gesicht als schön empfinden, sondern dass es tatsächlich einen Schönheitsbegriff gibt, den die meisten Menschen auf der Welt teilen. Demnach empfinden wir ein Gesicht dann als besonders schön, wenn seine Züge symmetrisch sind.

Meritxell schien mir ein gutes Beispiel für diese Art von Schönheit. Als sie ihre Arbeit beendet hatte, schenkte sie mir ein Lächeln, das sich so harmonisch, so elegant über ihr Gesicht legte, wie ich es noch nie zuvor bei einem Menschen gesehen hatte. Das musste allerdings nicht bedeuten, dass sie eine Einladung zu heißer Schokolade mit Churros annehmen würde. Ich entschied mich für vornehme Zurückhaltung und verabschiedete mich ohne jeglichen Annäherungsversuch.

Fast meinte ich, in Meritxells ebenmäßigem Antlitz leichte Enttäuschung lesen zu können. Wahrscheinlich hätte sie abgelehnt, trotzdem wollte sie gefragt werden – eines der unergründlichen Rätsel weiblicher Koketterie.

SUCHEN UND FINDEN

Da ich den Vormittag frei hatte, kam mir auf dem Heimweg von der Tierarztpraxis der Gedanke, Titus einen kleinen Krankenbesuch abzustatten. Also brachte ich Mishima nach Hause – sie war froh, endlich aus ihrer Box zu kommen – und machte mich erneut auf den Weg.

Die Fahrt mit der Metro nutzte ich dazu, mir einige Buddha-Aphorismen für Titus' Buch anzuschauen. Zuerst schien es mir seltsam, die Anthologie, die ich bei Titus gefunden hatte, in der U-Bahn hervorzuholen. Ein Waggon voller grauer Gesichter ist nicht gerade der beste Ort für kontemplative Lektüre. Doch schnell wurde mir klar, dass sich kein Mensch dafür interessierte, was um ihn herum geschah. Die Leute starrten mit leerem Blick in die Luft, was schlimmer ist, als die Augen geschlossen zu haben. Dann kann man wenigstens noch träumen.

Ich musste an eine Stelle aus dem *Buch der Unruhe* von Fernando Pessoa denken. Dort heißt es in etwa: Wer schläft, ist wie ein Kind, denn im Schlaf kann man weder jemandem wehtun noch Rechenschaft über sein Leben ablegen. Der größte Verbrecher, der schlimmste Terrorist bewahrt im Schlaf den Zauber der Unschuld. Darum ist es ein ebenso großes Verbrechen, einen Schlafenden zu töten wie ein Kind.

Den Dichter hinter mir lassend, wandte ich mich wieder den Aphorismen des Siddharta Gautama zu. Ich markierte die Sprüche, die mir besonders gut für unser Buchprojekt zu passen schienen:

Schmerz ist unvermeidlich,
aber das Leiden steht uns frei.

Wer nicht weiß, um welche Dinge er sich sorgen
und welche er vernachlässigen soll,
der sorgt sich um das, was nicht wichtig ist,
und vernachlässigt das Wesentliche.

Das bin ich, dachte ich, während ich an der Station Hospital Clinic ausstieg. Beinahe war ich ein bisschen wütend, dass einer, der vor zweitausendfünfhundert Jahren gelebt hatte, mir Ratschläge erteilen konnte.

»Und, wie kommst du klar mit deinen Aufgaben?«, fragte Titus.

»Bis jetzt habe ich nur das Inhaltsverzeichnis vervollständigt. Was ist denn die zweite Aufgabe?«, fragte ich verdutzt. Hatte ich etwas vergessen?

»Gabriela zu finden natürlich.«

»Um ehrlich zu sein, bin ich mit der Suche noch nicht wirklich weitergekommen.«

»Ich habe auch nicht gesagt, du sollst sie suchen, sondern du sollst sie finden«, erklärte Titus energisch.

»Wo liegt denn da der Unterschied?«

»Solange du nur suchst, ist dein Blick durch deine Erwartungen begrenzt. Es ist, als würdest du Gott unter dem Bett suchen, weil das ein naheliegendes Versteck ist. Verstehst du?«

Mir fiel erneut der Witz von dem Betrunkenen ein und ich nickte lächelnd. Titus fuhr fort: »Solange du suchst, wirst du nichts Entscheidendes finden.«

»Und was soll ich dann tun? Däumchen drehen?«

»Im Gegenteil!«, sagte Titus aufgebracht. Er saß jetzt beinahe aufrecht im Bett.

Besorgt, wir könnten den Zimmergenossen wecken, schaute ich erschrocken nach rechts hinüber, doch das Bett war leer.

Der alte Redakteur packte meine Hand und sagte: »Um zu finden, musst du dich treiben lassen. Solange du deine fixen Ideen hast, wirst du unfähig sein, das zu sehen, was direkt vor deiner Nase passiert.«

Ich nickte wieder und fragte mit dem Blick auf das leere Bett nach dem alten Mann, der vor einer Woche dort gelegen hatte:

»Wo ist er hin?«

Titus lachte leise auf und erwiderte: »Wenn ich das wüsste, wäre mir der Nobelpreis in allen Disziplinen sicher.«

UNMÖGLICHES WIRD SOFORT ERLEDIGT, WUNDER DAUERN ETWAS LÄNGER

Das Referat über Kafkas *Schloß* war aufschlussreich gewesen, denn es hatte gezeigt, dass der Student nicht das Geringste begriffen hatte.

Das Schloß war immer mein Lieblingsroman von Kafka gewesen, vielleicht weil er der rätselhafteste von allen ist. Da er unvollendet geblieben ist, kann man nur darüber spekulieren, wie das Ende des Landvermessers K. ausgesehen hätte, der sich vergeblich abmüht, zu einem Schloss zu gelangen, das sich immer weiter von ihm entfernt.

Ob Gabriela mein persönliches Schloss war? Beunruhigt durch diese Idee, ging ich, während ich das Café an der Kreuzung ansteuerte, in Gedanken Schritt für Schritt die Handlung des Romans durch.

Der Landvermesser K. hängt, nachdem man ihn durch eine Reihe von widersprüchlichen Mitteilungen verwirrt hat, ziemlich in der Luft:

1) K. kommt in ein verschneites Dorf, weil er in den Dienst der Schlossherren berufen wird.

2) Als er sich im Dorfgasthaus einmietet, teilt man ihm telefonisch mit, dass er niemals ins Schloss gelangen wird.

3) Wenig später erhält er einen Brief, in dem man ihm bestätigt, dass er in die gräflichen Dienste aufgenommen ist.

4) Der Bürgermeister informiert K., dass das Schloss keinen Landvermesser benötigt und dass die leidige Situation auf einen Verwaltungsfehler zurückzuführen ist.

5) Am selben Tag erhält er einen Brief, in dem ihm mitgeteilt wird, dass man im Schloss mit seiner Arbeit als Landvermesser sehr zufrieden ist.

6) Trotz dieses Schreibens kann K. seine Aufgabe weiterhin nicht ausüben und all seine Versuche ins Schloss zu gelangen, schlagen fehl.

Das Schloss gilt als Sinnbild für die absurdesten menschlichen Begehren, wie den Wunsch nach Unsterblichkeit oder meine Versuche, eine Kinderliebe wieder auferstehen zu lassen. Obwohl Titus gesagt hatte, dass ich, solange ich suchte, nicht finden würde, wollte ich doch einen letzten Versuch unternehmen.

Ich hatte beschlossen, dass ich, falls der wunderliche Typ mit seinem Manuskript wieder da sein sollte, sofort kehrtmachen und auch nicht mehr zurückkommen würde. Da alle drei Tische frei waren – es war ein kalter und windiger Tag –, setzte ich mich erneut an den mittleren Platz und bestellte einen Vermouth. Während ich mir die Hände rieb, um sie zu wärmen, dachte ich, dass die unwiderstehliche Anziehungskraft, die dieses Straßencafé auf mich ausübte, etwas von der Energie zwischen Mond und Erde hatte. Ich war ein lächerlicher kleiner Satellit, der um einen vergeblichen Traum kreiste.

Mit der verzweifelten Konzentration eines Menschen, der beschlossen hat, etwas zum allerletzten Mal zu tun, studierte ich jeden Passanten, jedes Detail auf der Straße ganz genau. Dass ich Gabriela noch einmal in den vorbeihastenden Menschenströmen entdecken würde, war so wahrscheinlich wie eine Nadel im Heuhaufen zu finden, dennoch blieb ich sitzen.

Wie um mir Mut zu machen, ertönte aus dem Café ein Lied von Billie Holiday, die sang: »The difficult I'll do right now. The impossible will take a little while.«

Während ich das Lied mitsummte und mich optimistischen Fantasien hingab, passierte es. Es ging so schnell, dass ich keine Zeit hatte zu reagieren: Der Bärtige mit dem Hut bog um die Ecke, ließ sich auf einen der Metallstühle fallen und packte das Manuskript auf den Tisch.

Ich wollte den Vermouth austrinken und gehen, um niemals wiederzukommen. Doch eine unerklärliche Lähmung hinderte mich. Ich fühlte, wie mich eine seltsame, angenehme Schwere überkam, und widmete mich wieder den vorbeiströmenden Passanten.

Vielleicht war es der Vermouth, vielleicht auch nur die Kälte, doch nach wenigen Minuten war ich in einen Zustand erwartungsvoller Ruhe gesunken. Womöglich erschrak ich deshalb nicht, als der Mann mit dem Hut sich plötzlich zu mir hinüberbeugte und fragte: »Hast du Heimweh nach der Zukunft?«

EIN ERFOLGREICHER FEHLSCHLAG

Der Wind wurde stärker, und seine Worte hingen einen Moment lang in der Luft. Seltsamerweise überraschte es mich weder, dass er mich duzte, als wären wir alte Freunde, noch die Absurdität seiner Frage.

Ich musterte ihn aufmerksam und stellte fest, dass der Bart sein allzu rundes Gesicht und eine eingefallene Oberlippe kaschieren sollte. Er machte einen ruhigen und gelassenen Eindruck und schien es gar nicht eilig zu haben, eine Antwort zu erhalten.

Ein Mensch bei vollem Verstand wäre vermutlich aufgestanden und hätte den wunderlichen Kerl mit seiner Frage sitzen lassen. Doch ich hatte das Gefühl eines Déjà-vu, als hätte ich lange auf diese Frage gewartet, und so antwortete ich vollkommen ernsthaft: »Ich kann kein Heimweh nach etwas haben, was noch nicht geschehen ist.«

»Das denkst du«, erwiderte er und rückte mit seinem Stuhl zu mir heran, ohne dabei seinen Tisch zu verlassen.

»Wir wissen alle mehr oder weniger, was uns bevorsteht, weil wir uns unsere Zukunft selbst wählen. Das ist auch der Trick der Wahrsager.«

»Wovon redest du?«, fragte ich, das Du stillschweigend akzeptierend.

»Die Zukunft lesen ist wie Schachspielen. Ein einigermaßen ordentlicher Spieler kann die nächsten zwei oder drei Spielzüge vorhersehen. Ein guter noch sehr viele mehr. Alles eine Frage der Logik.«

»Und du hast also vorhersehen können, wie deine Partie verlaufen wird.«

»Ja. Vor dem Schachmatt wird es noch einige spannende Abenteuer geben. Deswegen habe ich Heimweh nach der Zukunft. Es wird nämlich einfach großartig werden, und ich wünschte, es wäre schon so weit.«

»Aber wenn du die Fäden in der Hand hältst«, hakte ich nach, »dann könntest du doch einfach ein paar Züge überspringen!«

Mein Verdacht, dass er nicht alle Tassen im Schrank hatte, gewann langsam eine solide Grundlage.

»Das geht nicht«, antwortete er, »weil ein Zug vom anderen abhängt, verstehst du? Beim Schach führt ein Zug zum nächsten. Wenn du die Partie gewaltsam beeinflussen willst, wird überhaupt nichts passieren.«

»Lass mich raten«, fuhr ich ihm streitlustig dazwischen, was normalerweise nicht meine Art ist. »In diesem Manuskript, das du mit dir herumträgst, steht die Zukunft geschrieben, nach der du Heimweh hast.«

Der Bärtige schnitt eine Grimasse und antwortete: »Bist ein kluges Kerlchen. Ich wusste, dass man auf dich zählen kann.«

»Houston, wir haben ein Problem«, murmelte ich, vage ahnend, dass ich dabei war, mich in einen weiteren Schlamassel zu verstricken.

»11. April 1970«, erwiderte er mit fester Stimme.

»Wie bitte?«

»An dem Tag ist die Apollo 13 in den Weltraum gestartet. Eine schlechte Zahl. Hätte für die Menschen damals fast die Hölle bedeutet.«

»Wie ich sehe, bist du abergläubisch.«

»Das muss man sein, wenn die Zeichen so offensichtlich sind. Die Apollo 13 startete um 13.13 Uhr an einem Datum, dessen Ziffern in der Quersumme 13 ergeben. Du kannst es nachrechnen: Es war der 11.04.70.«

Ich addierte im Geist die Zahlen und konnte ihm natürlich nicht widersprechen. Aber das hieß nichts.

»Das Erstaunliche ist, dass sie mit heiler Haut davongekommen sind«, fuhr er fort. »Die Besatzung der Apollo 13 sollte die zweite sein, die jemals den Mond betreten würde, aber als sie 370 000 Kilometer von der Erde entfernt waren, wurde die Rakete durch eine Explosion stark beschädigt und schlingerte manövrierunfähig auf der Mondumlaufbahn.«

»Ich sehe, du kennst dich aus in der Materie.«

»Als der zweite Sauerstofftank explodierte, schalteten die Astronauten alle Geräte ab, die dem Raumschiff hätten Energie abziehen können. Es war ein Wunder, dass es ihnen am 17. April gelang, das Raumschiff südlich der Insel Pago Pago im Ozean zu landen. Deshalb bezeichnete die NASA diese Mission als einen ›erfolgreichen Fehlschlag‹. Eine schöne Definition, findest du nicht?«

Ich blieb einen Moment stumm und überlegte. Dieser Typ hatte offensichtlich eine Schraube locker und ein spezielles Interesse an der Raumfahrt. Das, was ich von seinem Buch gelesen hatte, schien dazu jedoch keinerlei Verbindung aufzuweisen.

Wie als Antwort auf mein Schweigen sagte er: »Jetzt habe ich allerdings keine Zeit, mich mit der Mondfahrt zu befassen. Aber da kommen wir schon noch hin.«

Die Verwendung des Wörtchens »wir« in diesem Zusammenhang bereitete mir Unbehagen, doch ich versuchte, mir nichts anmerken zu lassen.

»Alles zu seiner Zeit«, fuhr er fort. »Vorher sind noch andere Dinge zu erledigen.«

Er nahm einen letzten Schluck aus seiner Kaffeetasse und warf mir einen verschwörerischen Blick zu. Auf einmal fiel mir ein, dass ich die Straßenkreuzung völlig unbeachtet gelassen hatte. Vielleicht war es auch besser so.

»Und welcher Spielzug ist heute dran?«, fragte ich. Langsam fand ich Gefallen an dieser seltsamen Unterhaltung.

»Herauszufinden, von wem ein Musikstück stammt, das ich sehr mag.«

»Ich kenne mich ein bisschen aus mit Musik«, erklärte ich. »Vielleicht kann ich dir helfen. Um welches Stück geht es denn?«

»Das ist ja mal eine gute Nachricht«, sagte er erfreut. »Gestern habe ich einen Film im Fernsehen gesehen, da ging es um zwei moderne Vampire in einer New Yorker Wohnung. Der eine hat seine Unsterblichkeit verloren und beginnt zu altern; vor den Augen seiner Geliebten verfällt er von Minute zu Minute, bis sie ihn schließlich als gebrechlichen alten Greis beerdigt. Zwischendurch erklingt immer wieder so ein trauriges Klavierstück, und ich wüsste gern, von wem es ist. Im Abspann habe ich es verpasst.«

»Sind die Vampire Catherine Deneuve und David Bowie?«

»Ich glaube schon.«

»Dann ist es ein Stück von Schubert. Ich glaube, es ist das Trio in Es-Dur.«

»Ah ja. Danke für den Hinweis.«

Mit diesen Worten erhob er sich, als hätte er es auf einmal sehr eilig. Er legte ein Geldstück auf den Tisch und lüftete zum Gruß leicht den Hut.

»Valdemar verabschiedet sich«, sagte er

Und dann war er, ohne dass ich die Gelegenheit gehabt hätte, mich ebenfalls vorzustellen, mit seinem Manuskript unter dem Arm so schnell verschwunden, wie er gekommen war.

Venezianisches Gondellied

Ich trank meinen Vermouth aus und blieb etwas benommen sitzen, bis der eisige Wind mich zum Aufbruch trieb.

Plötzlich hatte ich die schmachtenden Akkorde Schuberts im Ohr und verspürte den dringenden Wunsch, dieses Stück zu hören. Ich schaute auf die Uhr. Wenn ich mich beeilte, würde ich es noch in den Musikladen schaffen, bevor er schloss. Schon über ein Jahr war ich nicht mehr in dem kleinen Plattenladen in der Carrer Tallers gewesen, der auf klassische Musik spezialisiert war. Wenn diese Schubert-CD irgendwo zu finden war, dann dort.

Statt den Umweg über die Ampel zu machen überquerte ich die Carrer Pelai gewagterweise genau vor dem Café und kürzte über die Carrer Jovellanos ab. Dann bog ich links ein und erreichte das Geschäft fünf Minuten vor Ladenschluss.

Neben einem schläfrigen Kassierer empfing mich dort eine herrliche Melodie, die ich seit Jahren nicht gehört hatte: Es war eins der »Lieder ohne Worte« von Mendelssohn, das *Venezianische Gondellied*. Es ist ein Stück für Klavier, wie das von Schubert, und unglaublich poetisch.

Ich beschloss, das Trio von Schubert auf später zu verschieben, und bewegte mich mit halb geschlossenen Augen vom Regal mit den zeitgenössischen Komponisten hinüber zu den Romantikern. Bevor ich nach der CD suchte, wartete ich ab, bis die letzten Takte des *Gondellieds* verklungen waren. Als ich meine Augen wieder öffnete, konnte ich nicht glauben, was ich sah. Mein Herz machte einen derart heftigen Satz, dass ich unwillkürlich ein paar Schritte nach hinten stolperte. Auf der anderen Seite des Regals stand Gabriela.

Uns trennten nur wenige Zentimeter – ich konnte sogar den Duft ihrer schwarzen Locken riechen –, aber sie hatte mich nicht gesehen. Sie hatte die Augen zusammengekniffen und sah flink ein Regal durch.

Ich widerstand dem panischen Impuls, auf der Stelle zu flüchten, holte tief Luft und wartete darauf, dass Gabriela aufschauen würde.

Und dann hob sie den Blick, mein Herz begann zu dröhnen wie eine Kriegstrommel, und einen kurzen Moment lang konnte ich die Anordnung der Sommersprossen auf ihren Wangen bewundern. Sie warf mir einen fragenden Blick zu.

Mein Einstieg war nicht gerade brillant: »Hallo.«

Die Verblüffung stand ihr ins Gesicht geschrieben. Kein Wunder, ich fühlte mich wie in einem Traum, und auch mein zweiter Versuch das Eis zu brechen, war alles andere als elegant: »Kennst du mich noch?«

Sie musterte mich kurz aus ihren Mandelaugen und sagte: »Nein. Kann ich Ihnen helfen?«

Ihre Antwort brachte mich derart aus dem Konzept, dass ich nicht wusste, ob ich überhaupt weitersprechen sollte. Wenn das alles ein Irrtum war oder nur ich sie erkannt hatte, würde ich mich zum kompletten Idioten machen. Trotzdem stammelte ich weiter: »Es ist lange her. In einer großen Villa auf der rechten Ramblas-Seite. Ich glaube, wir haben Verstecken gespielt und …«

»Ich weiß nicht, wovon Sie sprechen«, entgegnete sie brüsk. »Sie müssen mich verwechseln.«

Dann wandte sie sich um und flüchtete sich in eine andere Ecke des Geschäfts. Rot vor Scham verließ ich den Laden; die Schubert-CD war vollkommen aus meinem Kopf verschwunden.

Eine Zauberlaterne

Um mich von meiner Traurigkeit abzulenken, versuchte ich mich mit dem Gedanken zu trösten, dass dies immerhin der vermutlich außergewöhnlichste Nachmittag meines Lebens gewesen war: Nach dem *Schloß* und meiner Unterhaltung mit Valdemar war ich Gabriela in die Arme gelaufen, die mich nach all den Anstrengungen der letzten Tage nicht einmal erkannt hatte.

Aber warum hatte sie mich dann an der Ampel so eindringlich angesehen? Sie hatte sich sogar umgedreht, um mir einen letzten Blick zuzuwerfen, ehe sie weitergegangen war. Oder war das alles nur eine Fieberhalluzination gewesen?

Auf dem Heimweg ließ ich mir die beiden Begegnungen mit Gabriela wieder und wieder durch den Kopf gehen. Schließlich fand ich die einzig logische Erklärung: Unsere Blicke mussten sich an der Ampel zufällig begegnet sein, und sie hatte sich nur zufällig noch einmal umgedreht. Jeder dreht sich auf der Straße ab und zu um.

Ganz ohne Zweifel war dies das Mädchen, das vor dreißig Jahren mein Herz mit einem Schmetterlingskuss berührt hatte. Nur erinnerte sie sich daran leider nicht mehr. Vielleicht hatte diese kindliche Geste für sie keine besondere Bedeutung gehabt, damals nicht und erst recht nicht heute.

Zum ersten Mal wurde mir schmerzlich bewusst, dass es anderen möglich war, mich zu vergessen. Absurderweise war ich trotz allem hoffnungslos in sie verliebt.

Zu Hause angekommen, erwog ich zunächst, ins Krankenhaus zu laufen und mich bei meinem alten Nachbarn auszuweinen. Geteiltes Leid ist halbes Leid, nicht wahr?

Doch dann überlegte ich es mir anders, ich wollte die Wunde nicht noch weiter aufreißen. Stattdessen tat ich das Einzige, was mich zuverlässig ablenkte, nämlich arbeiten. Während ich mit verschiedenen Büchern bepackt die Treppe hinaufstieg, war ich beinahe froh, dass ich den Zweitjob oben bei Titus hatte.

Nach dem obligatorischen Halt vor dem *Wanderer* nahm ich am Schreibtisch Platz, entschlossen, meine Arbeit ein gutes Stück voranzubringen. Nachdem ich das Inhaltsverzeichnis vervollständigt hatte, wollte ich mich nun gezielt den einzelnen Kapiteln widmen. Ich warf einen Blick auf den letzten Abschnitt »Liebe im Kleinen« und ergänzte:

#2. Mit einem Unbekannten sprechen

Dieser Punkt gehörte unbedingt hier hinein, schließlich hatte mich das Gespräch mit Valdemar zu Schubert geführt und der wiederum in den Plattenladen, wo mich Mendelssohns *Venezianisches Gondellied* auf wundersame Weise mit Gabriela zusammengebracht hatte. Ob mich diese Begegnung jedoch wirklich weitergebracht hatte, schien mir jetzt mehr als fraglich.

Ich verließ diesen Abschnitt für einen Moment, um mich dem »Herz in der Hand« zu widmen. Als ich für die Seminarvorbereitung noch einmal den *Werther* gelesen hatte, war mir eine Stelle aufgefallen, wo der Protagonist seinem Freund gegenüber eine erschütternde Betrachtung über die Mysterien der Liebe äußert; sie ist zugleich auch eine schöne Anekdote.

Zwar hatte ich den Roman als Student schon einmal gelesen, doch die für das Buch ausgewählte Passage erlangte nun einen ganz neuen Sinn, eine tragische Dimension, die sich nur dem eröffnet, der ohne Hoffnung liebt. Randvoll mit Selbstmitleid machte ich mich an die Abschrift:

Wilhelm, was ist unserem Herzen die Welt ohne Liebe! Was eine Zauberlaterne ist ohne Licht! Kaum bringst du das Lämpchen hinein, so scheinen dir die buntesten Bilder an deine weiße Wand! Und wenn's nichts wäre als das, als vorübergehende Phantome, so macht's doch immer unser Glück, wenn wir wie frische Jungen davor stehen und uns über die Wundererscheinungen entzücken. Heute konnte ich nicht zu Lotten, eine unvermeidliche Gesellschaft hielt mich ab. Was war zu tun? Ich schickte meinen Diener hinaus, nur um einen Menschen um mich zu haben, der ihr heute nahe gekommen wäre. Mit welcher Ungeduld ich ihn erwartete, mit welcher Freude ich ihn wiedersah! Ich hätte ihn gern beim Kopfe genommen und geküßt, wenn ich mich nicht geschämt hätte. Man erzählt von dem Bononischen Steine, daß er, wenn man ihn in die Sonne legt, ihre Strahlen anzieht und eine Weile bei Nacht leuchtet. So war mir's mit dem Burschen. Das Gefühl, daß ihre Augen auf seinem Gesichte, seinen Backen, seinen Rockknöpfen und dem Kragen am Surtout geruht hatten, machte mir das alles so heilig, so wert! Ich hätte in dem Augenblick den Jungen nicht um tausend Taler gegeben. Es war mir so wohl in seiner Gegenwart. – Bewahre dich Gott, daß du darüber lachest. Wilhelm, sind das Phantome, wenn es uns wohl ist?

Die Traurigkeit der Dinge

Der Gondoliere kehrt zurück

Eine Woche nach diesem bemerkenswerten und traurigen Nachmittag ließ mich ein erneutes Zeichen aufhorchen. Ich hatte den Vormittag frei und mir vorgenommen, meine Wohnung auf Vordermann zu bringen. Im Radio lief mein liebster Klassiksender.

Gerade war ich dabei, einen Stapel Teller von eingetrockneten Essensresten zu befreien, als der Sprecher etwas über Mendelssohns »Lieder ohne Worte« sagte. Ich drehte den Wasserhahn zu und das Radio lauter und hoffte auf irgendeine geheime Botschaft.

... 1828 bekam Fanny, die Lieblingsschwester des Komponisten, von dem damals neunzehnjährigen Mendelssohn ein ›Lied ohne Worte‹ zum Geburtstag geschenkt. Später schrieb er noch weitere kurze Stücke für Klavier. Die erste Sammlung der ›Lieder ohne Worte‹ erschien 1832 und fand bei dem bürgerlichen Publikum jener Zeit enormen Anklang. Trotz der sehr eindeutigen Titelformulierung begann man später, den einzelnen Stücken etwas pathetische Titel zu geben, etwa *Verlorene Freude* oder andere absurde Namen wie die *Bienenhochzeit*, überzeugt, in den kurzen Stücken stecke eine Geschichte. Allerdings hat auch Men-

delssohn selbst den ›Liedern ohne Worte‹ Namen gegeben –
etwa das *Venezianische Gondellied*, das wir jetzt im Anschluss hören.

Da war es wieder. Ich spitzte die Ohren und schloss die
Augen, um mich ganz dem Lied zu widmen.

Doch seltsamerweise kam es mir überhaupt nicht bekannt vor. Es war nicht jenes melancholische Stück aus
dem Plattenladen, sondern ein sehr viel langsameres, fei-
erlicheres, wenngleich nicht minder schönes Thema.
Ganz sicher war das nicht das *Gondellied*, das ich kannte. Hatte der Sprecher sich geirrt? Hatte ich fälschlicher-
weise eine Bienenhochzeit für die Gondelfahrt gehalten?
Ein weiteres Rätsel für mein Privatarchiv.

Das Stück klang leise aus, ich saugte den Teppich, und
Mishima tollte ausgelassen neben dem lärmenden Gerät
her.

»Morgen unterhalten wir beide uns mal«, sagte ich.
»Du musst mir bei dem Kapitel über Katzenphilosophie
helfen.«

Nachdem die Hausarbeit erledigt war, hatte ich eigentlich nur drei Optionen: zu Hause zu bleiben und zu lesen, mich oben in Titus' Arbeitszimmer zu setzen oder an
die frische Luft zu gehen. Ich schaute auf die Uhr; es war
kurz nach zwölf. Die perfekte Zeit für einen Vermouth,
sagte ich bei mir, verließ die Wohnung und machte mich
auf den Weg zu dem Café, in dem ich seit der vorigen
Woche nicht mehr gewesen war.

Kaum hatte ich Gràcia hinter mir gelassen, überkam
mich der Wunsch, vorher meinem kranken Nachbarn einen Besuch abzustatten. Auch wenn ich ihm von der Be-

gegnung mit Gabriela würde erzählen müssen. Vielleicht hatte ich ihn gerade deshalb die letzten Tage gemieden und mich in meinen Unterricht und das Buch von Francis Amalfi geflüchtet.

Erschöpft von meinem Hausputz entschied ich mich, ein Taxi zu nehmen, um mich auf dem Weg zu meinem Freund und Beichtvater etwas auszuruhen.

Der Fahrer war ein Mann mit breiten Schultern und grauen, zu einem Pferdeschwanz gebundenen Haaren. Wie viele Taxifahrer war er in Plauderlaune und gab mir, nachdem ich ihm mein Fahrziel genannt hatte, einen Überblick über die Nachrichten des Tages: »Eine neunzigjährige Frau hat einen Brief aus dem Jahr 1937 erhalten. Die Post ist doch wirklich unschlagbar, was?«

»Ach nein, wirklich?«, antwortete ich mit gespieltem Interesse.

»Sieht so aus. Der Brief war von ihrem Verlobten, von der Ebro-Front. Er ist auf dem Schlachtfeld gefallen, man könnte also sagen, es ist ein Brief aus dem Jenseits.«

»Und was hat die Empfängerin dazu gesagt?«

»Geweint hat sie. Ist ja auch klar, da werden natürlich Erinnerungen hochkommen.«

»Das ist wohl so.«

»Es ist übrigens nicht das erste Mal, dass so etwas passiert«, fuhr der Taxifahrer mit ungebrochenem Elan fort. »Vor ein paar Jahren wurde in einem Keller ein Sack voller Briefe gefunden, die dort eine Ewigkeit gelagert hatten. Da ist der Postchef ganz schön in Bedrängnis geraten.«

»Und was hat er gesagt?«

»Ziemlichen Blödsinn. Er meinte, keine Sorge, es sei kein Liebesbrief dabei gewesen.«

DER ÜBERRASCHUNGSCOUP

Im Krankenhaus fand ich Titus' Bett leer vor. Man teilte mir mit, er sei zu verschiedenen Untersuchungen abgeholt worden. Ich wollte auf ihn warten, doch die üppige Schwester drängte mich zu gehen.

»Nach der Untersuchung braucht er Ruhe«, sagte sie.

Ich gab mich geschlagen und machte mich auf den Weg zu dem Café.

Während ich zu Fuß das Ensanche-Viertel durchquerte, fragte ich mich, was mein neuer Freund Valdemar wohl so trieb. Ich konnte ihn mir bei keiner ernsthaften Arbeit vorstellen, wenngleich seine Garderobe nicht den Eindruck erweckte, als sei er knapp bei Kasse. Falls er nicht von einer Erbschaft lebte, musste er wohl irgendeinem Broterwerb nachgehen. Dieser Gedanke beunruhigte mich: Wenn das System sogar einen Typen wie ihn einkassieren konnte, dann war niemand davor sicher.

Von der Kreuzung aus sah ich, dass Valdemar gerade vom Tisch aufstand und sein Manuskript zusammenpackte. Er war schon losgelaufen, als ich ihn einholte. Er grüßte mich, verlangsamte aber nicht den energischen Schritt, also marschierte ich beharrlich neben ihm her.

»Hast du das Stück von Schubert gefunden?«, fragte ich, um etwas zu sagen.

»Das brauche ich nicht mehr«, erwiderte er schroff. »Du hast mir ja gesagt, dass es Trio in Es-Dur heißt. Das war alles, was ich wissen musste.«

»Du wolltest also nur den Namen wissen?«

»Ja. Ich nenne die Dinge gern bei ihrem Namen. Du nicht?«

Während wir die Plaça Catalunya überquerten, musste ich an das Rätsel um Mendelssohns *Gondellied* denken und erzählte Valdemar davon.

»Eine Hand wäscht die andere«, sagte er, ohne stehen zu bleiben. »Bring mich zu einem Laden und ich helfe dir auf die Sprünge. Ich bin ziemlich gut im Lesen von CD-Covern.«

Unsicher darüber, was er damit meinte, runzelte ich die Stirn, führte ihn aber schnellen Schrittes zu dem Plattenladen.

Schon mit einem Fuß in der Tür, überkam mich ein plötzlicher Reflex, und ich zerrte Valdemar wieder auf die Carrer Tallers hinaus. Er zeigte sich keineswegs überrascht durch mein Verhalten, und wir nahmen unseren Marsch wieder auf.

»Schluss jetzt mit der ganzen Musik«, sagte ich. »Darf ich dich zum Mittagessen einladen? Ich kenne ein gutes Restaurant hier in der Nähe.«

Er nickte schwach, während ich versuchte, meinen Puls zu beruhigen. Ich hatte schon wieder Gabriela in dem Laden gesehen.

Eines Tages fahren wir zum Mond

Ich führte ihn durch die schmalen Altstadtgassen des Raval, bis wir an einem kleinen Restaurant, dem *Romesco*, ankamen, das ich sehr mag. Valdemar hatte den ganzen Weg über geschwiegen und mich meinen Gedanken nachhängen lassen.

Mit einem Mal fiel es mir wie Schuppen von den Augen, und ich musste über meine eigene Naivität lachen. Es war natürlich kein wundersamer Zufall, dass ich Gabriela wieder in dem Plattenladen gesehen hatte. Sie arbeitete eben dort. Mitunter muss man ein paar Runden drehen, ehe man begreift, was man direkt vor der Nase hat.

Diese Entdeckung hatte etwas Tröstliches, denn nun wusste ich immerhin, wo ich sie finden konnte. Ich musste mich nicht länger in einem Straßencafé auf die Lauer legen. Ich konnte einfach in den Laden gehen. Mein Hauptproblem blieb jedoch das gleiche. Gabriela wusste nicht, wer ich war, in ihren Erinnerungen spielte ich nicht die geringste Rolle. Für sie war ich ein Fremder, das Intimste, was sich zwischen uns abspielen konnte, war der Kauf einer CD.

Wir ergatterten den letzten freien Tisch, ehe eine Horde Touristen das Lokal stürmte. Das Essen dort war einfach, also bestellte ich Fisch und Salat und für uns beide zusammen eine Flasche Weißwein.

»Ich habe nicht lange Zeit«, warf Valdemar ein.

»Hier geht es immer sehr schnell, keine Sorge. Was hast du denn vor?«

»Ich muss meine Studien fortsetzen.«

»Und worum geht es da?«

Er kostete den Weißwein und tippte ein paarmal mit dem Zeigefinger auf das Manuskript, das auf dem Tisch lag. Dann tupfte er sich den Mund mit der Serviette ab und sagte: »Der Menschheit steht eine wunderbare Zukunft bevor.«

Ich antwortete nicht. Ich hatte – ein weiteres Déjà-vu – das Gefühl, diese absurde Behauptung nicht zum ersten Mal zu hören.

»Das ist ja mal eine gute Nachricht«, sagte ich schließlich. »Aber was hat das mit dem Buch zu tun?«

»Einiges. Ich schreibe dieses Buch, weil ich nichts anderes mehr tun kann, seit ich Heimweh nach der Zukunft habe.«

»Davon hast du ja bereits erzählt. Du weißt, wo du über kurz oder lang landen wirst, und du freust dich schon darauf, weil es ein Heidenspaß wird. So ist es doch, oder? Und was hat das mit dem Mond zu tun?«

Valdemar spießte ein Stück Fisch mit der Gabel auf und sah es kritisch prüfend an, bevor er es in den Mund schob.

»Dieses Buch hat schon viele Veränderungen durchgemacht. Vielleicht ist es sogar falsch, es überhaupt als

Buch zu bezeichnen, denn unter einem Buch versteht man ja etwas Fertiges, Abgeschlossenes. Das hier ist etwas anderes. Es ist eine amorphe Masse, die sich ausdehnt und ihre Form verändert, je nachdem, welche neuen Wege sich eröffnen. Nenn es Schicksal. Oder auch Leben.«

»Bezieht sich der Titel *Die dunkle Seite des Mondes* auf den Gesteinsbrocken da oben, oder ist das mehr symbolisch gemeint?«

»Sowohl als auch«, antwortete er, und seine Augen strahlten plötzlich. »Man könnte sagen, am Anfang war es eine rein wissenschaftliche Untersuchung, und dann hat sich daraus etwas sehr viel Tiefgreifenderes entwickelt.«

»Dann bist du Physiker?«

»So was in der Art. Ich bin Selenologe, aber ich habe es mir mit der akademischen Welt verscherzt. Meine Hypothese hat mir ziemliche Probleme mit meinen Kollegen eingebracht. Wissenschaftler sind konservative Leute. Es scheint, als seien sie auf der Suche, aber in Wirklichkeit haben sie Angst, etwas zu entdecken, das jenseits dessen liegt, was sie bereit sind zu akzeptieren. Lieber machen sie die Augen zu.«

»Und was hast du entdeckt, was ist deine Theorie?«

»Nun, eigentlich ist es nicht mehr als eine Vermutung, eine Arbeitshypothese, könnte man sagen. Ich bin zu dem Schluss gekommen, dass die Menschen auf dem Mond nicht altern.«

»Und worauf stützt sich diese Vermutung?«, fragte ich, ehrlich fasziniert. »Schließlich hat bisher noch niemand auf dem Mond gelebt. Die Astronauten waren ja bislang nur zu Stippvisiten da, oder?«

»Das wird behauptet. Aber genau das ist der springende Punkt, Samuel.«

Es war das erste Mal, dass er mich mit meinem Namen ansprach. Die Annäherungsphase war abgeschlossen, und ich war im Begriff, in die großen Geheimnisse eingeweiht zu werden.

»Ich versuchte damals zu zeigen, dass es einen direkten Zusammenhang zwischen der Zelloxidation und der Schwerkraft gibt. Als ich anfing, die Daten der verschiedenen Missionen zu studieren, begann ich daran zu zweifeln, dass jemals ein Mensch den Mond betreten hat. Ich habe zu viele Lücken in der Geschichte gefunden. Das würde erklären, warum es, obwohl die Technik heute unendlich viel fortgeschrittener ist, seit damals keine weitere Mondmission mehr gegeben hat «

»Es gibt einen Film darüber«, meinte ich. »Am Ende landen die falschen Astronauten auf einem Friedhof, auf dem ihr eigenes Begräbnis übertragen wird.«

»Ich nehme an, es gibt Leute, die meine Einschätzung teilen«, fuhr er, sichtlich irritiert, fort, »aber meine Arbeit befasste sich mit der Unsterblichkeit. Leider habe ich nichts beweisen können, denn diese Missionen haben nie stattgefunden, oder ihre Ergebnisse waren so mager, als hätten sie nie stattgefunden.«

»Interessierst du dich schon immer für den Mond?«

»Schon als kleiner Junge war es mein Traum, zum Mond zu fliegen. In den Sechzigerjahren ging man davon aus, dass das in ein paar Jahrzehnten jedermann möglich sein würde. Deswegen fühle ich mich betrogen.«

»Und trotzdem sprichst du von einer wundervollen Zukunft.«

»Weil mir klar geworden ist, dass wir am Ende alle

dorthin kommen werden. Es wird auf der Erde so schlimme Katastrophen geben, dass uns nichts anderes übrig bleiben wird, als den Mond zu besiedeln. Und dann werden wir entdecken, dass wir unsterblich sind. Happy End.«

Das Haus der tausend Spiegel

Nachdem wir unser Mahl beendet hatten, brach Valdemar wieder in seine eigene Welt auf. Mir blieben die Rechnung und die zwei Stunden, bis der Plattenladen wieder öffnen würde.

Vertrieben von einer Gruppe hungriger Touristen, die beständig meinen Tisch umkreisten, stand ich auf, ohne ein rechtes Ziel vor Augen zu haben. Um den Menschenmassen aus dem Weg zu gehen, die sich die Ramblas hinunterschoben, tauchte ich tiefer ins Raval ein und streifte zwischen Telefonläden und pakistanischen Videotheken umher.

Wie zufällig stand ich plötzlich vor dem Café Marsella, einem ebenso magischen wie dekadenten Ort, in dem ich seit meiner Studentenzeit nicht mehr gewesen war. Mit seinen vielen Spiegeln an den Wänden und seinem Hauch von Boheme war es mein Lieblingscafé gewesen.

Aus purer Nostalgie trat ich ein und stellte fest, dass sich in dem hohen Raum kaum etwas verändert hatte. Dieselben abgenutzten Spiegel, alte eingestaubte Weinflaschen, Hinweisschilder wie SINGEN VERBOTEN oder NACH VERZEHR TISCH RÄUMEN.

Ich ließ mich an einem der zahlreichen freien Tische

nieder und sah mich um. Das Marsella ist das älteste Café Barcelonas – es existiert schon seit 1820. Zu seinen berühmten Gästen hatte einst Jean Genet gezählt, der sich als junger Bursche im Barrio Chino, das jetzt Raval oder auch Ravalstán heißt, prostituierte.

Ein Kellner mit amerikanischem Akzent brachte mir meinen Kaffee und unterbrach meinen imaginären Spaziergang durch ein längst vergangenes Barcelona. Ich schaute auf die Uhr: halb vier. In einer knappen Stunde würde ich Gabriela wiedersehen. Allein der Gedanke daran verursachte mir kalte Schweißausbrüche.

Als ich sie an diesem Mittag wiedergesehen hatte, hatte ich einen körperlichen Schmerz und zugleich eine schwindelerregende Leere gefühlt. Als sei ich kurz davor, in einen Abgrund zu stürzen, und sie mein letzter Halt. In dem Augenblick hatte ich geglaubt zu sterben, wenn ich auf sie verzichten müsste.

Am Tisch mir gegenüber saß eine alte Trinkerin, die ihre Zigarette ohne Filter rauchte und mich mit mütterlicher Miene betrachtete. Sie hustete zwischen den einzelnen Zügen, und in ihren Augen sah ich den Gleichmut eines Menschen, der all seine Leidenschaften abgetötet hat und nun frei ist.

In dem Moment brachte der Kellner ihr die Spezialität des Hauses: ein Glas verdünnten Absinth mit einem angezündeten Stück Zucker. Die Alte wandte den Blick von mir, um sich ganz auf das Schauspiel der Flammen zu konzentrieren. Die Flamme erlosch, und die Alte setzte das Glas mit dem warmen Alkohol an die Lippen.

Mir schoss eine Zeile von Bukowski durch den Kopf: »Burning in Water – Drowning in Flame«.

CHINASKI & CO.

Ich stürzte meinen Kaffee hinunter und beschloss, mir ein wenig die Beine zu vertreten, während ich überlegte, was ich zu Gabriela sagen sollte. Zunächst einmal musste ich mich wohl für unsere letzte Begegnung entschuldigen und mich wie ein normaler Kunde benehmen.

Um das beklommene Gefühl zu vertreiben, dachte ich wieder an Charles Bukowski. Ich persönlich hatte den vulgären Abenteuern seines Alter Ego Chinaski nie viel abgewinnen können, doch die eine oder andere Anekdote über den Autor selbst fand ich recht unterhaltsam.

Einmal, erzählte er, saß er während einer Zugfahrt an der Ostküste neben einem kleinen Jungen, der aufs Meer schaute und zu Bukowski sagte: »Das is nich schön.« Bukowski war erschüttert und dachte, dass der Kleine ein Genie war, denn bis dahin war ihm das nie aufgefallen. Von klein auf wird uns beigebracht, dass das Meer schön sei, ohne dass wir das für uns selbst entscheiden könnten.

Schmunzelnd und diesem Gedanken nachhängend trottete ich die Straße entlang, als mich plötzlich jemand am Ärmel zog. Ich schreckte aus meinem Tagtraum auf und sah mich einem jungen, mit einer Dschellaba bekleideten Araber gegenüber. Er stand in einer Telefonzelle und hielt den Hörer hoch.

»Hier ist noch Guthaben übrig«, sagte er.

»Wie bitte?«

»Es sind noch dreißig Cent übrig. Wenn ich den Hörer auflege, kassiert es die Telefónica, und ich will nicht, dass die das Geld kriegen. Los, ruf deine Freundin an.«

Er drückte mir den Hörer in die Hand und lief pfeifend davon. Ich hatte nicht einmal mehr Zeit, mich zu bedanken. Da ich weder eine Freundin noch Freunde hatte, musste ich schnell nachdenken, wen ich anrufen könnte, damit die freundliche Geste des Arabers nicht einfach so verpuffte.

Mir fiel ein, dass ich für den Fall, dass ich mit Titus sprechen musste, die Nummer des Krankenhauses notiert hatte. Ich könnte ihn fragen, wie die Untersuchung gelaufen war. Nachdem ich beinahe zwei Minuten gewartet hatte, erklang seine röchelnde Stimme am anderen Ende der Leitung.

»Mir geht es gut, mach dir keine Sorgen um mich. Wie kommst du mit dem Buch voran?«

Verflixt, dachte ich. Die Wahrheit war, dass ich mich, seit ich Gabriela gefunden hatte, herzlich wenig um das Manuskript gekümmert hatte. Also wechselte ich das Thema und erzählte ihm von meinen Neuigkeiten.

»Ich habe da einen Typen kennengelernt«, sagte ich, »er heißt Valdemar und redet auch immer von der Wissenschaft, genau wie Sie.«

»Muss wohl der Zeitgeist sein«, erwiderte der Alte. »Und was ist mit Gabriela?«

»Ich habe sie gefunden. Sie arbeitet in einem Plattenladen. Allerdings erinnert sie sich nicht an mich.«

»Egal. Versuch dein Glück einstweilen anderswo. Du weißt ja, was man so sagt ...«

Ich sollte es nicht mehr erfahren, denn genau in dem Moment waren die 30 Cent verbraucht und die Verbindung brach ab. Ich durchsuchte meine Taschen nach ein paar Münzen, brachte aber nur zehn Cent zum Vorschein. Das reichte nicht für einen Anruf.

Ohne Aufschluss darüber erlangt zu haben, was man so sagt, verließ ich die Zelle, und mit der gespannten Erregung eines Mannes, der an die Front zieht, machte ich mich auf den Weg zum Plattenladen.

Romanzen

Es heißt, gute Theaterschauspieler empfinden kurz vor Beginn der Vorstellung eine fast unerträgliche Spannung, die verfliegt, sobald sich der Vorhang hebt.

So ähnlich ging es auch mir. Kaum hatte ich mein Ziel erreicht, war ich plötzlich ganz ruhig und imstande, mich gedankenverloren zwischen den Regalen herumzudrücken. wie alle Liebhaber klassischer Musik es tun. Zu den Klängen eines langsamen Streichquartetts sanft den Kopf wiegend, wandte ich mich dem Regal »M« wie Mendelssohn zu, um herauszufinden, was es mit den *Gondelliedern* auf sich hatte.

Mit aller Kraft versuchte ich, Gabrielas Anwesenheit auszublenden, und stöberte in den Regalen, als ginge es um mein Leben. Trotzdem bekam ich einen Heidenschreck, als Gabriela sich mir näherte wie ein graziler Schatten. Während ich hektisch die CDs durchging, sah ich aus dem Augenwinkel, dass sie mich mit dem Anflug eines Lächelns im Gesicht beobachtete.

Eigentlich wollte ich den genervten Kunden spielen, den man nicht in Ruhe stöbern lässt. Doch als wir uns Auge in Auge gegenüberstanden, kam mir etwas komplett anderes über die Lippen. Der Geist denkt, das Herz lenkt.

»Es tut mir leid wegen des Missverständnisses neulich. Ich dachte …«

»Es spielt keine Rolle«, sagte sie lächelnd. »Kann ich dir irgendwie helfen?«

Mehr als du ahnst, dachte ich. Aber ich musste mich ans Drehbuch halten.

»Ich bin auf der Suche nach einem Stück, das hier im Laden gespielt wurde«, sagte ich. »Ein Stück für Klavier, eins von den ›Liedern ohne Worte‹. Ich dachte, es hieße *Venezianisches Gondellied*, aber inzwischen bin ich mir nicht mehr sicher.«

»Welches von den *Gondelliedern* meinst du denn?«

»Es gibt mehrere?«, fragte ich, redlich bemüht, meinen Atem ruhig zu halten und mir meine Aufregung nicht anmerken zu lassen.

»Es gibt drei oder vier Romanzen von Mendelssohn, die so heißen.«

»Okay, dann würde ich diese Gondolieri alle gerne mit nach Hause nehmen«, versuchte ich zu scherzen. »Welche Aufnahme kannst du denn empfehlen?«

Gabriela wandte mir den Rücken zu und überließ mich dem Anblick ihrer wunderschönen schwarzen Locken, die beinahe bläulich schimmerten. Schließlich sagte sie: »Es gibt zwei sehr gute Interpretationen: die Komplettversion von Barenboim oder eine Auswahl von András Schiff.«

»Ich nehme die von Barenboim. Dann habe ich gleich alle Romanzen.«

»Die habe ich im Moment leider nicht da. Ich kann nur die von Schiff anbieten«, sagte sie und hielt mir eine CD mit dem Foto eines rosigen Mannes und der Aufschrift ›Lieder ohne Worte‹ hin.

Ich betrachtete die CD ein paar Sekunden und überlegte, was ich tun sollte. Einerseits wollte ich die Romanzen mit nach Hause nehmen, um wie Bukowski im Wasser meiner Tränen zu brennen und im Feuer meiner Leidenschaft zu ertrinken. Andererseits hätte ich dann keine Gelegenheit mehr, sie wiederzusehen.

»Ich nehme beide«, sagte ich spontan und nahm den rosigen Pianisten an mich. »Kannst du mir die Barenboim-CD bestellen?«

»Klar. In ein paar Tagen ist sie da, wir melden uns dann bei dir. Gibst du mir deine Telefonnummer?«

Ich diktierte sie ihr und war plötzlich von einem absurden Stolz erfüllt: Sie hatte meine Nummer! Zwar würde sie sie nur gebrauchen, um mich über meine Bestellung zu informieren, trotzdem war ich glücklich.

»Bis in ein paar Tagen also«, sagte sie, lächelte ein letztes Mal und verschwand im Hinterzimmer.

Das schien mir das Schönste, was ich seit Jahren gehörte hatte.

»Bis dann«, erwiderte ich wie in Trance.

MONO NO AWARE

»Es spielt keine Rolle«, murmelte ich vor mich hin, als ich mir in meiner Wohnung eine Tasse Kaffee einschenkte.

»Genau das ist das Problem«, sagte ich zu Mishima, die mir aufmerksam lauschte, »es spielt keine Rolle, weil ich für sie gar nicht existiere. Ich würde Gabriela unter einer Million Frauen erkennen. Sie erkennt mich nicht einmal, wenn ich direkt vor ihr stehe. Habe ich mich so sehr verändert?«

Nach dieser kleinen Ansprache ließ ich mich im letzten Abendlicht in meinen Sessel fallen. Mutlos betrachtete ich die Regale voller Bücher, die Musikanlage, die Poster mit Porträts von Brassaï, die ausgeschaltete Stehlampe ...

Ich fühlte mich außerstande, die Mendelssohn-CD aufzulegen. Ich war wie verhext von dem *mono no aware* der Japaner – der Traurigkeit der Dinge –, einem Begriff, dessen Bedeutung mir zu meinem großen Bedauern immer klarer wurde.

Mehrere Minuten saß ich im Dunkeln, bis ich mich dazu durchrang, die Lampe anzuschalten, eine Entscheidung, die Mishima mit einem Maunzen quittierte. Von dem kleinen Tischchen neben mir griff ich mir das Rheingold-Wörterbuch, um mich in meiner Melancholie noch weiter zu verlieren.

Der Begriff wurde von Motoori Norinaga, einem japanischen Dichter aus dem 18. Jahrhundert, geprägt. Er bezeichnet eine außergewöhnliche Sensibilität gegenüber den Dingen, eine Beziehung ohne Filter, in der der Betrachter mit dem Betrachteten verschmilzt. Wie der Liebende, der im Herzen seiner Geliebten lebt. Diese tiefe Erfahrung erzeugt eine Melancholie, die sich anfühlt, als sei die Welt genau darauf gegründet: auf Schönheit und Trauer. So heißt auch ein Roman von Kawabata, dem letzten japanischen Nobelpreisträger.

Vielleicht ist alles Schöne traurig, weil es so flüchtig ist wie ein Schmetterlingskuss, dachte ich.

Meiner selbst überdrüssig, klappte ich das Buch zu und ging in die Küche, um mich dem Abwasch zu widmen. Meine lyrischen Anwandlungen in letzter Zeit waren wirklich unerträglich. Während ich die Teller unter den warmen Wasserstrahl hielt, sah ich den Mond, wie er voll und prächtig am Himmel stand. Auf einmal hatte ich das Gefühl, er müsse sehr einsam sein da oben, so alleine. Grund genug, ihm einen Besuch abzustatten.

Vielleicht hatte Valdemar am Ende recht damit, dass wir dort oben unsterblich sind. Aber wer will schon die Ewigkeit auf dem Mond verbringen?

SIDDHARTAS KERZEN

Die abendliche Mondbetrachtung hatte anscheinend in mir über Nacht ihre Wirkung entfaltet, denn ich wachte auf mit der Euphorie eines Menschen, der alles für möglich hält. Was am Vortag meine Traurigkeit genährt hatte, gab nun Anlass zur Hoffnung. Ob ich dabei war, verrückt zu werden?

Die Sonne hatte auch Mishima geweckt, die sich gähnend reckte und sich dann ihren morgendlichen Streckübungen widmete.

Überzeugt davon, meines Glückes Schmied zu sein, sprang ich aus dem Bett. Es gab nichts zu befürchten, nicht einmal Mendelssohn. Ich legte die CD mit den Romanzen ein und holte die letzten Vorräte aus meiner Speisekammer heraus, um mir ein großzügiges Frühstück zu zaubern.

Zu meiner großen Freude war es die Version von András Schiff, die ich bei meinem vorletzten Besuch im Laden gehört hatte. Gabrielas Bild erschien vor meinem inneren Auge, und ich gab mich den Klängen und den Träumen an meine Kindheitsliebe hin. Der erste Gondelschiffer brachte mir Gabrielas Lächeln, die Sommersprossen auf ihren Wangen, ihre wunderschönen

Augen. Alles Schöne dieser Welt in einem einzigen Antlitz.

Für einen außenstehenden Beobachter sah ich womöglich aus wie ein armer Tropf, der an einem Samstagmorgen vor seinem einsamen Frühstück sitzt und vor sich hin träumt. Sicher, wenn man von Mishima absah, war ich genauso allein wie immer. Doch meine Einsamkeit kam mir inzwischen ziemlich bevölkert vor.

Ich ließ noch einmal all die Stationen Revue passieren, die schließlich zu meiner verrückten Hoffnung geführt hatten: Teller Milch > Katze > Titus > Eisenbahnschiene > Gabriela > Café > Valdemar > Schubert > Mendelssohn > Gabriela > Titus (Untersuchung) > Café > Valdemar > Mendelssohn > Gabriela ...

Wie gesagt: eine sehr bevölkerte Einsamkeit und ziemlich musikalisch obendrein. Wohin mich dieser Weg wohl noch führen würde? Und was hatte der Mond mit alldem zu tun?

Es schien eine direkte Verbindung zwischen meiner Öffnung gegenüber der Außenwelt – Mishima, Titus und Valdemar, nicht eingerechnet meine Schwester und ihren Mann – und dem dreifachen Auftauchen Gabrielas zu bestehen. War sie die Belohnung für diese für meine Verhältnisse ganz und gar ungewohnte Aufmerksamkeit gegenüber Fremden?

Vielleicht sind nur die der Liebe würdig, die verschwenderisch und großherzig lieben, die nicht den einen verweigern, was sie den anderen geben, dachte ich.

Dieser Gedanke brachte mich auf einen Aphorismus von Siddharta Gautama, den ich vor dem Einschlafen gelesen hatte; das kleine Büchlein war mir zu einer lieben

Gutenachtlektüre geworden. Ich ging es holen, um noch einmal nachzulesen.

Es erklang bereits das zweite *Gondellied*, als ich die Antwort auf einige meiner Fragen fand:

Tausende von Kerzen können sich an einer einzigen Kerze
  entzünden,
und das Leben der Kerze wird darum nicht kürzer sein.
Das Glück wird niemals geringer, weil man es teilt.

TRAKTAT ÜBER KATZENPHILOSOPHIE

Nachdem ich den Samstag meinen Träumereien und meinen universitären Pflichten – der Vorbereitung des gesamten Wochenprogramms – gewidmet hatte, machte sich am Sonntag das schlechte Gewissen wegen Titus' Buch bemerkbar.

Seit ich den Auftrag übernommen hatte, waren kaum zehn Seiten zustande gekommen: die kleine *Werther*-Passage, ein paar Buddha-Aphorismen, der Abschnitt über die Liebe im Kleinen ... Zweifelsohne musste ich den Lehrgang in Alltagsmagie nun endlich voranbringen.

Ich warf einen Blick auf Mishima, die sich auf dem Sofa langweilte. Bevor mich also die übliche Sonntagnachmittagsdepression überkommen konnte, stapfte ich hoch zu Titus' Arbeitszimmer, um mich dem Kapitel »Katzenphilosophie« zu stellen.

Während Mishima und ich die Wohnung des alten Redakteurs betraten, wurde mir klar, dass diese kleine Katze und ich ein richtiges Team geworden waren. Zusammen würden wir diese Herausforderung bewältigen.

Ich schaltete den Laptop ein und begann Material zusammenzustellen. Titus hatte in seiner Bibliothek mehrere Nachschlagewerke über Katzen, und eins davon kam mir wie gerufen: ein amerikanisches Buch mit dem Titel *10 Spiritual Lessons You Can Learn from Your Cat.* Die Autorin Joanna Sandsmark schilderte im Vorwort, wie ihre Katzen sie gelehrt hatten, zu springen, ohne sich wehzutun, und zu schnurren, wenn sie glücklich war. Nicht schlecht für den Anfang, aber es musste noch etwas ganz anderes her.

Einer plötzlichen Inspiration folgend, fing ich an zu schreiben, ohne Mishima aus den Augen zu lassen.

I. SPIRITUALITÄT

Katzen sind Meister der Meditation und Experten in der Kunst des Yoga. Eine Katze kann stundenlang völlig regungslos verharren und sich auf eine Reise in ihr inneres Zentrum begeben, um sich dann plötzlich mit einem Satz in die Außenwelt zu katapultieren und sofort mit all ihren Sinnen präsent zu sein. Ihre Lebenskraft zieht sie aus der Ruhe, sie verschwendet keine Energie auf Zwischenzustände. Entweder sie ist in Bewegung, oder sie ruht. Ist sie in Bewegung, gibt sie alles. Und sie ruht, als würde sie sich nie wieder erheben. Sie verliert keine Zeit mit unschlüssiger Zauderei.

II. GEFÜHLSLEBEN

Es heißt, Katzen seien Egoisten, dabei sind sie in Wirklichkeit einfach nur klug. Sie bemühen sich nicht um den Menschen, denn sie wissen, dass der Mensch sich um sie bemüht. In ihrer scheinbaren Gleichgültigkeit liegt ihre Kraft. Sie ziehen es vor, sich umsorgen zu lassen, statt das Risiko einzugehen, selbst ihre Gefühle zu offenbaren. Als gute Taoisten, die sie sind, handeln sie, ohne zu handeln und herrschen, ohne zu herrschen. Sie beschränken sich darauf, ihre Würde zu wahren und in ihrem Verhalten ganz ihrer Laune zu folgen. Sie betteln nicht um Zuneigung, weshalb sie ihnen ganz von allein zuteil wird. Hunde haben Herren; Katzen haben Diener.

III. SINNESLEBEN

Eine Katze im Haus hält uns zu beständiger Aufmerksamkeit an. Katzen schärfen ihre Sinne, wachen über ihre Umgebung und registrieren jede kleinste Veränderung. Ihre stille Wachsamkeit ist voller aktiver Geduld. Bei ihrer scheinbaren Gelassenheit handelt es sich in Wirklichkeit um Konzentration. Diese Aufmerksamkeit trägt dazu bei, dass die Dinge sich zu ihren Gunsten entwickeln.

Ich hielt inne, beeindruckt, all das aus dem Ärmel geschüttelt zu haben. Als ich den Text noch einmal las, hatte ich das Gefühl, diese Worte stammten gar nicht von mir, als wäre ich bloß ein Medium gewesen, durch das Francis Amalfi gesprochen hatte. Aber wer war eigentlich Francis Amalfi?

Mishima klopfte mit dem Schwanz auf den Teppich, als wollte sie mich wieder zur Arbeit antreiben. Ich überlegte, welche Themen ich noch aufgreifen könnte: die Fähigkeit der Katzen, sich zur rechten Zeit zu verstecken, ihre nahezu übernatürliche Intuition …

Es war, als erteilte ich mir selbst eine Lektion, als sollte auch ich von nun an wachsam durchs Leben gehen. Ich überschlug die Woche, die vor mir lag, und begriff, dass so gut wie alles geschehen konnte. Das Geheimnis lag darin, die Augen offen zu halten und ohne Furcht zu springen, wenn der Moment gekommen war.

DIE SCHALE KNACKEN

Wegen der Prüfungen war mein Seminar für deutsche Literatur auf Montag früh verlegt worden. Auf dem Programm stand Hermann Hesse, genauer sein Roman *Demian*, den er ursprünglich unter dem Namen seines Protagonisten Emil Sinclair veröffentlicht hatte.

Während ich den verlassen daliegenden *Patio de Letras* durchschritt, las ich noch einmal das Motto, das dem Roman vorangestellt ist:

Ich wollte ja nichts als das zu leben versuchen, was von selber aus mir heraus wollte. Warum war das so sehr schwer?

Beeindruckt von dieser furiosen Eröffnung, an die ich mich gar nicht mehr erinnerte, las ich mich auf der folgenden Seite fest, während ich die alten Treppen des Instituts hinaufstieg.

Das Leben jedes Menschen ist ein Weg zu sich selber hin, der Versuch eines Weges, die Andeutung eines Pfades. Kein Mensch ist jemals ganz und gar er selbst gewesen; jeder strebt dennoch, es zu werden, einer dumpf, einer lichter, jeder wie er kann.

Das kannst du laut sagen, dachte ich bei mir und betrat den Seminarraum, wo mich eine Handvoll verschlafene Studenten erwartete.

Ich hängte meinen Mantel auf und begann ohne Umschweife und auf Deutsch ein paar Eckdaten zu Hermann Hesses Biografie zu nennen. Sohn einer Missionarsfamilie aus dem Schwarzwald, Ausbildung zum Antiquar, Anhänger des Buddhismus, Nobelpreis für Literatur 1946, den er aus Protest gegen das Dritte Reich nicht entgegennahm.

Schlecht verhohlenes Gähnen hier und da bedeutete mir, mich kurz zu fassen und lieber ein paar Anekdoten einzustreuen. Ich erzählte, dass Hesse niemals aufgehört hatte, die Briefe seiner Leser zu beantworten. Schätzungen zufolge muss der arme Mann mehr als dreißigtausend Briefe geschrieben haben, was ihn in den letzten zwei Jahrzehnten seines Lebens wohl stark in Anspruch genommen hat und was zum Teil erklärt, weshalb seine literarische Produktion nach dem *Steppenwolf* so stark nachließ.

Nach dem biografischen Überblick verteilte ich die Referatsthemen zu *Demian* und ging dann näher auf eine Stelle in dem Roman ein, die mir besonders bedeutungsvoll scheint.

Emil Sinclair hat seinen Freund Max Demian aus den Augen verloren. Eines Nachts träumt Sinclair, Demian halte ein mit einem Vogel geschmücktes Wappen in der Hand. Im Traum erwacht der Vogel zum Leben und beginnt, Demians Eingeweide anzufressen. Unter dem Eindruck dieses nächtlichen Traums malt Sinclair den Vogel, so wie er ihm im Traum erschienen ist, und schickt die Zeichnung an die letzte Adresse, die er von dem alten

Freund besitzt. Auf mysteriöse Weise kommt der Protagonist zu seiner Antwort, als er einen zusammengefalteten Zettel in einem seiner Schulbücher findet und sich ihm Demians Deutung des Traums offenbart:

Der Vogel kämpft sich aus dem Ei. Das Ei ist die Welt. Wer geboren werden will, muss eine Welt zerstören. Der Vogel fliegt zu Gott.

An dieser Stelle meldete sich die Streberin des Kurses, die wie Hesse eine runde Brille trug.

»Diese Idee hat Hesse von Goethe geklaut.«

»Ach ja?«, antwortete ich, genervt von ihrem Ton.

»Hier steht es«, sagte sie und deutete auf einen deutschsprachigen Lektürekommentar. »In den Tagebüchern, die Goethe während seiner Italienreise schrieb, spricht er bereits vom Aufbrechen der Schale.«

»Na gut, um mir eine Tortilla zu machen, habe ich auch schon das eine oder andere Ei aufgeschlagen. Dafür braucht man weder Goethe noch Hesse gelesen zu haben.«

Kaum hatte ich den Satz beendet, bereute ich ihn auch schon. Die Wangen der Studentin glühten vor Scham. Ich war zu weit gegangen und musste mich entschuldigen.

»Das war ein Scherz, bitte nicht zu ernst nehmen. Kannst du uns den entsprechenden Abschnitt mal vorlesen?«

Die Studentin gewann ihre Haltung zurück und begann – in perfekter deutscher Aussprache – vorzutragen, wie Goethe sich auf seinen Reisen durch Italien gefühlt hatte:

Er glaubte, täglich eine neue Schale abzuwerfen, ja eine Veränderung bis aufs innerste Knochenmark zu erfahren.

»Du hast recht«, gab ich zu, »da ist etwas ganz Ähnliches gemeint. Ich nehme an, jeder Mensch muss früher oder später seine Schale knacken. Was bedeutet dieses Bild für euch?«

Es folgte das übliche Schweigen, wie immer, wenn ich vom Drehbuch abwich. Die meisten Literaturstudenten hassen es, selber zu denken; sie suchen die Antworten lieber in Büchern. Ich schaute einen schreckhaften Burschen an, der selten den Mund aufmachte. Er zuckte mit den Schultern.

Zu seinem Glück meldete sich Fräulein Neunmalklug noch einmal zu Wort: »Hesse spricht davon, die alte Haut abzustreifen.«

»Bravo. Und was für eine Haut meint er da?«

Ein Aufblitzen hinter ihren Brillengläsern verriet eine Mischung aus Stolz und Empfindsamkeit.

»Die der Seele«, antwortete sie.

Das Lebensalbum

Bis zum Nachmittag hatte ich frei und überlegte, was ich mit meiner Zeit anstellen könnte. Ich konnte in die Rolle von Francis Amalfi schlüpfen, meinen Unterricht vorbereiten oder Titus besuchen.

Der Gedanke, den Vormittag inmitten von Kranken und hysterischen Angehörigen zu verbringen, behagte mir gar nicht, und ich entschied mich für eine ganz andere Option, die mir spontan in den Sinn kam, nämlich noch einmal meine Schwester zu besuchen. Um diese Zeit war sie gewöhnlich zu Hause, seit sie vor Kurzem wegen einer mysteriösen Krankheit ihren Job aufgegeben hatte.

Ich wollte meinen am Dreikönigstag eingeschlagenen Weg weiterverfolgen, sagte mein persönliches Mantra auf – tu immer das Gegenteil – und hielt ein Taxi an.

Ich nannte die Adresse und betrachtete die breiten Schultern des Taxifahrers, seine grauen, zum Pferdeschwanz gebundenen Haare. Im Rückspiegel konnte ich seine Augen erkennen. Zweifelsohne war das derselbe Typ, der mir das mit den verlorenen Briefen erzählt hatte.

Ohne Vorwarnung fragte ich ihn: »Wie groß ist eigentlich die Wahrscheinlichkeit, dass man zweimal denselben Taxifahrer erwischt?«

»Eins zu zehntausend, so viele Lizenzen wie es in Barcelona gibt. Aber vorkommen kann es. Als ich anfing, hatte ich an einem Tag dreimal dieselbe Frau im Wagen, die machte eine Shoppingtour. Na ja, um ehrlich zu sein, kann man das dritte Mal nicht wirklich zählen: Ich hatte am Ausgang einer Parfümerie auf sie gewartet, weil ich mir schon dachte, dass da eine Nummer drin sein könnte.«

»Eine Nummer?«, fragte ich, ich begriff nicht, was er meinte.

»Na ja, sie stieg wieder ein und tat, als würde sie mich nicht erkennen. Ich frage also: ›Wo soll ich Sie hinbringen?‹, und sie antwortete: ›Ins Bett.‹ Also, die Beule in der Hose hat mir damals fast das Taxameter gesprengt.«

Der Portier teilte mir mit, dass Rita das Haus verlassen habe, aber sicher bald zurück sein würde.

In letzter Zeit ist auch kein Mensch mehr zu Hause, dachte ich und beschloss, in der Wohnung auf sie zu warten.

Ich öffnete mit dem Schlüssel, den ich für Notfälle hatte, die Tür und wurde überwältigt von dem Patschuli-Geruch, der schon immer in dieser Wohnung gehangen hatte. Als wir noch mit meinen Eltern dort wohnten, war er mir nicht aufgefallen, doch heute war das Aroma einer unglücklichen Kindheit nicht zu leugnen.

Zuerst dachte ich daran, den Fernseher anzuschalten, wie Andrés es tut, sobald er die Wohnung betritt. Doch mit dem Hundegesicht meines Schwagers vor Augen überlegte ich es mir anders und nutzte stattdessen die Gelegenheit, ungestört in der Wohnung herumzustöbern.

Wohn- und Schlafzimmer wurden ständig renoviert und waren insgesamt uninteressantes Terrain. Auch in der Küche gab es nichts Bemerkenswertes, im Kühlschrank fand ich lediglich ein paar Biosäfte und ein Malzbier, das widerlich schmeckte.

Schließlich landete ich in einer Art Abstellkammer, einem langen, schmalen Zimmer voller Möbel, die mit weißen Laken abgedeckt waren und aussahen wie Gespenster. Offenbar war der Raum lange nicht betreten worden, denn die Glühbirne war durchgebrannt, und es roch nach Staub.

Als meine Augen sich an die Dunkelheit gewöhnt hatten, tastete ich mich unsicher zwischen den Möbeln hindurch bis zu einer Kommode. Die Schubladen und Fächer enthielten verschiedene Relikte aus meiner Kindheit: Schulzeugnisse, alte Comichefte, allerhand Spielzeug und Plunder. Ich fand auch eine alte Metalltaschenlampe, die zu meinem großen Erstaunen aufleuchtete, als ich auf den Knopf drückte.

In diesem – im wahrsten Sinne des Wortes – neuen Licht betrachtete ich noch mehr Gegenstände, die so manche wehmütige Erinnerung zutage förderten: Hefte mit Schönschreibübungen, einen Zirkel, ein Gänsespiel, von meiner Schwester aus Plastikgarn geflochtene Armbänder … In der letzten Schublade fand ich ein paar alte Musikzeitschriften und ein Fotoalbum, das ich mich nicht erinnern konnte, je gesehen zu haben. Ich schlug es auf und beleuchtete die erste Seite, von der mir ein derart strenges Porträt meines Vaters entgegenblickte, dass ich das Album vor Schreck beinahe gleich wieder zurückgelegt hätte.

Doch die Neugier siegte, und ich blätterte weiter. Die ersten Seiten enthielten verschiedene Bilder meines Vaters, Fotos von seinem Studienabschluss, von einer Londonreise, mit meiner neugeborenen Schwester auf dem Arm.

Die Bilder riefen ein bitteres Gefühl in mir hervor, das sich nach einigen Minuten mit einem leicht schlechten Gewissen mischte. Auf dem Boden der Kammer sitzend, wie ich es als Kind oft getan hatte, dachte ich daran, wie wenig Beachtung ich dem Tod meines Vaters geschenkt hatte. Ich war damals knapp zwanzig gewesen und war verletzt durch eine Kindheit voll unerklärlichem Schweigen.

Nachdem meine Mutter gestorben war, hatte er gänzlich aufgehört, sich um uns zu kümmern, und sich darauf beschränkt, für unseren Lebensunterhalt zu sorgen. Er glaubte, damit sei seine Schuldigkeit getan. Meine Schwester reagierte darauf mit allen möglichen Überspanntheiten und Exzessen, während ich ebenfalls in Schweigen und Gleichgültigkeit verfiel.

Damals begann ich mich vor der Welt zurückzuziehen und mir einen Panzer zuzulegen. Mein Herz war durch all den Groll wie von einer Kalkschicht umschlossen, die mich genauso unzugänglich machte wie ihn. Ich zog mich in mich selbst zurück, um mich vor einer Welt zu schützen, die mir feindlich erschien. Auch die Liebe will gelernt sein, und ich war vollkommen unerfahren in dieser Kunst.

Erst nachdem mein Vater gestorben war, begann ich allmählich, ihm zu verzeihen. Ich begriff, dass er einfach das getan hatte, was ihm möglich gewesen war. Wie Hesse sagt, geht jeder Mensch auf seinem Weg voran, wie er es kann, und jeder hat seinen eigenen Weg. Ich hatte kein Recht, mehr von ihm zu verlangen, als er geben konnte.

Wie leicht es ist, sich mit den Toten zu versöhnen, dachte ich, während ich das Fotoalbum durchblätterte.

Ich entdeckte mich als kleinen Jungen von drei Jahren, als Fußballspieler verkleidet. Auf der Seite gegenüber ein Schwarzweißfoto von meiner Schwester beim Ballettunterricht. Sie muss etwa acht gewesen sein und hatte vor einem langen Spiegel ein Bein auf eine Stange gelegt. Hinter ihr war eine lange Reihe von Mädchen eifrig bemüht, die Position ein- und den Kopf oben zu halten.

Dann sah ich sie.

Mir stockte der Atem. Hinten im Raum – wie ein Geist, der noch einmal aus der Vergangenheit zurückkehrt – stand Gabriela. Mit dem Bein auf der Stange hob sie, wie die anderen Mädchen, den Arm zum Bogen. Doch im Gegensatz zu den anderen, die vor Anstrengung starr ins Leere blickten, schaute sie direkt in die Kamera. Sie lächelte breit, als würde ihr die Übung gar nicht schwerfallen.

Behutsam löste ich das Foto aus dem Album. Es war dasselbe kleine Mädchen, das mir unter der Treppe begegnet war. Die Gabriela von heute hatte sich die engelhafte Ausstrahlung der kleinen Ballerina erhalten; vielleicht war sie deshalb die Frau meines Lebens, auch wenn sie noch nichts davon wusste.

Ich hielt das Foto in der Hand, drückte – wie ein verliebter Teenager – einen sanften Kuss darauf und steckte es in die Tasche.

BAHNSTEIGMENSCHEN

Ich beeilte mich, so schnell wie möglich zu dem Straßen-café zu kommen; ich musste mit jemandem sprechen, und Valdemar schien mir der geeignete Gesprächspart-ner zu sein. Doch diese Hoffnung löste sich schon bald in Luft auf, denn kaum hatte ich mich auf dem Stuhl neben meinem neuen Freund niedergelassen, fing er auch schon an zu reden.

»Siehst du den Mann in schwarz, der da am Tresen sitzt?«, fragte er in geheimnisvollem Ton und deutete leicht mit dem Fuß in das Innere des Lokals.

Aus dem Augenwinkel warf ich einen Blick auf den Typen an der Bar. Es war ein junger Mann im Anzug mit rötlichem Haar, der soeben einen Schluck aus seinem Bierglas nahm.

»Ja. Wer ist das?«

»Ich weiß es nicht, aber ich wüsste es gern.«

Einen Moment lang überlegte ich, ob sich Valdemar womöglich von dem Mann angezogen fühlte, doch ich zerstreute diesen Verdacht sogleich.

»Dieser Mann ist ein großes Rätsel«, fuhr er fort.

»Was soll denn an dem rätselhaft sein? Das ist ein Typ, der in einer Bar an der Theke sitzt und ein Bier trinkt.«

»Danach sieht es aus, aber vergiss nicht, dass jeder Mensch auch eine dunkle Seite hat, genau wie der Mond. Du wirst es gleich verstehen. Hast du eine Uhr?«

Ich krempelte den Ärmel hoch, um ihm meine Uhr hinzuhalten. Valdemar nickte zustimmend.

»Also pass auf: Der Typ wird um exakt 13.24 Uhr vom Tresen aufstehen. Dann wird er durch diese Tür hinauskommen und dabei ein Lied summen.«

Ich schaute auf das Zifferblatt meiner Uhr: Es war 13.21 Uhr. Zwar hatte ich keine Ahnung, was das alles sollte, aber ich war doch neugierig, ob Valdemar zum Hellseher taugte. In gespanntem Schweigen warteten wir, dass der Minutenzeiger sich vorwärts bewegte und sich Valdemars Vorhersage bestätigen oder als falsch erweisen würde.

Tatsächlich legte der rothaarige Typ um 13.24 Uhr eine Münze auf die Theke und verließ summend das Café. Verblüfft sah ich Valdemar an.

»Woher wusstest du das? War das einer deiner Schachzüge?«

»Nein«, lachte er in seinen Bart hinein. »In diesem Fall war es reine Beobachtung. Ich komme schon seit Monaten hierher, und dieser Typ macht jeden Tag exakt dasselbe. Egal wann er kommt, er bleibt immer genau siebzehn Minuten. Nicht mehr und nicht weniger. Dann geht er. Ich habe die Zeit gestoppt.«

Schwer zu sagen, dachte ich, wer hier der größere Spinner ist, der Rothaarige oder mein bärtiger Freund. Trotzdem fragte ich weiter: »Und weißt du auch, warum er das macht?«

»Woher soll ich das wissen?«, fuhr er mich an. »Ich bin Physiker und konstatiere nur die Fakten. Die sind an sich schon ziemlich verwirrend. Wenn du mal genauer darauf achtest, was um dich herum vorgeht, wirst du feststellen, dass du in einer Welt voller Zeichen lebst, die du kein bisschen verstehst. Und ich kann dir versichern, das ist alles andere als beruhigend.«

»Wie der Gast mit den siebzehn Minuten.«

»Das ist noch gar nichts. Eine Bagatelle im Vergleich zu dem, was ich sonst noch weiß und lieber nie gewusst hätte.«

Diese Worte erinnerten mich an sein Vorwort zu *Die dunkle Seite des Mondes*, das zum ersten Mal nicht auf dem Tisch lag. Unter dem Stuhl hatte er einen Rucksack, also nahm ich an, dass das Manuskript darin war.

»Was hast du denn entdeckt?«, fragte ich.

»Angefangen hat alles in der Metro. Ich saß dort jeden Nachmittag auf dem Bahnsteig, wie der Arzt es mir verordnet hatte.«

»Wie bitte? Was soll das denn für ein Arzt gewesen sein?«

»Ich war ein paar Monate bei einem Psychiater in Behandlung, wegen des Unfalls. Aber Medikamente hat er mir keine gegeben, es war eine reine Verhaltenstherapie.«

»Ich verstehe kein Wort. Du hattest einen Unfall?«

»Ja.«

Valdemar schien einen Moment lang unschlüssig, ob er mir davon erzählen sollte. Schließlich begann er langsam und bedächtig: »Ich habe Familie in Argentinien, in Ushuaia. Das ist die südlichste Stadt der Welt.« Was auch immer das mit der Metro und dem Psychiater zu tun hat, dachte ich, aber ich wollte ihn nicht unterbrechen.

»Als ich noch an der Uni arbeitete und Geld hatte, fuhr ich jeden Winter dorthin, wobei in Argentinien dann ja Sommer ist«, fuhr er fort. »Obwohl es trotzdem ganz schön kalt ist, es ist ja nicht weit von der Antarktis. Dort gibt es vollkommen unberührte Gegenden, die man erkunden kann. In meinen Ferien tat ich das auch oft. Ich fuhr mit dem Auto so weit, bis die Wege endeten, und ging dann mit meiner Kamera zu Fuß weiter. Bei einer meiner Exkursionen habe ich einen Felsspalt übersehen und bin dreißig Meter in die Tiefe gestürzt.«

»Dreißig Meter? Das überlebt doch kein Mensch.«

»Normalerweise nicht, aber ich hatte das Glück, dass ein Baum meinen Sturz abfing. Ich nehme an, ich habe den einen oder anderen Ast zertrümmert, bevor ich auf dem Boden aufschlug.«

»Du nimmst es an ...?«

»Ja, ich hatte das Bewusstsein verloren. Etwa eine Stunde später kam ich an einem zugefrorenen Fluss wieder zu mir. Mein einer Arm hing leblos an mir herunter, meine Lippe war gespalten, und ich hatte keine Chance, wieder zu dem Weg zu gelangen, der zum Auto führte. Davon trennte mich eine Felswand von dreißig Metern Höhe. Das Einzige, was ich machen konnte, war am Ufer entlangzugehen und zu hoffen, dass ich irgendwo auf Menschen treffen würde. Ich vergaß den Schmerz und folgte dem Flusslauf. Nach circa fünfzehn Stunden gelangte ich an einen riesigen Wasserfall, den ich unmöglich hätte überqueren können. Die Nacht brach an und die Temperatur fiel auf unter minus zehn Grad. Eine Nacht im Freien hätte ich nicht überlebt. Am nächsten Morgen wäre ich tot und tiefgefroren gewesen. Ich war völlig in Panik, als ich plötzlich von Weitem ein Rettungsboot sah, das nach mir suchte. Ich schrie wie ein Wahnsinniger, aber der Lärm des Wasserfalls übertönte mich. Es war schon fast ganz dunkel, und das Boot entfernte sich. Da hatte ich eine wirklich geniale Idee ...«

»Was denn für eine Idee?«, fragte ich gespannt.

»Es war so simpel, dass es mir einfach nicht früher eingefallen war Wie durch ein Wunder war meine Kamera heil geblieben, also löste ich ein paarmal den Blitz aus. Sie sahen das Licht und kamen, um mich zu retten. Sechs Monate hat meine Genesung gedauert. Es war unglaublich: Solange ich ums Überleben gekämpft hatte, hatte ich keinerlei Schmerz gespürt, aber sobald ich im Krankenhaus ankam, hörte ich nicht mehr auf zu schreien. Sie mussten mich sogar betäuben.«

»Das ist ganz normal«, warf ich ein. »Als du auf dein Ziel konzentriert warst, hattest du ordentlich Adrenalin, wie eine Katze, die auf ihre Beute lauert. Aber ... was hat das mit dem Bahnsteig in der Metro zu tun?«

»Als ich dann nach Barcelona zurückkam, hatte ich immer wieder klaustrophobische Anfälle. Solche Sachen können erst Monate nach einem Trauma auftreten. Ich hatte Panik, unter der Erde eingeschlossen zu sein. Das Problem war, dass ich mit der Metro zur Uni fahren musste, aber ich fühlte mich außerstande.«

»Und dann bist du zum Psychiater gegangen.«

»Genau. Der meinte, ich bräuchte keine Medikamente, und entwarf für mich eine Therapie der schrittweisen Konfrontation. Das ist sehr hilfreich beim Kampf gegen Phobien. Wie der Name schon sagt, geht es darum, sich schrittweise dem auszusetzen, wovor man Angst hat, bis sich das Trauma allmählich auflöst und man die Phobie überwindet. Also sollte ich zu einer belebten Metrostation gehen und mich auf dem Bahnsteig auf eine Bank setzen. Das war alles. Zu Anfang nicht mehr als fünf Minuten, denn länger hielt ich es unter der Erde nicht aus. Die Dauer wurde dann schrittweise erhöht, bis ich schließlich eine halbe Stunde geschafft habe. An dem Tag nahm ich die U-Bahn und fuhr zu meinem Therapeuten, um ihm zu sagen, dass ich geheilt war.«

»Happy End.«

»Fast, denn damals habe ich zum ersten Mal die dunkle Seite des Mondes gesehen, allerdings bei den Menschen. Wenn ich das nicht entdeckt hätte, wäre heute alles leichter für mich.«

»Aber was hast du denn entdeckt?«

»Etwas ganz Unheimliches: Ich stellte fest, dass manche Leute niemals in die U-Bahn einstiegen. Sie waren einfach da. Unter normalen Umständen hätte ich das nie entdeckt, denn normalerweise steigt man ja früher oder später selbst ein.«

»Vielleicht war ihnen kalt und sie wollten sich aufwärmen.«

»Fehlanzeige. Es war Sommer und draußen herrschte eine Affenhitze. Und die Klimaanlage funktionierte nie in diesem Bahnhof. Ich kann mir nicht vorstellen, dass es irgendjemandem Spaß macht, da unten rumzulungern.«

»Und was, glaubst du, machten diese Leute dann da?«

»Das habe ich den Psychiater auch gefragt. Ich berichtete ihm von meiner Entdeckung. Und weißt du, was er meinte?«

»Nein.«

»Vielleicht machen sie eine Therapie, wie du.«

ALICE IN DEN STÄDTEN

Als ich vor meiner Haustür stand, schwirrte mir immer noch der Kopf. Valdemar hatte großes Talent zum Geschichtenerzählen. Besser gesagt flocht er gerne eine Geschichte in eine andere ein, ständig machte er irgendwelche Klammern auf und vergaß sie dann wieder zu schließen. Zu jedem Erlebnis, von dem er erzählte, hatte er eine eigene Theorie parat, was dann wieder Raum für neue Geschichten und neue Theorien bot. Und so ging es endlos weiter, oder jedenfalls beinahe endlos.

Kaum hatte ich meine Haustür aufgeschlossen, merkte ich, dass ich trotz der Kälte nicht die geringste Lust hatte, mich in meiner Wohnung zu verkriechen. Dort erwarteten mich lediglich eine Katze und jede Menge Arbeit, sowohl für die Uni als auch für Titus.

In einem plötzlichen Anfall von Trotz zog ich die Tür wieder zu und drehte mich um. Ein Kinobesuch schien mir eine gute Idee zu sein. Ich war bereit, mich von jedem beliebigen Film verführen zu lassen, solange es nicht irgendein surrealistisches Zeug war. Dafür hatte ich ja Valdemar.

Zu meiner Überraschung wurde in einem der Kinos *Alice in den Städten* gezeigt, mein Lieblingsfilm von

Wim Wenders – ein echtes Juwel in Schwarzweiß aus dem Jahr 1973, lange bevor er mit *Paris Texas* und *Der Himmel über Berlin* bekannt wurde.

Alice in den Städten ist ein Roadmovie ganz besonderer Art. Der Protagonist Philipp Winter ist ein deutscher Journalist, der auf der Suche nach Themen für sein Buch durch die USA reist. Da er seinen Termin nicht einhält, kündigt ihm sein Verleger, sodass Philipp sich gezwungen sieht, nach Deutschland zurückzukehren. Auf dem Flughafen lernt er eine Deutsche kennen, die ihre neunjährige Tochter bei sich hat. Die Frau macht sich aus dem Staub und vertraut ihm ihre Tochter an, wobei sie schriftlich versichert, die beiden in Amsterdam wiederzutreffen. Natürlich taucht die Mutter nie dort auf. Philipp mietet ein Auto, um die einzige Angehörige zu suchen, die die kleine Alice in Deutschland hat: ihre Großmutter. Das Mädchen weiß weder, wie die Großmutter heißt, noch, in welcher Stadt sie wohnt. Sie haben nur ein Foto von einem Haus, das aussieht wie Millionen von anderen Häusern in Deutschland. Es könnte überall sein. Sie brechen zu einer verzweifelten Reise auf und zeigen in jeder Stadt vergeblich ihr Foto vor.

Ich verließ das Kino tief bewegt, vielleicht weil ich mich auch immer gefühlt habe wie Alice in den Städten: ein Gestrandeter, der hofft, irgendwo ein bisschen Wärme zu finden.

Auf dem Heimweg kehrte ich in eins der zahlreichen libanesischen Restaurants von Gràcia ein. Ich bestellte eine Flasche Wein und gab mich der Illusion hin, ich sei Philipp Winter. Dieser Typ gefiel mir, denn er hatte ein klares Ziel: die Großmutter zu finden, um das Mädchen loszuwerden. Meine eigene Geschichte war da um einiges undurchsichtiger.

In der Dunkelheit meines Wohnzimmers sah ich den Anrufbeantworter blinken. Vermutlich eine Umfrage oder ein Werbeanruf.

Ich hob ihn mir für später auf und begann mein abendliches Ritual zu vollziehen. Alles folgt einer festen Ordnung: Ich ziehe meinen Schlafanzug an, gehe dann ins Bad und putze mir die Zähne, während in der Küche das Wasser für den Tee kocht. Diesen trinke ich dann im Bett und lese dabei zum Einschlafen ein Buch. Mehr als vier oder fünf Seiten schaffe ich selten.

Diesmal gab es eine kleine Abweichung. Nachdem ich mir die Zähne geputzt und bevor der Tee fertig gezogen hatte, ging ich zum Anrufbeantworter, um die Nachricht abzuhören. Die Stimme war dunkel und sehr klar. Die Nachricht schien mir aus einer anderen Welt zu kommen.

Hallo. Die Barenboim-CD ist da. Du kannst sie abholen kommen, wenn du willst, okay?

DAS GEFÄNGNIS DES HERZENS

Ich habe ein Ass im Ärmel, das mein Schicksal verändern wird, dachte ich, als ich am nächsten Morgen aus dem Bett sprang.

Es war sieben Uhr morgens. Ich hätte noch fast eine Stunde liegen bleiben und gemütlich vor mich hin dösen können. Doch ich strotzte nur so vor Energie und wollte den Tag so bald wie möglich beginnen.

Ehe ich mich unter die Dusche stellte, drückte ich noch einmal die Taste des Anrufbeantworters, um Gabrielas Stimme zu hören. Am Abend vorher hatte ich die Nachricht vor dem Schlafengehen noch mehrmals abgespielt, mit dem Gefühl, ich hätte mit diesem kleinen Ausschnitt ihrer Stimme ein Stückchen von ihr selbst für immer bei mir.

Auch im Licht des neuen Tages erschien mir ihre Stimme ganz hinreißend. Sie war ein wenig rau und zugleich sanft. Schade, dass sie nur von einer CD sprach. Aber das konnte sich jeden Moment ändern, denn ich hatte ein Ass im Ärmel. Zumindest redete ich mir das ein.

Unter dem heißen Wasserstrahl schloss ich die Augen und versuchte mir die Szene unter der Treppe in allen Einzelheiten ins Gedächtnis zu rufen. Dank des Fotos fiel mir das jetzt sehr viel leichter: Ich konnte die Anordnung der Sommersprossen auf ihren Wangen und das Lächeln sehen, das so schöne Grübchen in ihr Gesicht zauberte. Ganz deutlich konnte ich die leichte Berührung ihrer Wimpern an meiner Wange spüren.

Nachdem ich diese Szene zum hundertsten Mal durchgegangen war, kam ich zu dem Schluss, dass es nicht nur dieser Kuss gewesen war, weswegen ich mich in Gabriela verliebt hatte. Es war die Stimme. Diese sanfte Kühnheit, mit der sie mich fragte, ob ich schon einmal einen Schmetterlingskuss bekommen hatte. Die Berührung war lediglich das Echo ihrer Worte gewesen, wie der Lichtschein im Weltall, nachdem ein Stern explodiert ist. Mit dieser kurzen Frage, dieser zarten, kindlichen Berührung hatte sie meinen Panzer, die Hülle um mein Herz, durchbrochen.

»Die Schale war geknackt«, wie Hesse sagen würde, und ich war aus mir herausgegangen, mit dem unsicheren Schritt eines Kükens, das kurz vorher noch blind gewesen war. Blind für etwas, das es bis dahin nicht kannte: liebevolle Zuneigung. Scheinbar genügt schon ein bisschen Zärtlichkeit, um die starrsten Wände einer Seele einzureißen.

Man sagt, die erste Liebe hat eine ganz besondere Kraft, weil es uns überrascht, dass jemand uns bemerkt hat.

Du verbringst dein Leben in einem Gefängnis, das du dir selbst gebaut hast, und eines Tages klingelt es an der Tür. Jemand ist gekommen, um dich abzuholen, und du denkst, jetzt wirst du nie mehr allein sein. Aber was passiert, wenn du aufmachst und feststellst, dass da niemand ist? Wenn der Mensch vor deiner Tür schon wieder weggegangen ist? Vielleicht war das Klopfen in deinen Augen eine Einladung zu einem langen Spaziergang, so lang, dass er womöglich ein ganzes Leben dauern kann, dabei wollte die andere Person eventuell einfach nur nachsehen, ob die Klingel noch funktionierte.

Nach einer ziemlich einschläfernden Seminarstunde hatte ich bis zum Nachmittag frei. Ich war bereit, alles auf eine Karte zu setzen, und wollte unser Wiedersehen nicht länger hinausschieben.

Ich brauchte nicht einmal in den Laden hineinzugehen, denn Gabriela stand im Schaufenster und hängte ein Plakat auf. Da sie mir den Rücken zuwandte, konnte ich in aller Ruhe ihre Locken bewundern, die über den roten Wollpullover fielen. Ihre beigefarbenen Cordhosen ließen eine für ihre vermutlich siebenunddreißig Jahre sehr schlanke Figur erkennen.

Als sie mich bemerkte – ich klebte beinahe mit der Nase an der Scheibe –, wirkte sie zuerst verwundert, doch dann schien sie mich zu erkennen, kletterte aus dem Schaufenster und bat mich mit einem breiten Lächeln herein.

Sie legte die Doppel-CD von Barenboim auf die Ladentheke und fragte: »Du hast also ein Kind, das Klavier lernt?«

»Nein. Wieso?«

»Die ›Romanzen‹ sind Stücke für den Klavierunterricht mit Kindern.«

»Ach wirklich?«, sagte ich beschämt.

»Jeder Klavierschüler stolpert im Laufe seines Unterrichts über diese Stücke. Ich bin damals beim *Spinnerlied* hängen geblieben.«

»Ich habe keine Kinder«, bemerkte ich etwas steif, und wie es in solchen Situationen oft der Fall ist, tat ich genau das Falsche im richtigen Moment – oder umgekehrt.

Ohne ein Wort holte ich das Foto aus meiner Tasche und legte es auf die Theke. Gabriela warf mir einen fragenden Blick zu und schaute das Foto nicht näher an. Vermutlich fragte sie sich, warum ich ihr ein Bild von kleinen Mädchen bei der Tanzstunde zeigte, wo ich gerade erklärt hatte, dass ich keine Kinder hatte.

Ich tippte mit dem Zeigefinger auf das Foto.

»Das Mädchen ganz hinten in der Reihe. Weißt du, wer das ist?«

Gabriela nahm das Foto behutsam in die Hand und aus dem leichten Befremden in ihrer Miene wurde großes Staunen. Ihre Augen schienen sogar etwas feucht.

»Das bin ich.«

DIE KLAVIERSTUNDE

András Schiff spielt die *Gondellieder*, als wären es ganz ernsthafte Stücke, als säße er in einem großen alten Konzertsaal. Sein Spiel ist langsam und schwer, mit viel Pedal, um die Schwermut zu betonen.

Die Interpretation von Barenboim hingegen schien mir viel eher zu den Stücken zu passen. Wenn man seine ›Lieder‹ hört, sieht man gleich die kleinen Mädchen in den bürgerlichen Wohnzimmern vor sich, wie sie brav ihre Stücke üben. Fast kann man den sittsamen Lavendelgeruch ihrer Kleider riechen.

Schiffs *Gondellieder* sind extrem gefühlsbetont und leidenschaftlich, jeder Takt klingt, als würde der Pianist danach zugrunde gehen. Das erste dauert zwei Minuten und 41 Sekunden, während das gleiche Stück bei Barenboim nur eine Minute und 52 Sekunden lang ist. Die Botschaft ist klar: Das wohlsituierte Mädchen, deren größter Wunsch es ist, dass die Klavierstunde endlich zu Ende gehen möge, spielt die Übung so schnell wie möglich runter, weil sie Hunger hat und der gedeckte Kaffeetisch wartet.

All diese Überlegungen – ich wechselte nach jedem Stück die CD – sollten mich eigentlich nur ablenken. Es war leichter, über Mendelssohn zu theoretisieren, als den nackten Tatsachen ins Auge zu sehen. Ich brauchte Abstand zu meinem Erlebnis im Klassikladen, denn die Situation hatte sich vollkommen überraschend entwickelt.

»Das ist für dich«, hatte ich zu Gabriela gesagt, als ich ihr das Foto überreichte.

»Wirklich, du willst es mir schenken?«, erwiderte Gabriela verblüfft.

Ich weiß noch, dass ich nickte und ganz traurig wurde, weil ich damit ja das Einzige weggab, was mich an sie erinnerte. Jetzt hatte ich nur noch ihre sanfte Stimme auf dem Anrufbeantworter. Trotzdem sagte ich: »Du kannst es behalten. Ich glaube nicht, dass meine Schwester es vermisst.«

Und dann war die Bombe eingeschlagen.

»Dann lade ich dich aber zum Dank auf einen Kaffee ein, okay?«

Ich hatte mir immer vorgestellt, dass unmittelbar nach einem Bombeneinschlag absolute Stille herrschen würde. Erst Sekunden später würden die ersten Schreie ertönen. So ähnlich ging es mir auch bei Gabrielas Worten. Ich traute meinen Ohren einfach nicht und blieb völlig stumm, bis sie hinzufügte: »Was hältst du von morgen um zwei, wenn ich den Laden zumache?«

Ich nickte. Ich glaube, alles, was ich herausbrachte, war: »Ja, gut.«

Dann wurde ich plötzlich ganz fahrig, als ich die CD bezahlen wollte. Ein paar Geldstücke fielen mir herunter und Gabriela bückte sich, um mir beim Aufsammeln zu helfen. Unsere Gesichter trafen sich unter der Theke, für einen Moment trennten uns nur wenige Zentimeter, wie vor dreißig Jahren. Ich glaube, sie lächelte mich an, was allerdings kein Beweis dafür war, dass sie sich an irgendetwas erinnerte. Vielleicht amüsierte sie sich über meine Ungeschicklichkeit, oder sie wollte einfach nur freundlich sein.

Am Ende reichten die Münzen gar nicht für die CD, und ich musste mit einem Schein bezahlen. Voller Schmach über meinen jämmerlichen Auftritt verließ ich hastig den Laden.

Zu Hause angekommen, verkroch ich mich im Wohnzimmer wie ein verschrecktes Tier. Doch zwei Freunde, Schiff und Barenboim, wachten über mich, und zu dritt schaukelten wir in Mendelssohns Gondel dahin.

MONDSTAUB

Der Mittwoch ließ sich außergewöhnlich an. Nach einer
nervösen und weitgehend schlaflosen Nacht sprang ich
beim ersten Weckerklingeln wie von der Tarantel gesto-
chen aus dem Bett.

Seltsamerweise sprang Mishima nicht mit mir auf,
sondern schlief seelenruhig weiter.

»Ich nehm's dir nicht übel«, sagte ich zu ihr. »An deiner Stelle würde ich es genauso machen.«

In Blitzgeschwindigkeit hatte ich geduscht, mich angezogen und gefrühstückt, obwohl ich es im Grunde gar
nicht eilig hatte. Einen Augenblick später war ich schon
auf dem Weg zur Metro. Es schien eigentlich ein eher
lauer Tag, aber ich fror mit jedem Schritt mehr. Eine
beißende Kälte kroch mir die Beine hoch und ließ mich
am ganzen Körper zittern.

Da merkte ich, dass ich keine Schuhe anhatte. Ich war
in Socken aus dem Haus gegangen und war jetzt schon
zu weit weg, um umzukehren, und mir Schuhe anzuzie-
hen. Die Schuhgeschäfte würden allerdings nicht vor zehn
öffnen. Was nun?

Plötzlich verdunkelte sich der Himmel, als hätte ein
Planet sich vor die Sonne geschoben, und ein vertrautes

Summen ertönte in einer Stadt, in der anscheinend nur ich allein unterwegs war.

Ich schlug die Augen auf und fand mich wieder in meinem Bett. Verwirrt sah ich mich um und schaltete den Wecker aus.

Die Art Erlebnisse nennt man für gewöhnlich »falsches Erwachen«. Man wacht im Traum auf und tut genau das, was man tun würde, wenn man wirklich aufgestanden wäre. Ehe man durch ein Geräusch oder eine Bewegung unsanft in die echte Realität katapultiert wird, ist man der festen Überzeugung, tatsächlich zum Beispiel barfuß durch Barcelona zu laufen.

Das Ganze ist ziemlich lästig, denn wenn man dahinterkommt, muss man ja noch einmal aufwachen, und alles geht wieder von vorne los.

Eine Stunde später – dieses Mal mit Schuhen und bei vollem Bewusstsein – schlenderte ich im obersten Stockwerk des Instituts auf dem Gang auf und ab. Ich war früh dran und vertrieb mir jetzt die Zeit damit, ein paar Katzen auf dem Dach zu beobachten, während ich mir mein Brötchen schmecken ließ.

Das Dach und der parkartige Innenhof des Philologischen Instituts sind von einer recht großen und ziemlich lautstarken Katzenkolonie bevölkert. Keine besonders angenehme Geräuschkulisse, während man sich auf seinen Unterricht vorbereitet.

Für meinen heutigen Kurs hatte ich vor, die sogenannte *konkrete poesie* zu analysieren, eine Richtung innerhalb der modernen Lyrik, die sich unter anderem dadurch auszeichnet, dass alles klein geschrieben wird, sogar die

Namen. Die Dichter wollten so gegen die herrschende Nachkriegsästhetik rebellieren – als ob es irgendetwas helfen würde, die Substantive nicht mehr groß zu schreiben.

Nach den Vormittagskursen blieben mir noch zwei Stunden bis zu meinem Treffen mit Gabriela. Langsam wurde ich unruhig. Ziellos streunte ich durch die Straßen, ohne recht zu wissen, wohin mit mir.

Mit einem Mal kam mir mein Leben außerordentlich wertvoll vor. Ich hatte keine Ahnung, was mich bei dem Treffen erwartete, doch der Gedanke, über einer Tasse Kaffee neben ihr zu sitzen, ließ mein Herz rasen. Außerdem fühlte ich einen hartnäckigen Schmerz im Magen, der mir das Atmen schwer machte.

»Du musst dich beruhigen«, sagte ich zu mir, »sonst kommst du erst gar nicht an.«

Also versuchte ich krampfhaft, mich auf etwas anderes zu konzentrieren. Obwohl es noch früh am Tag war, konnte es sein, dass Valdemar schon in unserem Straßencafé saß. Also machte ich mich kurzentschlossen dorthin auf den Weg.

Doch die drei Tische waren leer. Also setzte ich mich an den mittleren – ich war schon immer ein Freund fester Gewohnheiten gewesen –, bestellte einen Vernouth und ließ mich von der Februarsonne bescheinen.

Valdemars Mondstudien und sein Heimweh nach der Zukunft hätten mich jetzt bestens von mir selbst abgelenkt, was ich gut hätte brauchen können. Doch plötzlich tauchte eine andere bekannte Gestalt auf und verschaffte mir unerwartete Unterhaltung. Es war der Mann in schwarz, der laut Valdemar immer exakt siebzehn Minuten am Tresen des Cafés verbrachte.

Also beschloss ich, persönlich zu überprüfen, ob es sich dabei wirklich um eine Tatsache handelte oder ob sich Valdemar das bloß ausgedacht hatte. Es war exakt 12.43 Uhr, als der Mann seinen Platz am Tresen einnahm und ein Glas Bier bestellte. Folglich musste er um Punkt eins das Lokal wieder verlassen.

Wie ein Detektiv verfolgte ich jede seiner Bewegungen, während ich immer wieder auf meine Uhr schaute. Der Rothaarige nahm ein paar Schluck Bier, blätterte eine Sportzeitung durch und zündete sich eine Zigarette an. Nach der Hälfte drückte er sie aus, nahm einen weiteren Schluck Bier und widmete sich ohne besondere Begeisterung wieder der Zeitung. Die siebzehn Minuten waren so gut wie abgelaufen, doch der Typ schien es kein bisschen eilig zu haben.

Als der Minutenzeiger die Zwölf erreichte, ließ mich ein schriller Ton zusammenfahren. In der Bar hatte das Telefon geklingelt. Als hätte ihn das Geräusch aus seiner Lethargie gerissen, legte der Mann in schwarz eine Münze auf den Tresen und verließ eilig das Lokal, während der Kellner lustlos den Hörer abnahm.

Siebzehn Minuten.

Allerdings war es fraglich, ob er auch aufgestanden wäre, wenn das Telefon nicht geklingelt hätte. Doch eine weitere Überraschung unterbrach meine Überlegungen.

»Ich glaube, das ist für Sie«, sagte der Kellner, der mit einem schnurlosen Telefon in der Hand auf mich zugekommen war.

Ich war perplex. Wer konnte wissen, dass ich mich

hier aufhielt? Außerdem, woher wusste der Kellner, wer ich war? Er kannte doch nicht einmal meinen Namen. Drei Worte am anderen Ende der Leitung lüfteten das Geheimnis.

»Hier ist Valdemar.«

Hätte ich mir eigentlich auch denken können, dachte ich, wenngleich es ungewöhnlich war, dass er anrief, statt wie an jedem Mittag im Café vorbeizukommen.

»Ist etwas passiert?«, fragte ich leicht verwirrt.

Der Lärm im Hintergrund machte es mir schwer, ihn zu verstehen, sodass seine Stimme wie aus einer anderen Welt zu mir zu dringen schien. Nach kurzem Zögern sagte er: »Ja.«

»Geht es vielleicht etwas genauer?«

»Probleme. Aber darüber können wir nicht am Telefon sprechen.«

Wieso rufst du dann an? dachte ich, wollte ihn aber nicht verärgern.

»Lass uns später reden. Ich gebe dir mal meine Nummer …«

»Ich habe doch gerade gesagt, dass das nicht am Telefon geht«. unterbrach er mich. »Sag mir, wo du wohnst, dann komme ich bei dir vorbei.«

Nicht sonderlich begeistert gab ich ihm meine Adresse.

»Du klingst so weit weg, als wärst du auf dem Mond.«

»Irgendwie bin ich das auch«, sagte er und klang plötzlich ganz entspannt. »Zwar ist der Moment noch nicht ganz gekommen, aber ich treffe schon mal die Vorbereitungen für den Start.«

»Wie wird unser Leben auf dem Mond denn sein?«, fragte ich. Inzwischen hatte ich mich an dieses Thema und diese Art Gespräch gewöhnt. »Ich meine, wenn wir von der Erde fliehen müssen und entdecken, dass wir auf dem Mond unsterblich sind und das alles.«

»Oh, als Erstes werden ein paar technische Probleme zu lösen sein. Aber nichts, was unmöglich wäre.«

»Du meinst auf der Fahrt?«

»Nein, das ist alles geklärt, dafür reicht die Technik aus. Das Problem ist der Regolith.«

»Regolith? Was zum Teufel ist das nun schon wieder?«

»Das ist der Mondstaub, der durch Meteoritenein-schläge entsteht. Ganz feine, scharfkantige Teilchen, die überall eindringen. Dieser Regolith frisst den Astronau-ten buchstäblich ihre Instrumente auf. Darum ist bisher niemand auf die Idee gekommen, auf dem Mond Hotels zu bauen.«

»Wegen des Regolith …«

»Ja, er würde alles zerstören, was wir dort aufbauen. Er ist wie Sandpapier. Was die Astronauten gerettet hat, waren ihre Asbestanzüge. Asbest ist ein wahrer Wunder-stoff.«

»Vielleicht könnte man den auch beim Bau der Hotels verwenden«, schlug ich vor.

»Möglicherweise, aber dann ist da immer noch das Problem mit dem Wasser. Zwar wird viel spekuliert, aber bisher hat noch niemand beweisen können, dass es auf dem Mond tatsächlich Eis gibt. Wollte man das Was-ser von der Erde heranschaffen, müsste man den Liter Wasser zum Preis von Champagner verkaufen. Natür-lich könnte man riesige Wasserleitungen von der Erde zum Mond verlegen, aber dann wäre er kein Satellit mehr.«

»Wie ich sehe, hast du dir schon über alles Gedanken gemacht.«

»Es gibt auch noch andere Nachteile. Zum Beispiel das Temperaturgefälle. Auf dem Mond hat man mittags über hundert Grad Hitze und nachts zweihundert Grad unter Null. All das müssen wir berücksichtigen.«

»Und wenn wir zum Mars fahren würden?«, fragte ich aufs Geratewohl.

»Kommt gar nicht infrage, der Mars ist die reinste Hölle. Da sind die Temperaturschwankungen noch sehr viel extremer. Von den giftigen Gasen in der Atmosphäre ganz abgesehen.«

Plötzlich bemerkte ich, dass sich der Kellner mit verschränkten Armen vor mir aufgebaut hatte.

»So langsam reicht es aber! Unser Telefon hier ist nämlich eigentlich für dringende Nachrichten gedacht.«

HIMMEL MIT SCHNURRBART

Mir blieb eine Viertelstunde, um eine Strecke von kaum hundert Metern zurückzulegen, also ging ich den Weg zum Plattenladen fast in Zeitlupe.

Um mich herum nahm ich jede Kleinigkeit, die einem sonst kaum auffällt, wahr: den Geruch kochender Pasta, eine Pfütze in Form eines Fisches, das Muttermal auf der Stirn eines Babys, Blätterrauschen in der Ferne ... Ob einem die Liebe auch die Sinne schärft?

Vorsichtig überquerte ich die Straße und schlenderte weiter bis zur Carrer Tallers, dem Paradies für Plattensammler und Freunde des neuesten Chic. Ich blieb vor jedem Schaufenster stehen, um Zeit zu schinden, und spürte ein anhaltendes Kribbeln im Bauch. Als ich beim Laden ankam, war es erst drei Minuten vor zwei. Trotzdem ging ich hinein.

Gabriela war leise in ein Gespräch mit einem dicken Mann vertieft, der ihr einen Katalog zeigte. Ich stellte mich etwa einen Meter hinter ihn, unterbrach die beiden jedoch nicht. Außer uns war niemand mehr im Laden.

Vielleicht hätte ich besser vor der Tür auf sie warten sollen – vielleicht machte sie auch der Vertreter nervös, jedenfalls sah Gabriela im Gespräch kurz zu mir hoch und sagte: »Geh doch schon mal vor. Ich komme sofort.«

»Klar, wo wollen wir uns denn treffen?«

»Kennst du das *Kasparo*?«

»Das ist doch das an der Ecke, oder? Okay, bis gleich.«

Ohne weitere Erklärungen wandte sie sich wieder dem Katalog und dem Dicken zu. Also drehte ich mich um und machte mich auf den Weg zum *Kasparo*, in dem man draußen an einem kleinen Platz unter Arkaden sitzt.

Eine Zeit lang war ich oft dort hingegangen und dann plötzlich gar nicht mehr. Solche Dinge geschehen, ohne dass man weiß, warum. Vielleicht hatte ich den Laden einfach übergehabt.

Ich hatte das Café zehn Jahre nicht betreten, doch das Publikum schien mir ziemlich unverändert: durch ein allzu heftiges Leben vorzeitig gealterte junge Menschen, ein paar Althippies und der ein oder andere verirrte Tourist. Es war nicht gerade warm, trotzdem gab es jede Menge Leute, die – alleine – draußen saßen und zu Mittag aßen.

Ich fand es immer schon exhibitionistisch, sich alleine auf eine Caféterrasse zu setzen. Auch wenn man vorgibt zu lesen oder mit geschlossenen Augen das Gesicht in die Sonne hält, geht es in Wirklichkeit doch immer nur darum, gesehen zu werden. Die Leute sitzen auf dem Präsentierteller und warten darauf, dass jemand ihre Einzigartigkeit entdeckt, das, was sie – so ihr Irrglaube – von allen anderen Menschen unterscheidet.

Letztlich wollen sie doch eigentlich nur neue Kontakte knüpfen. Wer wirklich alleine sein will, bleibt zu Hause.

Ich fand einen freien Tisch an einer der Säulen und beeilte mich, die adäquate Pose einzunehmen: Mann wartet auf das Eintreffen seiner Liebsten, erstes Date. Es ist nicht ganz leicht, in so einem Zustand unverkrampft zu wirken. Also bestellte ich einen Kaffee und schaute in den Himmel. Gerade waren zwei Schäfchenwolken miteinander zu einem großen weißen Schnurrbart verschmolzen.

So saß ich eine ganze Weile da. Als ich aus meiner kleinen Träumerei erwachte, sah ich auf meiner Uhr, dass es mittlerweile fast halb drei war.

Sieht so aus, als würde sie nicht mehr kommen, sagte ich mir, bemüht darum, meine Fassung zu wahren.

Ich fühlte, wie sich langsam Panik in mir breitmachte. Es stand ziemlich viel auf dem Spiel. Eine Welt ohne Gabriela, oder zumindest ohne die Möglichkeit von Gabriela, wollte ich nicht akzeptieren. Wenn sie nicht kam, würde sich die Tür endgültig schließen und mich damit zurück in meinen schützenden Panzer sperren, aus dem ich so mühsam ausgebrochen war.

Ich wollte mich schon meiner Verzweiflung hingeben, als ich sie auf den Platz treten sah. Ein paar Sekunden lang konnte ich ihren Gang bewundern, der so sanft und anmutig war, als würde sie über den Boden schweben. Ihre Hüften wiegten sich unter einem grünen Wollkleid, das sich perfekt an ihren Körper schmiegte. Ehe sie an meinem Tisch ankam, blies ihr der Wind eine Strähne ins Gesicht. Lässig strich sie sich mit der Hand durchs Haar: »Entschuldige, dass ich dich habe warten lassen.«

Sie setzte sich auf den Stuhl mir gegenüber. Natürlich hätte sie sich auch neben mich setzen können, doch ich nahm an, dass ihr das zu vertraut vorgekommen wäre.

»Oh, kein Problem. Ich habe mir gerade die Wolken angeschaut.«

Was für ein lahmer Einstieg, schalt ich mich. Aber nun musste ich wohl oder übel weiterreden, um nicht als kompletter Idiot dazustehen.

»Während ich hier auf dich gewartet habe, waren da zwei längliche Wolken, die zusammengestoßen sind, und für einen Augenblick sah es so aus, als hätte der Himmel einen Schnurrbart.«

Gabriela sah mich an, als hätte sie noch nie etwas derart Idiotisches gehört. Dann tat sie einen tiefen Atemzug und setzte eine ernste Miene auf.

»Was willst du von mir? Ich weiß nicht mal, wer du bist.«

Ich schwieg. Eigentlich hatte ich ihr erst möglichst viele Geschichten erzählen wollen, ehe ich – sollte ich überhaupt dazu imstande sein – über meine Gefühle sprach. Nun war das Tribunal vorzeitig eröffnet worden, ohne dass ich mir zuvor meine Argumente hätte zurechtlegen können.

»Na ja«, sagte ich, bemüht, möglichst sachlich zu klingen, »ich habe ein Kinderfoto von dir gefunden und es dir geschenkt. Und du hast mich dann zum Kaffee eingeladen. Deswegen sind wir hier, oder?«

»Das weiß ich auch. Aber warum hast du mir das Foto überhaupt gebracht? Deine Schwester und ich waren zufällig im selben Ballettkurs – aber was hat das mit dir zu tun? In jedem Fotoalbum gibt es Hunderte von Unbekannten. Deswegen geht man doch noch lange nicht los und versucht, diese Leute ausfindig zu machen.«

Verdammt, dachte ich, sie wird es mir nicht leicht machen. Meine einzige Rettung sah ich darin, den akademischen Dauerquassler in mir zu bemühen, um zu verhin-

178

dern, dass Gabriela aufstand und ging. Denn dann wäre alles verloren.

»Ich werde es dir erklären, wenn du mir ein paar Minuten zuhörst. Wir haben uns kennengelernt, da waren wir sechs oder sieben Jahre alt. Damals ist etwas Besonderes zwischen uns geschehen, und auch wenn du dich vielleicht nicht daran erinnerst, hat dieses Ereignis dafür gesorgt, dass sich das Mädchen auf dem Foto bis heute in mein Gedächtnis eingebrannt hat. Dann sind wir uns neulich an der Ampel begegnet, und ich habe dich sofort erkannt. Es war seltsam, nach fast dreißig Jahren mitten auf einer Kreuzung jemanden wiederzuerkennen. Du hast mich zweimal angeschaut, einmal auf der Kreuzung, und dann hast du dich noch mal umgedreht, bevor du weitergegangen bist. Deshalb nahm ich an, du hättest mich auch erkannt.«

»Stimmt, ich habe dich angesehen«, erwiderte sie und fuhr sich mit der Hand durchs Haar, »aber nicht, weil ich mich an irgendwas Besonderes erinnert hätte, sondern weil du im Schlafanzug unterwegs warst.«

»Das hast du bemerkt?«, fragte ich peinlich berührt. »Ich hatte doch einen Mantel drüber.«

»Der Mantel war aber halb offen und der Schlafanzug ziemlich gut zu sehen«, sagte sie. »Darum habe ich mich nach dir umgedreht.«

»Dann war das alles ein großes Missverständnis«, sagte ich enttäuscht. »Aber das Foto beweist, dass du die Person bist, an die ich mich erinnert habe. Wenigstens das musst du zugeben – auch wenn du dich an nichts mehr erinnerst.«

»Natürlich gebe ich zu, dass ich das bin, aber warum gräbst du so alte Geschichten wieder aus? Menschen werden älter, sie verändern sich und vergessen einander. Sonst wäre das Leben ja auch ganz schön kompliziert, meinst du nicht?«

Ich spürte, dass ich kurz davor war, in Tränen auszubrechen, was mir seit meiner Teenagerzeit nicht mehr passiert war. Ich wollte unser Treffen nur noch so schnell wie möglich beenden, um nicht als totaler Idiot dazustehen. Doch Gabriela holte zum letzten Schlag aus.

»Du musst dich ja sehr einsam fühlen, um derart weit hergeholte Geschichte hervorzukramen.«

Während ich den Kellner rief, um zu zahlen, suchte ich fieberhaft nach irgendeinem lässigen Satz, um diese Episode einigermaßen würdevoll abzuschließen. Doch mir fiel keiner ein.

Gabriela sah mich besorgt an, als fühlte sie sich plötzlich verantwortlich für meinen Schmerz. Die Phase der Verachtung hatte ich gerade noch ertragen, Mitleid konnte ich nun nicht auch noch über mich ergehen lassen. Ich stand auf und sagte: »Es tut mir leid, wenn ich dich belästigt habe.«

Mit dem Gefühl, um dreißig Jahre gealtert zu sein, ging ich davon.

BUDDHAS TROST

Die Wunde war tief. Wenn ich nicht verbluten wollte, musste ich sie schnellstens lecken. Zu Hause angekommen, war ich überzeugt, alle Brücken hinter mir abgebrochen zu haben. Die Gondelschiffer würden ihre Lieder in Zukunft woanders vortragen müssen, denn ich hatte nicht vor, sie mir noch einmal anzuhören.

Voll Wut und unendlicher Trauer stieg ich zu Titus' Wohnung hinauf, um mich in ein Kapitel zu stürzen, das mir ganz besonders lag: »Die Schätze der Einsamkeit«.

Die Bibliothek des alten Redakteurs hielt zwei amerikanische Ratgeber zu dem Thema bereit, die Schlüsselerkenntnisse versprachen. *Party of One: The Loners' Manifesto* und *Celebrating Time Alone: Stories of Splendid Solitude*. Es ist wirklich famos, wie diese Art Bücher aus der Not eine Tugend, wenn nicht gar eine Pflicht machen.

Im ersten Buch ging es um berühmte Einsiedler wie Newton oder Michelangelo, die nie irgendwo dazugehörten und denen es trotzdem glänzend ging. Das zweite bot ein paar praktische Erkenntnisse, die ich mir sogleich notierte.

* Einsamkeit ist der vorherrschende Lebensstil des neuen Jahrtausends.
* Sie wirkt sich günstig auf die eigenen Vorlieben und die Entscheidungsfindung aus.
* Sie verschafft maximale Freiheit.
* Sie verschafft maximalen Zeitgewinn.
* Sie hilft, einen Sinn im eigenen Leben zu finden.
* Sie bringt uns der Selbsterkenntnis und dem Göttlichen näher.

Hier unterbrach ich meine Arbeit wieder, denn diese Weisheiten deprimierten mich. Sie zu akzeptieren bedeutete, sich lebendig zu begraben. Und das ausgerechnet jetzt, wo ich gerade den Kopf in die Welt hinausgestreckt hatte. Die Liebe von Gabriela blieb mir zwar verwehrt, aber ich war noch nicht bereit, mich in ein Einsiedlergewand zu hüllen.

Es gibt eine Welt dort draußen, sagte ich mir, auch wenn ich sie nicht immer verstehe.

Getröstet durch diesen Gedanken, bereitete ich das Abendessen für Mishima und mich zu, erledigte den Abwasch und hörte Radio ... Vielleicht hatte ich etwas von einem Einsiedler, aber so ganz als hoffnungsloser Fall fühlte ich mich jetzt nicht mehr.

Schweren Herzens hatte ich beschlossen, Gabriela aus meinen Gedanken zu verbannen und einen neuen Kurs einzuschlagen, wo immer er mich auch hinführen würde. Die Schätze der Einsamkeit würde ich denen überlassen, die das Leben satthatten. Ich hatte eigentlich eher das Gefühl, noch gar nicht richtig damit begonnen zu haben.

Ich nahm das heilsame Buddha-Buch mit ins Bett, und

wie so oft, fand ich Trost in Siddhartas Worten, ehe ich
in Schlaf sank:

Wir wollen danken, denn wenn wir heute nicht viel
   gelernt haben,
haben wir doch ein wenig gelernt, und wenn wir nicht ein
   wenig gelernt haben,
sind wir zumindest nicht krank geworden, und wenn wir
   krank geworden sind,
sind wir zumindest nicht gestorben, und darum wollen wir
   danken.

Wörter, die es noch nicht gibt

NÄCHTLICHER BESUCH

Ein paar Tage lang passierte gar nichts. Ich wartete darauf, dass Valdemar mir einen Besuch abstatten würde, doch er kam nicht. Auch im Café tauchte er nicht auf. Er schien wie vom Erdboden verschluckt.

Ein paarmal telefonierte ich mit Titus. Unsere Gespräche verliefen stets nach einem festen Muster: Er sagte, seine Genesung gehe langsam aber stetig voran, dann erkundigte er sich nach dem Buch von Amalfi, und ich antwortete überschwänglich, um ihn zu beruhigen. Bevor er mich nach Gabriela fragen konnte, verabschiedete ich mich abrupt und versprach, wieder anzurufen.

Aber Titus war ein alter Fuchs und ahnte, dass die Geschichte alles andere als gut verlaufen war. Einmal sagte er: »Samuel, wenn du etwas erreichen willst, vergiss nicht, dass selten etwas auf Anhieb gelingt.«

»Was soll das denn jetzt heißen?«, fuhr ich ihn an.

»Die Hauptsache ist, dass du das Leben liebst. Wie Freud sagte: Wir lieben, um nicht krank zu werden.«

Ich war überrascht, diese Worte von einem Menschen zu hören, der immerhin in einem Krankenhaus lag. Wenngleich ihm vielleicht gerade das diese Erkenntnis ermöglicht hatte.

Titus beendete das Gespräch mit einem weiteren rätselhaften Satz: »Auf Wiedersehen, Samuel, und denk daran: Nichts ist zufällig.«

Befreit von meinen romantischen Wahnvorstellungen, konnte ich mich mit voller Kraft meinem Alltag widmen. Im Literaturseminar hatten wir Hesse abgeschlossen, und nun war Bertolt Brecht an der Reihe. Dann kämen die Februarprüfungen und die eine oder andere Träne in der Sprechstunde. Das Übliche eben.

Eines Mittwochabends, ich bereitete gerade mein Seminar vor, überkam mich eine merkwürdige Vorahnung. Nimm dich in Acht, ein Gewitter ist im Anzug; besorg dir einen guten Regenmantel. Das teilte mir meine Intuition ganz unverfroren zwischen der Lektüre zweier Brechtstücke mit.

Ich legte mich schlafen mit dem Gedanken, dass meine Verwandlung in Francis Amalfi offenbar eine Gefahr für meinen Verstand darstellte. Und dabei hatte ich erst ein Dutzend Seiten geschrieben. Ich musste unbedingt den Rest fertigstellen, ehe ich vollends aus dem Tritt geriet.

Während Mishima es sich im Bett bequem machte, dachte ich zum ersten Mal seit drei Wochen wieder an den Mann in Tokio. Es beunruhigte mich, dass ich in längst überwunden geglaubte Gewohnheiten zurückfiel. Und die Liebe im Kleinen? Wo blieb die? Noch während ich über die Antwort nachsann, schlief ich ein.

Ein lautes Summen riss mich aus dem Schlaf. Ich war noch nicht ganz zu mir gekommen, als ein zweites Summen mir bestätigte, dass jemand an der Haustür klingelte.

Ich sah auf meinen Digitalwecker: Es war nach drei. Benommen setzte ich mich auf und verfluchte den fröhlichen Zecher, der herumzog und die Leute mit Klingelstreichen ärgerte. Es konnte ja nur ein Betrunkener oder ein Irrer sein, der um diese Zeit klingelte.

Ein drittes Klingeln ließ mich nachdenklich werden. War vielleicht doch ich gemeint? Wer auch immer es war, er wartete auf eine Antwort.

Verschlafen stolperte ich den Flur entlang und legte mir ein paar deftige Worte zurecht, um den Nervtöter in die Flucht zu schlagen. Als ich jedoch den Hörer der Sprechanlage abnahm, bestätigten sich meine heimlichen Befürchtungen.

»Hier ist Valdemar«, sagte er. »Ich brauche Hilfe.«

Das Versteck

Sichtlich erregt kam Valdemar die Treppe hinaufgestapft. Bevor er eine Erklärung abgab, lud er eine geheimnisvolle Metallkiste, eine große Tasche aus Zeltplane und den Rucksack, in dem er sein Manuskript zu transportieren pflegte, im Flur ab.

Ich schaltete das Flurlicht aus und bat ihn ins Wohnzimmer. Ich glaube, mein Zustand zwischen Schlafen und Wachen hinderte mich daran, mich aufzuregen. Auch kannten wir uns kaum und ich hatte am nächsten Morgen Unterricht. Andererseits musste etwas Schwerwiegendes passiert sein, dass er mir zu so unpassender Stunde einen Besuch abstattete.

Ich wollte das Licht im Wohnzimmer einschalten, doch Valdemar, der auf dem Sofa zusammengesunken war, protestierte schnell: »Bitte kein Licht. Besser wir lassen es dunkel.«

Dann zündete er sich, ohne zu fragen, eine Zigarette an. Es war das erste Mal, dass ich ihn rauchen sah.

Ich holte einen Aschenbecher aus der Küche. Der Mond war von den Wolken verdeckt, und alles in eine sonderbare Stille gehüllt, als sei die Zeit eingefroren und würde erst auftauen, wenn Valdemar mit der Sprache herausrückte.

Ich reichte ihm den Aschenbecher und nahm ihm gegenüber im Sessel Platz. Wie wir da in dem finsteren Raum saßen, fand ich, dass es etwas Beunruhigendes hatte, mit jemandem zu sprechen, dem man nicht ins Gesicht sehen konnte. Er hatte nicht einmal den Hut abgenommen; ich konnte nur seine Silhouette erkennen. Valdemar nahm einen tiefen Zug und für einen Augenblick war sein Gesicht vom Licht der Glut erhellt. Dann sagte er: »Ich will ehrlich zu dir sein, Samuel. Ich bin ziemlich knapp bei Kasse.«

Das fängt ja gut an, dachte ich.

»Ich hatte eine Wohnung«, fuhr er fort. »Zugegeben, ich war ein bisschen mit der Miete im Rückstand, aber die Vermieterin war sehr entgegenkommend. Nach dem Brand jedoch hat sie dann ihre Meinung geändert und mir drei Tage Zeit gegeben, um auszuziehen. Heute ist die Frist abgelaufen.«

»Was denn für ein Brand?«, fragte ich beunruhigt, während Valdemar seine Zigarette im Aschenbecher ausdrückte.

»Jemand hat vor meiner Tür ein Feuer gelegt. Wahrscheinlich wollte er meine Wohnung abfackeln. Aber keine Sorge, das Manuskript ist unversehrt.«

»Das Manuskript?«, wiederholte ich verblüfft. »Du meinst, jemand wollte deine Wohnung anzünden, um das Manuskript zu vernichten?«

»Und mich gleich mit. Es gibt Leute, die mich aus dem Verkehr ziehen wollen. Die wissen, dass ich einigen Dingen auf der Spur bin. Darum solltest du auch das Licht nicht einschalten. Zu deiner eigenen Sicherheit.«

In diesem Augenblick sprang Mishima mit einem Satz auf Valdemars Schoß, und der begann sogleich, ihr den

Kopf zu krau_en. Ein ziemlich unheilvolles Bild. Womöglich war das alles nur Einbildung, der Verfolgungswahn von jemandem, der glaubte, auf einem Schachbrett die Zukunft lesen zu können. Die Tatsache, dass er mitten in der Nacht mit all seinen Sachen zu mir gekommen war, schien mir dennoch beunruhigend.

»Was hast du jetzt vor?«, erkundigte ich mich.

»Ich muss eine Zeit lang untertauchen, bis sie mich vergessen haben. Aber ich will dich nicht in Gefahr bringen. Ich brauche nur heute einen Platz zum Schlafen, morgen ziehe ich weiter.«

»Du suchst einen Ort, an dem du dich verstecken kannst?«

»Genau. Auch vor mir selbst. Ich glaube, ich habe in letzter Zeit ein wenig hoch gepokert.«

Ein wahnwitziger Gedanke schoss mir durch den Kopf. Meine Wohnung hatte nur ein Schlafzimmer, also konnte ich Valdemar nur das Sofa anbieten, das nicht gerade bequem war. Es gab jedoch noch eine Alternative. Den Blick gegen die Decke gerichtet, sagte ich:

»Ich habe den Schlüssel zu der Wohnung über mir. Eigentlich war der nur für mich gedacht, aber mein Nachbar wird es sicher nicht merken, wenn du dich ein paar Tage dort einquartierst.«

»Ist die Wohnung leer?«, erkundigte sich Valdemar aufgeregt.

»Ja, sie gehört einem alten Redakteur, der mit Angina Pectoris im Krankenhaus liegt. Ich helfe ihm inzwischen, an seinem Buch weiterzuarbeiten. Aber das kann ich auch an meinem Computer hier unten machen.«

»Und was ist das für ein Buch?«

»Nichts, was dich interessieren würde. Eine Anthologie mit Inspirationstexten. Es heißt *Kleiner Lehrgang in Alltagsmagie*. Wie du siehst, habe auch ich eine dunkle Seite.«

»Die haben wir alle«, sagte er, mit einem Mal sehr lebhaft. »Und es ist unsere Pflicht, dem nachzugehen und sie zu erforschen. Aber das ist ein gefährliches Abenteuer.«

»Du bist der beste Beweis«, gähnte ich.

Ich wollte ihm signalisieren, dass es Zeit war, ins Bett zu gehen. Doch Valdemar schien ganz in seinem Element und plapperte munter weiter.

»Bevor der Wettlauf ins All losging, hat die verborgene Seite des Mondes den Menschen zu allerlei Fantasien angeregt. Genau wie die Menschen zeigt auch unser Satellit immer nur die eine Seite. Was dahinter lag, war ein Mysterium. Darum waren die ersten Fotos zwar ein Riesenereignis, aber auch eine ziemliche Enttäuschung.«

»Was hatte man denn zu finden gehofft?«

»Natürlich wollte man Mondbewohner sehen und dachte nun, die verstecken sich vor den Fotos. Aber die Wissenschaft wusste ganz genau, dass da nichts war.«

»Und warum wollte man dann später trotzdem noch dorthin fliegen?«

»Wenn sie denn wirklich da gewesen sind«, meinte Valdemar. »Die menschliche Neugier kennt keine Grenzen. Und manchmal vergessen wir das Risiko, das damit verbunden ist. Glaub mir, es ist besser, nicht alles zu wissen. Es sei denn, du findest dich damit ab, eine Art Randexistenz zu führen.«

»Und das erklärst du in deinem Buch.«

»Ja. Es ist eine Chronik der Entdeckungen, die mich dorthin gebracht haben, wo ich heute bin. Angefangen bei dem, was ich die Mondrätsel nenne. Ich meine die Unstimmigkeiten im Zusammenhang mit den Weltraummissionen, die Frage, welche realen Möglichkeiten es gibt, sich dort anzusiedeln, und zu welchem Zeitpunkt dies geschehen wird, die Unsterblichkeit ... all das. Aber das sind nur die Vorarbeiten. Ich habe eine Weile gebraucht, bis ich die wahre Botschaft verstand: Die dunkle Seite des Mondes ist eine Spiegelung unserer eigenen Seele. Vergiss den Wettlauf ins All. Das ist ein Kinderspiel, verglichen mit dem, was in uns selbst los ist.«

HEISSE SCHOKOLADE MIT KATZE

Nach unserer langen nächtlichen Unterhaltung stand ich am nächsten Morgen ziemlich neben mir. Nach allen möglichen Fragen über den Mond und die Seele war Valdemar auch noch einmal auf die Bahnsteigmenschen zu sprechen gekommen.

»Wer weiß, womöglich waren sie es, die das Feuer vor meiner Tür gelegt haben. Vielleicht verzeihen sie mir nicht, dass ich entdeckt habe, wie sie da unten sitzen, ohne jemals einzusteigen«, hatte er gesagt.

Das hatte ich ihm sogleich auszureden versucht, da ich mir nicht vorstellen konnte, dass irgendjemand ein Attentat auf einen armen Teufel wie ihn verüben würde. Ich erklärte ihm, dass der Brand viele ganz alltägliche Ursachen gehabt haben könnte: Irgendjemand, womöglich er selbst, hatte eine brennende Kippe vor seine Tür geworfen, die dann den Fußabtreter in Brand gesetzt hatte.

Das klang logisch und es hatte gewirkt, zumindest als Placebo, damit wir ruhig schlafen gehen konnten.

Valdemar stapfte mit seinen Sachen in Titus' Wohnung hinauf, und wir verabredeten, uns am nächsten Tag bei Einbruch der Dunkelheit wiederzutreffen. In der Zwischenzeit würde ich mich mit meiner eigenen Müdigkeit und der Faulheit meiner Studenten herumärgern müssen, von denen ein Großteil nicht mehr zum Seminar erschien, weil die Prüfungen kurz bevorstanden.

Das Café an der Kreuzung gehörte der Vergangenheit an, also nutzte ich meine Mittagspause, um in der Tierarztpraxis vorbeizuschauen. In Mishimas Katzenpass stand der Vermerk, dass sie noch eine zweite Impfung benötigte. Da stand ich also und fragte Meritxell, wann ich Mishima bringen könnte.

»Heute Nachmittag habe ich einen Hausbesuch ganz bei dir in der Nähe«, sagte sie. »Wenn du willst, komme ich bei dir vorbei, dann musst du sie nicht hin- und hertransportieren. Ich berechne es dir wie einen Praxistermin, in Ordnung?«

Offensichtlich war ich ihr sympathisch. Ich musste lächeln. Zu Hause würde ich schon einmal die lang ersehnte heiße Schokolade mit Biskuit vorbereiten. Allerdings durfte ich mir meine Freude nicht anmerken lassen, denn die Tierärztin war eine scheue Person, und zunächst sollte alles nach einem normalen Termin aussehen.

»Okay«, willigte ich ein, »aber sag mir nicht, wann genau du kommst. Ich werde sogar versuchen, überhaupt zu vergessen, dass wir verabredet sind, damit Mishima sich nicht wieder versteckt.«

»Gute Taktik«, sagte sie und zwinkerte mir zu, bevor sie durch die Tür des Behandlungszimmers verschwand.

Das Gelernte wieder verlernen

Bevor ich meine eigene Wohnung betrat, ging ich nach oben, um dort nach dem Rechten zu sehen. Ich legte ein Ohr an die Tür, doch es war nichts zu hören. Wahrscheinlich schlief Valdemar. Schließlich musste er Kräfte sammeln, um mich nachts wieder wachzuhalten.

Ich freute mich auf den Besuch von Meritxell und vergaß prompt, meine Freude zu unterdrücken, damit Mishima nichts witterte. So blieb es nicht unbemerkt, dass ich mit einer Tüte Biskuit die Wohnung betrat, und nachdem sie mehrmals unruhig durch den Flur gelaufen war, machte sich die Katze aus dem Staub. Diesmal gab ich mir nicht die Mühe, sie zu suchen.

Ich legte die Biskuits und das Kakaopulver in die Küche und ließ mich ruhigen Gewissens in den Sessel fallen. Beseelt begann ich, noch einmal in dem Wörterbuch der unübersetzbaren Wörter zu stöbern.

Als ich das Buch von hinten nach vorne durchblätterte, blieb ich an einem vertrauten Begriff hängen:

Dharma
Welches ist mein Ort im Universum? Welches ist die beste Art mein Leben zu leben? Wie kann ich die richtigen Antworten

auf diese Fragen finden? Die spirituellen Traditionen der Welt sind dem Bedürfnis der Menschen geschuldet, Antworten auf diese Fragen zu finden.

Weiter unten stand etwas über den Roman *The Dharma Bums* von Jack Kerouac, den ich vor langer Zeit einmal gelesen hatte. Dieser Klassiker der Beat-Literatur hatte den Verfasser des Wörterbuchs zu der folgenden Überlegung inspiriert:

Den eigenen *Dharma* zu erlernen und zu befolgen heißt nicht, einen Gott oder eine Lehre blind zu akzeptieren; vielmehr bedeutet es anzuerkennen, dass die richtige Art zu leben zur Erleuchtung aller fühlenden Wesen führen wird, dass also jeder Mensch seine ganz eigene Möglichkeit hat, die Wahrheit zu entdecken.

Das Klingeln an der Haustür verkündete die Ankunft von Meritxell, und ich klappte das Buch zu. Glücklicherweise war nicht mit Valdemar zu rechnen, denn ich vermutete, er würde seinen heimlichen Unterschlupf die nächsten Tage nicht zu verlassen wagen.

Ich öffnete die Wohnungstür und erwartete Meritxell an der Schwelle. Ihr kleines Köfferchen in der Hand und verblüffend guter Laune, trat die Tierärztin ein. Sie hatte Lidschatten aufgelegt und die kurzen Haare mit einem Haargel bearbeitet. Man sollte natürlich schönen Frauen verbieten, Kosmetika zu verwenden.

Ermutigt durch ihre gute Laune begrüßte ich sie mit einer scherzhaften Bemerkung:

»Es gibt zwei Nachrichten: eine gute und eine schlechte. Welche willst du zuerst?«

»Die schlechte. Man muss immer mit der schlechten anfangen«, lachte sie.

»Ich finde die Katze nicht. Sie hat sich doch wieder versteckt.«

»Okay, das ist ja kein Weltuntergang. Und welches ist die gute Nachricht?«

»Es gibt heiße Schokolade und Biskuit.«

»Gegen Schokolade bin ich allergisch. Aber ich leiste dir gerne auch so ein bisschen Gesellschaft. Ich kann eine Pause gut brauchen!«

Sie setzte sich auf dieselbe Seite des Sofas, auf der Valdemar seinen nächtlichen Vortrag gehalten hatte. Auch Mishima lag normalerweise dort. Die Seite musste irgendeine besondere Anziehungskraft besitzen.

Während ich die Milch für den Kakao erhitzte, beobachtete ich aus dem Augenwinkel die schöne Tierärztin. Sie fuhr sich ein paarmal durchs Haar und sah sich im Wohnzimmer um. Sie machte einen entspannten und irgendwie erwartungsvollen Eindruck.

Ich stellte Schokolade und Biskuit auf den Tisch und rückte meinen Sessel näher heran. Natürlich hätte ich mich neben sie aufs Sofa setzen können – es war reichlich Platz für zwei –, aber ich wollte nichts überstürzen. Womöglich hatte ich auch ihre Zeichen falsch gedeutet, und Meritxell war gar nicht an einem Flirt interessiert.

Ich setzte mich also in sicherem Abstand hin und ließ die Dinge auf mich zukommen. Es war einfach nett, in ihrer Gesellschaft meine Schokolade zu trinken.

»Ich wohne auch allein«, sagte sie und nahm den Orangensaft entgegen, den ich ihr anbot. »Ich habe jahrelang in WGs gewohnt, aber jetzt brauche ich Raum für mich.«

»Ich war immer genau derselben Meinung«, erklärte ich. »Aber seit Jahresanfang sind die Dinge für mich irgendwie komplizierter geworden – ohne dass ich es darauf angelegt hätte.«

»Wie meinst du das?«

Ich war kurz davor ihr von der Liebe im Kleinen zu erzählen, doch ich wollte sie nicht langweilen und hielt mich zurück.

»Sagen wir mal so, meine Einsamkeit ist eine ziemlich laute«, antwortete ich, »wie in dem Roman von Hrabal.«

»Wer ist Hrabal?«

»Ein tschechischer Schriftsteller. Entschuldige, wir Literaturwissenschaftler haben die blöde Angewohnheit, ständig irgendwelche literarischen Anspielungen zu machen. Das ist wirklich idiotisch.«

»Wieso ist das idiotisch?«, erwiderte Meritxell. »Es ist immer gut, Neues zu erfahren.«

»Bis zu einem gewissen Punkt schon, aber zu viel Wissen kann gefährlich werden. Valdemar ist der beste Beweis dafür.«

»Wer ist Valdemar?«

»Das willst du gar nicht wissen.«

»Wenn es nach dir ginge, soll wohl niemand irgendetwas wissen!«

»Na ja, Buddha hat gesagt, das Wissen soll sein wie eine Fähre: Es ist gut, um ans andere Ufer zu gelangen, aber wenn man einmal da ist, ist es absurd, es weiter mit sich herumzuschleppen. Weißt du, was ich meine?«

»Jetzt redest du in Buddhas Worten!«

»Da siehst du es. Ich bin unverbesserlich. Das meine ich eben: Ich muss das Gelernte wieder vergessen, um wieder ein normaler Mensch zu werden. Die Kultur ist ein Hintergrundgeräusch, das mich daran hindert, das Leben zu sehen, wie es ist. Ich wäre gern ein vollkommen unwissender Mensch oder ein kluger Bauer, der sich nur nach seinen Bauernregeln richtet.«

»Mein Bruder hat einen Hof in Berga‹, spottete sie. »Vielleicht leiht er dir seine Hacke, wenn du ihn darum bittest.«

»Einen ordentlichen Knüppelschlag auf den Kopf, den sollte er mir geben.«

Unsere unerwartet angeregte Unterhaltung wurde vom Klingeln des Telefons unterbrochen. Ich wusste selbst nicht, wie ich dazu kam, solchen Unsinn zu erzählen. Aber mein Gast schien sich zu amüsieren, also erklärte ich: »Ich gehe nicht ran. Auf keinen Fall. Wir verweigern uns einfach dem Hintergrundlärm, der uns daran hindert, das wahre Leben zu genießen.«

Beim dritten Klingeln sprang der Anrufbeantworter an. Als ich die Nachricht hörte, schüttete ich mir vor Schreck den Kakao über den Pullover.

Samuel, ich wollte dir sagen, wegen letzter Woche tut es mir sehr leid. Ich glaube, ich war nicht fair zu dir. Kannst du mir verzeihen? Es gibt vieles, was du nicht von mir weißt. Na ja, im Grunde weißt du ja gar nichts von mir. Oder fast nichts.

Ihre dunkle Stimme schien sich zu überschlagen und die Verbindung brach ab. Am liebsten wäre ich vor Scham im Boden versunken, bemühte mich aber, die Nachricht zu verdrängen und mich wieder auf unsere Unterhaltung zu konzentrieren. Doch Meritxell blickte verlegen zu Boden. Es war ihr offensichtlich unangenehm, diese private Nachricht mitgehört zu haben.

Etwas verunsichert fuhr ich fort: »Wie gesagt. Man hat nie seine Ruhe hier.«

Wieder klingelte das Telefon. Die anfängliche Vertrautheit zwischen Meritxell und mir war nun endgültig dahin. Ich wagte nicht mehr zu sprechen und erst recht nicht, den Hörer abzunehmen. Betreten kauerte ich einfach nur im Sessel wie ein frierender Hund.

Es war noch einmal Gabriela:

Was ich sagen wollte: Falls du mir nicht böse bist, würde ich mich freuen, wenn wir uns wiedersehen. Vielleicht können wir Freunde werden. Ich verspreche auch, nett zu sein, okay? Meine Nummer ist ...

Noch bevor die Nachricht zu Ende war, hatte sich Meritxell vom Sofa erhoben und nach Koffer und Mantel gegriffen.

»Ich muss los«, sagte sie.

Völlig perplex brachte ich sie zur Tür. Bevor ich zum Abschied etwas sagen konnte, meinte sie:

»Du hattest recht: Deine Einsamkeit ist ziemlich laut. Adiós.«

LEITMOTIVE

Valdemar war an jenem Abend nicht wie vereinbart aufgetaucht, ich hatte mich jedoch auch nicht aufraffen können, in Titus' Wohnung nach ihm zu sehen. Mir wurde langsam klar, dass er ebenso unberechenbar war wie meine Katze.

Also legte ich mich ins Bett und dachte noch einmal über diesen ereignisreichen Tag nach. Ich hatte die bemerkenswerte Entdeckung gemacht, dass jeder Tag eine bestimmte Tendenz, gewissermaßen ein *Leitmotiv* hat. Übrigens wieder ein Wort, das es nur auf Deutsch gibt.

Es gibt Tage, an denen wir keinen Augenblick zur Ruhe kommen. An denen alles schiefgeht. An denen wir sagen: »Ich bin mit dem falschen Fuß aufgestanden.« Oder: »Heute wäre ich besser im Bett geblieben.« Vielleicht stimmt das auch, denn wenn das Leitmotiv lautet: »Heute ist der Wurm drin«, klappt einfach nichts, sosehr wir uns auch anstrengen.

Ein anderes ziemlich häufiges Leitmotiv ist: »Du machst mich wahnsinnig.« Das sind diese Tage, an denen alle Welt ohne erkennbaren Grund genervt ist und sich wegen allem, was wir sagen oder tun, über uns aufregt. Auch dagegen kann man nichts machen, außer abwarten, dass der Sturm vorüberzieht. An Tagen mit negativem Vorzeichen ist es das Beste, keine drastischen Maßnahmen zu ergreifen, die man später bereuen müsste. Das Vernünftigste ist, ganz ruhig zu bleiben und zu hoffen, dass der nächste Tag bessere Vorzeichen mit sich bringt.

Bevor ich einschlief, dachte ich an Meritxell und daran, dass es sehr nett von ihr gewesen war, mich zu besuchen und sich meinen Unsinn anzuhören. Trotz des abrupten Abschieds war klar, dass wir auf einer Wellenlänge waren. Es gab eine Chemie zwischen uns, wir konnten ganz natürlich miteinander sein, ohne Angst, etwas Falsches zu sagen oder zu tun.

Aber was war mit Gabriela? Warum hatte sie genau in dem Moment angerufen?

Es war, als hätte sie von Weitem gespürt, dass ich dabei war, einem anderen Menschen näherzukommen, und als wollte sie mir einen Strich durch die Rechnung machen. Das Revier markieren, damit sich all meine Sehnsucht wieder auf sie richtete. Aber warum?

Es wäre so einfach gewesen, mich langsam in Meritxell zu verlieben … Ein bisschen zu plaudern und zu scherzen. Sie zu begehren. Mir ein paar Körbe einzufangen. Es von Neuem zu versuchen. Doch so wie dieses erste Treffen verlaufen war, konnte ich von Glück sagen, wenn sie überhaupt noch einmal mit mir redete.

Lektion 1: Man kann sagen, was man will, das Leben ist nicht leicht.

MÖGEN DIE WISSENDEN
ES DEN UNWISSENDEN ERKLÄREN

Auf die Einführungsveranstaltung zu Bertolt Brecht hatte ich mich gewissenhaft vorbereitet. Brecht ist kein Autor, der die Studenten vom Hocker reißt. Vielleicht weil Moralpredigten in unserer Zeit nur noch ein müdes Lächeln verursachen. Und Brecht ist im Wesentlichen ein Autor mit einer moralischen Botschaft.

Was mir an Brecht am besten gefällt, sind die Titel seiner Theaterstücke: *Der kaukasische Kreidekreis* oder *Der gute Mensch von Sezuan*. Statt also die Studenten mit Brechts Biografie zu langweilen, konzentrierte ich mich auf ebendieses Stück, ein Paradebeispiel für sein episches Theater.

Das Stück beginnt mit einer Diskussion dreier Götter darüber, ob ein Mensch gut und gerecht sein und dabei in einer Welt von Egoisten überleben könne. Ihr Versuchskaninchen ist Shen-Té, eine Prostituierte, die in einem Dorf in der chinesischen Provinz Sezuan lebt. Sie ist die Einzige, die bereit ist, die drei Fremden in ihrer Hütte aufzunehmen. Mit dem Geld, das sie von ihnen bekommt, eröffnet sie einen Laden. Doch die Leute nutzen ihr selbstloses Engagement aus und bald ist sie ruiniert.

Nach dieser Lehre baut sie, als Mann getarnt, ein neues Geschäft auf, das sie mit harter Hand führt. Alle haben vor ihr Respekt, fragen sich jedoch, was aus der gütigen Shen-Té geworden ist. Am Schluss gibt sie sich zu erkennen, und man staunt über ihre List.

Brecht fragt also, ob wir uns tatsächlich als böse tarnen müssen, um gut sein zu können.

An dieser Stelle angelangt, meldete sich ein Student, den ich in diesem Trimester zum ersten Mal sah. Gespannt erwartete ich seinen Diskussionsbeitrag, doch ich wurde bald darauf enttäuscht. Er fragte: »Gibt es dieses Sezuan wirklich?«

Die drei, vier vereinzelten Gestalten, die zum Unterricht erschienen waren, lachten über die naive Frage. Etwas verwirrt antwortete ich: »Doch, diese Provinz gibt es, ich glaube, heute heißt sie Sichuan. Dort gibt es ein Reservat für Riesenpandas, das habe ich mal in einem Dokumentarfilm gesehen.«

Nun brach das ganze Seminar in Gelächter aus.

Was ist daran so komisch? fragte ich mich gekränkt. Ich räusperte mich, bemüht, meine Autorität wiederherzustellen.

»Es ist ganz unerheblich, ob die Geschichte in Sezuan spielt oder in Samarkand«, fuhr ich fort. »Brecht verwendet hier einen exotischen Schauplatz, um uns eine Parabel über das Gute zu erzählen. Was eine Parabel ist, wisst ihr ja, oder?«

Die kleine Besserwisserin mit der runden Brille setzte an: »Das ist eine Geschichte mit einer Botschaft, wie im Neuen Testament«, sagte sie.

»Richtig. Diese Parabelform haben aber auch viele moderne Autoren gewählt. Adorno, ein deutscher Philosoph, sagte, die Prosa von Kafka, insbesondere *Das Schloß*, sei in erster Linie parabolisch zu verstehen.«

»Wie kann ein Deutscher überhaupt ›Adorno‹ heißen?« Es war der Student, der vorher nach Sezuan gefragt hatte.

Ich ignorierte seine Provokation und nahm den Faden meines Vortrags wieder auf.

»Allerdings ist *Der gute Mensch von Sezuan* nicht so sentenzenhaft wie die Bibelgeschichten und auch nicht so pessimistisch wie Kafkas Erzählungen. Es ist mehr eine Einladung, sich mit einem komplexen Thema zu befassen. Wie die Geschichten von Nasreddin. Weiß jemand, wer das ist?«

»Das hat etwas mit dem Sufismus zu tun, glaube ich«, antwortete die Brillenschlange.

»Bravo. Deinen Einserschein hast du ja bald sicher. Nasreddin ist eine Figur, die in vielen Sufi-Geschichten mit einer Botschaft auftritt. Die Geschichte über Weisheit finde ich recht anschaulich. Wollt ihr sie hören?«

Niemand reagierte, also hob ich an: »Nasreddin kommt in ein kleines Dorf, wo man ihn mit einem großen Weisen verwechselt. Um die Menschen, die sich auf dem Dorfplatz versammelt haben, nicht zu enttäuschen, breitet er die Arme aus und sagt: ›Ich nehme an, wenn ihr hierher gekommen seid, wisst ihr schon, was ich euch zu sagen habe.‹

Die Leute antworten: ›Nein! Was hast du uns zu sagen? Wir wissen es nicht. Sag es uns!‹

Da erwidert Nasreddin: ›Wenn ihr bis hierher gekommen seid, ohne zu wissen, was ich euch sagen will, seid ihr noch nicht bereit, es zu hören.‹

Mit diesem Worten steht er auf und geht. Die Zuhörer sind verblüfft. Sie wollen ihn schon für verrückt erklären, als einer plötzlich ausruft: ›Nein, wie klug! Er hat recht! Wie konnten wir es wagen, hierher zu kommen, ohne zu wissen, was wir zu hören bekommen würden? Wir haben eine großartige Gelegenheit verpasst. Was für eine Erleuchtung, was für eine Weisheit. Wir wollen diesen Mann bitten, noch einmal zu uns zu sprechen.‹

Ein paar Leute aus dem Dorf brechen auf, ihn zu suchen, und bitten ihn, noch einmal zurückzukommen. Nach längerem Bitten kommt Nasreddin noch einmal in das Dorf. Auf dem Dorfplatz ist diesmal doppelt so viel Publikum. Wieder sagt er: ›Ich nehme an, ihr wisst, was ich euch zu sagen habe.‹

Die Leute haben ihre Lektion gelernt, und ein Sprecher antwortet: ›Natürlich wissen wir das. Darum sind wir ja gekommen.‹

Nasreddin senkt den Kopf und sagt: ›Also gut, wenn ihr schon wisst, was ich euch zu sagen habe, sehe ich keinen Anlass, es noch einmal zu wiederholen.‹

Wieder dreht er sich um und geht. Die Zuhörer sind perplex, und ein Fanatiker fängt an zu schreien: ›Brillant! Großartig! Wir wollen mehr hören! Dieser Mann soll uns mehr von seiner Weisheit schenken!‹

Eine Abordnung von Honoratioren eilt los, ihn erneut zu holen. Sie flehen ihn auf Knien an, er möge ihnen eine dritte und letzte Rede halten. Nasreddin will nicht, doch sie bitten und flehen so sehr, dass er einwilligt. Als er auf den Platz kommt, wird er von einer tosenden Menge empfangen.

›Ich nehme an, ihr wisst, was ich euch zu sagen habe.‹

Diesmal haben sich die Leute abgestimmt und den Dorfvorsteher dazu auserwählt, in ihrem Namen zu sprechen.

›Manche ja, manche nein.‹

Die Zuhörer schweigen gespannt, und alle Blicke ru-
hen auf Nasreddin, der schließlich sagt: ›Mögen die, die
es wissen, es denen erzählen, die es nicht wissen.‹

Mit diesen Worten dreht er sich um und verschwindet.«

Neue Wagnisse

Da ich die nächste Veranstaltung erst am Nachmittag zu geben hatte, beschloss ich einen Spaziergang zu machen und die Sonne zu genießen. Ich überquerte die Plaça Universitat und schlenderte ins Barrio Raval. Vorbei an einer russischen Buchhandlung bog ich ab zur Carrer de las Egipcíaques, der Gasse der Ägypterinnen – mir gefällt der Straßenname einfach so gut.

Seit es die mittäglichen Treffen mit Valdemar nicht mehr gab, wusste ich nicht recht, was ich zur Mittagszeit mit mir anfangen sollte, und wanderte ziellos umher – eine Gasse hoch und die nächste wieder runter –, ohne mich irgendwo länger aufzuhalten. Ich hatte keine Lust auf einen erneuten Besuch des Marsella und ebenso wenig auf die überfüllten Ramblas.

Ich bezweifle, dass sich irgendein Einheimischer da freiwillig hineinstürzen würde, solange er bei klarem Verstand ist.

So streifte ich weiter durch die Gassen und entdeckte kleine Läden und Cafés, die ich nicht kannte: eine indische Churrería, ein schickes Restaurant, ein Lager mit allem möglichen elektronischen Plunder … Nachdem ich eine Stunde ziellos umhergelaufen war, setzte ich mich auf der Rambla del Raval unter eine Palme.

Du versuchst doch nur, Zeit zu schinden, dachte ich. Drehst hier eine Runde nach der anderen, weil du nicht weißt, ob du anrufen sollst oder nicht.

Ich schaute auf die Uhr, es war halb drei. Wahrscheinlich war Gabriela bereits auf dem Weg nach Hause. Sie hatte mir ihre Handynummer gegeben, es war also kein Problem, sie zu erreichen. Aber sollte ich das wirklich tun? Womöglich war sie eine Neurotikerin, die nur darauf wartete, mir wieder einen Schlag ins Gesicht zu verpassen.

In diesem Moment ging ein junges pakistanisches Pärchen an mir vorüber, das Händchen hielt.

Das war ein so rührendes Bild, dass ich in meiner Hosentasche nach ein paar Münzen kramte und den Zettel auseinanderfaltete, auf dem ich ihre Nummer notiert hatte. Während ich wartete, dass sie abnahm, merkte ich, dass ich gar keine Aufregung verspürte.

»Hallo?«

Mit einem Schlag war meine Gelassenheit wieder dahin. Ihre Stimme zu hören reichte, um das Feuer wieder anzufachen. Doch ich ermahnte mich, kühl zu bleiben.

»Hier ist Samuel.«

»Hallo, Samuel. Wo bist du?«

»Überall und nirgends. Ich vertreibe mir die Zeit, wie man so sagt.«

»Du bist also ein Zeitvertreiber ...«, sagte sie in dem liebenswürdigen Ton, als würde sie mit einem Kind sprechen. »Und hast du schon viel vertrieben?«

»Es geht.«

»Ich habe im Bett gelegen, ich war gerade kurz vorm Einschlafen.«

Einen Moment lang stellte ich mir Gabrielas Lockenpracht vor, auf dem Kissen ausgebreitet wie eine geöffnete Blüte, und war kurz davor, die Fassung zu verlieren. Doch ich rief mich streng zur Ordnung.

»Gleich ist mein Guthaben alle, und ich habe kein Kleingeld mehr. Wann und wo wollen wir uns treffen?«

Das Schweigen dauerte kaum einen Augenblick.

»Morgen um sechs, im Caelum.«

»Das kenne ich nicht. Wie soll das heißen?«

»Denk einfach an den Himmel.«

Dann brach die Verbindung ab. Zwar hatte ich keine Ahnung, wo wir verabredet waren, aber ich war jetzt wieder vollkommen ruhig.

Den Blick fest gen Himmel gerichtet, schien die ganze Welt mit einem Mal wie neu. Das Geschrei der Kinder in den Straßen erschien mir nicht mehr als störender Lärm, sondern als Ausdruck puren Lebens; und der Wind war keine eisige Schneide mehr, sondern eine frische Liebkosung.

Mein Blick fiel noch einmal auf den Zettel, auf dem ich ihre Nummer notiert hatte. Es gefiel mir, wie ihr Name da neben den neun Ziffern stand: GABRIELA.

EINE BLUME AM RANDE DES ABGRUNDS

Auf meinem Rückweg ins Institut fiel mir auf, dass es etwas gab, was ich dringend klären musste. Da hatte ich diese lange Brücke zwischen Vergangenheit und Gegenwart geschlagen und mich nicht einmal gefragt, ob Gabriela überhaupt frei war. Mit Mitte dreißig sind ja die meisten Frauen fest liiert, haben Kinder. Wie hatte ich das völlig außer Acht lassen können?

Irgendetwas sagte mir jedoch, dass Gabriela allein war, wenn ihre Art von Alleinsein vermutlich auch eine andere war als meine. Jede Einsamkeit ist einmalig und einzigartig, denn sie hat ihre ganz eigenen Gründe.

Während ich die Flure der alten Universität entlangwanderte, stellte ich mir vor, ich würde mit Gabriela Hand in Hand spazieren. Beinahe konnte ich ihre Wärme und ihre glatte Haut spüren.

Plötzlich sprach mich einer meiner Studenten an und riss mich aus meiner Träumerei. Sein Anliegen war denkbar prosaisch: »Wann ist noch mal die Klausur?«

Wie jemand, der nach einer langen Reise unter einem Jetlag leidet, brauchte ich eine Weile, um zu begreifen.

»Die Sprachklausur«, versuchte er es noch einmal.

»Die ist doch im Februar, oder?«

Kopfschüttelnd holte ich meinen Kalender aus der Tasche und diktierte ihm Datum und Uhrzeit. Anschließend schlüpfte ich hinter ihm in den Seminarraum, um den Unterschied zwischen Konjunktiv I und Konjunktiv II zu erklären.

Bevor ich wieder in meine Rolle als strenger Pauker schlüpfte, dachte ich noch: Wenn du dich getäuscht hast und Gabriela deine Gefühle nicht erwidern kann, wirst du in ein ziemlich tiefes Loch fallen. Doch ein Spruch von Stendhal, den ich vor Kurzem gelesen hatte, gab mir Zuspruch:

Die Liebe ist eine köstliche Blume, aber man muß den Mut haben, sie am grausigen Rand eines Abgrunds zu pflücken.

Nichts ist real

»Weißt du was? Ich habe manchmal das Gefühl, der Unfall, den ich in Patagonien hatte, ist vielleicht gar nicht so abgelaufen, wie ich denke.«

Valdemar hatte es sich wieder auf derselben Sofaseite bequem gemacht, saß im Dunkeln da und rauchte. Kurz vor Mitternacht war er hinuntergekommen, ich wollte gerade schlafen gehen. Neben der Mittagszeit waren diese Nachtstunden offenbar seine beste Zeit.

Das ist es, dachte ich bei mir, bevor ich etwas erwiderte. Er hat einen festen Zwölfstundenrhythmus. Dazwischen ist er noch nie aufgetaucht.

»Ach nein? Wie ist er denn abgelaufen?«

Valdemar nahm einen tiefen Zug und für einen Augenblick war seine schweißbedeckte Stirn hell erleuchtet.

»Manchmal habe ich den Verdacht, dass ich bei diesem Unfall damals gestorben bin. Du hattest ganz recht: Es ist unmöglich, einen Sturz aus dreißig Metern Höhe zu überleben. Vielleicht war alles, was seither passiert ist, nichts als ein Traum: der Weg an dem zugefrorenen Fluss entlang, das Blitzlicht, die Rettung, das Krankenhaus, die Rückkehr nach Barcelona, diese Unterhaltung hier … Nichts von alldem ist real.«

»Aber wenn es nicht real ist«, erwiderte ich, »wie können wir dann hier sitzen und darüber reden?«

»Das gehört alles zu dem Traum. Das ist nämlich der einzige Ort, an dem die Toten leben können.«

»Ich bin also Teil deines Traums.«

»So ungefähr.«

»Dann lebe ich also auch nur in deinem Kopf, oder noch schlimmer, im ewigen Traum eines Toten.«

»So in etwa.«

Eine Weile saßen wir schweigend da. Valdemar, inzwischen ohne Hut, hatte den Kopf auf die Sofalehne gelegt und blies kaum zu erkennende Rauchwolken an die Decke. Plötzlich schien ihm ein Gedanke durch den Kopf zu gehen, und er setzte sich auf und drückte die Zigarette im Aschenbecher aus.

»Wann wirst du endlich aufhören, dir Gedanken zu machen, und dich mit dem Nichts anfreunden?«, fragte er mich unvermittelt.

»Vielleicht wenn ich die Gewissheit habe, dass ich tot bin«, antwortete ich.

»Das ist der größte Witz überhaupt«, sagte Valdemar, »denn das werden wir nie wissen.«

Rendezvous im Himmel

Zunächst war eine kleine Recherche nötig, um herauszufinden, wo ich mit Gabriela verabredet war. »Denk einfach an den Himmel«, hatte sie gesagt. Darüber hatte ich
erst einmal zu grübeln.

In der Mittagspause konsultierte ich in einer Buchhandlung ein paar Barcelona-Führer, und schließlich fand
ich das Café Caelum – Lateinisch: Himmel. Das musste
es sein. Der Reiseführer beschrieb es als ausgesprochen
charmantes Café in der Nähe der Plaça del Pi. Offenbar
handelte es sich um eine Teestube, wo ausschließlich von
Nonnen hergestelltes Gebäck angeboten wurde. Etwas
verblüfft durch diese Wahl notierte ich Straße und Haus-
nummer in meinem Kalender und ging nach Hause, um
mir eine Siesta zu gönnen.

Das war etwas, was ich seit meiner Studentenzeit kaum
noch tat. Als Student hatte ich zu den Faulpelzen gehört,
die, um morgens ausschlafen zu können, nur zu den
Spätveranstaltungen gingen, und vor den Prüfungen hielt
ich dann eine ordentliche Siesta. Ich hatte immer die
Hoffnung, dass die ganzen Informationen, mit denen ich
mein Gedächtnis vollgestopft hatte, während des Schlafs
eine gewisse Ordnung annehmen würden. Und meist

funktionierte das auch, als hätte ich in meinem Kopf ein kleines Heinzelmännchen sitzen, das die Dinge in einer Nachtschicht sortierte und richtig abheftete.

Vielleicht würde mir die Siesta ja auch helfen, mich vor meiner heutigen Prüfung, dem Treffen mit Gabriela, zu beruhigen. Was in dieser Nonnen-Teestube geschehen würde, konnte meine Hoffnungen entweder vollends zunichte machen oder auch der Beginn von etwas Neuem, Großartigem sein. Jedenfalls wollte ich schlafen, um die Welt zu vergessen, bis die Stunde der Wahrheit gekommen war.

Um fünf klingelte der Wecker, und Mishima räkelte sich faul auf dem Bett. Ich hatte das Gefühl, nur ganz kurz eingenickt gewesen zu sein, doch offensichtlich hatte ich ganze anderthalb Stunden geschlafen. Entschieden zu lange.

Ich sprang aus dem Bett und wankte wie ein Zombie unter die Dusche, wo der warme Wasserstrahl mich wieder ein wenig belebte. Währenddessen überlegte ich, ob ich mich rasieren sollte. Meine Stoppeln waren einen Tag alt, ein kaum wahrnehmbarer Schatten, aber die meisten Frauen mögen lieber glatt rasierte Männer. Vor allem, wenn man sich zur Begrüßung auf die Wangen küsst – wobei ich nicht wusste, ob das in unserem Fall geschehen würde. Andererseits – wenn ich allzu geschniegelt ankam, würde ich ihr vielleicht ein allzu großes Interesse signalisieren und sie damit unter Druck setzen und womöglich in die Defensive drängen.

Schließlich entschied ich gegen eine frische Rasur. Ich zog mir – so viel Sorgfalt musste schon sein – die besten Sachen an, die mein Kleiderschrank zu bieten hatte: eine graue Hose und einen engen blauen Pullover. Mein lan-

ger Mantel würde mir einen Hauch von Boheme ver-
leihen.

Auf ins Abenteuer, versuchte ich mir Mut zu machen,
und schloss, in der Hoffnung, ich würde als ein neuer
Mensch zurückkehren, die Wohnungstür hinter mir ab.

Wo Gott hinschaut

Zu meiner Überraschung war Gabriela bereits da, als ich Punkt sechs zu unserer Verabredung erschien. Ich sah sie durch die Fensterscheiben der Teestube hindurch wie eine Fata Morgana. In diesem Augenblick zündete eine füllige Kellnerin die Kerze auf ihrem Tisch an. Das Café wurde nur vom flackernden Licht der Kerzenflammen erleuchtet, was dem Raum etwas Sakrales und gleichzeitig sehr Romantisches verlieh.

Als ich eintrat, lief *A Love Supreme* von John Coltrane, ein Jazzklassiker, der – Gott gewidmet – perfekt zu dem Lokal passte. Ob das Absicht war oder wirklich nur ein Zufall?

Etwas nervös trat ich an den Tisch, an dem Gabriela soeben die Teekarte studierte. Ich fragte mich, ob ich sie zur Begrüßung auf die Wange küssen sollte. Da man im Allgemeinen etwas, das man sagt oder tut, viel eher bereut, als etwas, was man unterlässt, beschloss ich, mich zu setzen und erst einmal abzuwarten. Schüchtern begrüßte ich sie und vertiefte mich dann ebenfalls in die Karte. Da ich nicht allzu viel Ahnung von Tee hatte, bestellte ich einen Lady Grey, weil mir der Name gefiel.

»Für mich das Gleiche, bitte«, sagte Gabriela zu der

Kellnerin, die sich erkundigte, ob wir auch gern Nonnengebäck hätten.

»Im Moment nicht, danke«, antwortete ich, angespornt durch die Tatsache, dass sie dasselbe bestellt hatte wie ich.

Nachdem wir die Bestellung aufgegeben hatten, saßen wir uns einige Minuten lang schweigend gegenüber. Mir fiel auf, dass Gabriela keine Ohrringe, dafür aber zwei Schmetterlingsspangen im Haar trug, die ihre Locken zusammenhielten. Einer war jadegrün und der andere pink mit blauem Schimmer.

Sie hatte sich Schmetterlinge ins Haar gesteckt, obwohl sie doch gar nichts von meiner Schmetterlingskuss-Erinnerung wusste! Jedenfalls wertete ich das als gutes Omen. Ich suchte noch vergebens nach einem möglichst unverfänglichen Gesprächseinstieg, da sagte Gabriela, die schon eine Weile ihre leere Tasse hin und her drehte: »Die Japaner sind echte Künstler, was ihre Tassen angeht. Und weißt du, womit sie sich die meiste Mühe geben?«

»Ich weiß nicht«, antwortete ich. »Vielleicht mit dem Henkel?«

»Japanische Tassen haben keinen Henkel.«

»Woher weißt du das?«

»Ich habe lange genug dort gelebt.«

»Du hast in Japan gelebt?«

»Du hast meine Frage nicht beantwortet«, beharrte sie und runzelte die Stirn.

»Also, dann versuchen sie, jede Tasse mit möglichst kunstvollen, harmonisch-schlichten Ornamenten zu verzieren. So zenmäßig.«

»Nein, das ist es nicht«, sagte sie.

»Dann bemühen sie sich wohl, die Tassen besonders rund zu machen.«

»Auch nicht. Eine unregelmäßige Tasse kann ein wahres Kunstwerk sein.«

»Ich gebe auf. Womit geben sie sich die meiste Mühe?«

Gabriela drehte ihre leere Tasse um und klopfte mit dem Löffel auf den Tassenboden.

»Mit der Unterseite«, erklärte sie, »mit dem, was man normalerweise gar nicht sieht. Und weißt du, warum?«

»Keine Ahnung.«

»Weil Gott dort hinschaut.«

Sie warf mir ein schelmisches Lächeln zu, das mich vollends entwaffnete. Unsere Unterhaltung wirkte eher wie die von zwei Kindern als von zwei Erwachsenen. Ich fühlte mich auf wundersame Weise wohl bei dieser Art Gespräch.

Unter normalen Umständen wäre ich mit Fragen auf sie losgeschossen, die mir weit dringender schienen, etwa: »Glaubst du wirklich an Gott?«, »Wo und wann hast du in Japan gelebt?«, »Warum sprechen wir hier über Teetassen statt über unser Leben? Macht man das nicht normalerweise so bei einem Date?«

Doch ich wollte den magischen Auftakt nicht verderben, indem ich mich auf das übliche Drehbuch für Rendezvous beschränkte, das meist in einer grob zusammengefassten Lebensbeichte mit besonderem Augenmerk auf amourösen Misserfolgen besteht.

Ich konnte Gabriela nicht einfach ein so prosaisches Gespräch aufzwängen. Gott sei Dank hatte ich durch mein Einsiedlertum ein paar ausgefallene Trümpfe in der Hand, die ich bei dieser Gelegenheit ziehen konnte.

»Bestimmt haben sie ein Wort dafür«, sagte ich, als die Kellnerin den Tee brachte.

»Was meinst du?«

»Die Japaner müssen ein Wort für diese verborgene Schönheit haben, die nur Gott sehen kann. Und wenn nicht, sollten sie eins erfinden.«

»Und warum glaubst du das? Hast du auch in Japan gelebt?«, erkundigte sie sich spöttisch, bevor sie in den heißen Tee pustete.

»Das nicht, aber ich habe ein Wörterbuch mit unübersetzbaren Wörtern. Es gibt viele Begriffe, die nur im Japanischen existieren. Mir scheint, die Japaner leben in einer ganz eigenen Welt, mit Codes, die außer ihnen niemand versteht.«

»Zum Teil stimmt das«, antwortete Gabriela, und ihr Blick schien plötzlich ganz weit weg. Mit dem Zeigefinger wischte sie sich eine Träne aus dem Augenwinkel.

Ich vermutete, dass sie am anderen Ende der Welt etwas sehr Bitteres erlebt hatte. Zwar hatte ich keine Ahnung, was das sein konnte, klar war aber, dass es mehr gewesen sein musste als eine zerbrochene Liebe. Anscheinend hatte ich etwas berührt, woran sie nicht erinnert werden wollte, denn ehe ich etwas sagen konnte, nahm sie das Gespräch wieder auf: »Dieses Wörterbuch ist sicher interessant. Ich hätte aber lieber eins mit Wörtern, die es noch nicht gibt und die man erfinden muss, wie du vorhin gesagt hast. Du wärst bestimmt der Richtige dafür.«

»Wie kommst du darauf, dass ich ein Wörterbuch schreiben könnte?«

»Du siehst aus wie jemand, der solche Sachen macht.«

Diese Bemerkung kränkte mich, vor allem, weil es ja

stimmte. Nur ein Einsiedler würde sich mit solchen Dingen befassen Das Buch von Francis Amalfi schrieb ich zwar aus Sympathie für Titus, aber trotzdem gehörte es in diese Kategorie. Ich wechselte in die Offensive.

»Du hast mich überzeugt«, sagte ich. »Ich denke, ich werde dieses Wörterbuch schreiben. Aber du wirst mir helfen müssen! Was für Begriffe fehlen uns noch, außer der Schönheit, die nur Gott sieht?«

»Da gibt es viele. Warum gibt es zum Beispiel das Wort ›Waise‹ für ein Kind, das seine Mutter verloren hat, aber kein Wort für die Mutter, die ihr Kind verliert? Hat sie kein eigenes Wort verdient?«

»Da hast du recht. Jetzt, wo ich darüber nachdenke, habe ich auch eine Bedeutung, die noch ein eigenes Wort sucht: die Liebe im Kleinen.«

»Liebe im Kleinen?«

»Ja, vielleicht die einzige Entdeckung, auf die ich wirklich stolz sein kann«, erwiderte ich aufgeregt. »Man tut eine kleine gute Tat, gibt ein kleines bisschen Liebe und löst damit eine Kette von kleinen, aber bedeutsamen Ereignissen aus, die einem die Liebe doppelt und dreifach zurückgeben. Am Ende kannst du nicht mehr dahin zurück, wo du hergekommen bist, selbst wenn du es wolltest. Weil diese neuen Wege dich zu sehr verändert haben.«

»Das ist schön, was du da sagst, auch wenn ich es noch nicht ganz verstanden habe.«

»Ich verstehe es auch nicht ganz. Aber der beste Beweis dafür ist, dass wir jetzt hier sitzen.«

Sofort bereute ich meine unbedachten Worte. Bis hierher war das Treffen so gut gelaufen, und ich hätte mich ohrfeigen können, dass ich nun alles verdorben hatte.

Da ich ahnte, dass sie sich gleich verabschieden würde, schaute ich Gabriela – solange das Schweigen dauerte – intensiv an, um mir ihr Bild für die nächsten dreißig Jahre einzuprägen. Voller Neid betrachtete ich die Schmetterlinge in ihrem Haar, die ihr so nah waren.

»Es wird Zeit für mich«, sagte sie. »Ich muss nach Hause.«

Sie stand auf, und ich tat es ihr nach. Ich fragte: »Wo wohnst du?«

»An der Plaça dels Àngels.«

Wo sonst? dachte ich. Jemand wie Gabriela kann nur am Platz der Engel wohnen.

»Ich bringe dich ein Stück«, erbot ich mich hastig.

»Lieber nicht. Ich will über die Wörter nachdenken, die es noch nicht gibt.«

Schnell nahm ich ihren Faden auf und rang mir einen letzten Versuch ab: »Angenommen, ich schreibe wirklich dieses Wörterbuch, dann müsste ich ja wissen, welche Einträge du schon gefunden hast. Kann ich dich mal zum Mittagessen einladen? Es gibt da ein Restaurant in Gràcia, von dem ich immer noch nicht herausgefunden habe, warum es so heißt, wie es heißt. Der ideale Ort zum Wörtererfinden.«

»Wie heißt es denn?«, fragte Gabriela, während sie sich, bereits auf der Straße, den Mantel zuknöpfte.

»Buzzing. Wann wollen wir hingehen?«

Unschlüssig sah sie mich an. Ich glaube, sie hatte begriffen, dass ich sie nicht einfach so gehen lassen würde, also antwortete sie: »Vielleicht am Donnerstag.«

»Donnerstag ist wunderbar. Du kennst das Buzzing ja nicht, also hole ich dich am besten im Laden ab, in Ordnung?«

Wir standen da wie in einem Drehbuch, auf das ich nicht vorbereitet war – »boy insists, girl resists« –, und so küsste ich sie zum Abschied auf die Wangen.

»Du pikst‹, sagte sie und lächelte zaghaft. Vielleicht war doch noch nicht alles verloren.

Ein Funke in der Finsternis

Ich gehöre zu den Menschen, die dann alles wiedergutmachen wollen, wenn es längst zu spät ist. Während ich mit der Metro zum Krankenhaus unterwegs war, überkam mich eine schmerzliche Scham. Ich hätte Gabriela nicht derart bedrängen dürfen, auch wenn ich in sie verliebt war. Ich hätte etwas Dezentes, Feinfühliges sagen sollen wie: »Vielen Dank für den Tee und den netten Nachmittag. Solltest du wieder einmal darauf Lust haben, weißt du ja, wo du mich findest.«

So hätte sie sich nicht unter Druck gesetzt gefühlt und mich womöglich sogar wieder angerufen. Aber nein, stattdessen musste ich sie zu einem weiteren Treffen überreden. Höchstwahrscheinlich würde sie mir morgen eine Nachricht auf dem Anrufbeantworter hinterlassen und das Treffen absagen. Ich hätte es nicht anders verdient.

Als ich die endlosen Klinikflure entlangwanderte, wurde mir klar, dass ich Titus beinahe einen ganzen Monat lang nicht besucht hatte, und ich schämte mich sogleich zutiefst. Zwar hatten wir mehrmals in der Woche telefoniert, aber das war nicht genug. Schließlich hatte er einen maßgeblichen Anteil an all den Veränderungen in meinem Leben.

Vielleicht lag es daran, dass ich ihn so lange nicht gesehen hatte, jedenfalls kam er mir sehr blass und ausgezehrt vor. Sein kleiner, kahler Kopf versank im Kissen und drohte jeden Augenblick darin zu verschwinden.

Mit gesenktem Kopf setzte ich mich neben das Bett, während ein Pfleger Titus' Zimmergenossen, einen Mann mittleren Alters mit schrecklichem Husten, aus dem Raum schob.

»Ich hätte mich mehr um Sie kümmern sollen«, sagte ich als Einleitung. Das Leitmotiv dieses Tages lautete: »Ich fühle mich schuldig.«

»Sei still, ja? Ich glaube, ich habe nicht mehr lange zu leben, also hör mir zu. Ich muss dir etwas Wichtiges sagen.«

Beklommen rückte ich noch näher an ihn heran. Seine Stimme war so schwach, dass ich ihn kaum hören konnte.

»Das Krankenhaus ist die Hölle, Samuel. Aber die Hölle lehrt einen die wichtigsten Dinge im Leben.«

Ich wollte ihn von diesem düsteren Thema abbringen und wechselte schnell das Thema in der Hoffnung, den Alten etwas abzulenken.

»Entschuldigen Sie, dass ich Sie unterbreche. Erinnern Sie sich an den etwas wunderlichen Physiker, von dem ich Ihnen erzählt habe?«

»Valdemar.«

»Sie haben ein gutes Gedächtnis. Also, neulich sagte er, sein Leben sei nur ein Traum und in Wirklichkeit sei er tot. Vielleicht hat er recht und wir sind alle tot. Und vielleicht ist unser Leben wirklich nur ein Traum. Was ich sagen will … Na ja, er meinte, nichts von alledem um

uns sei real, und deswegen müssten wir uns auch keine
Sorgen machen. Auch Sie nicht, selbst wenn es Ihnen
jetzt nicht gut geht.«

Titus strich sich mit der Hand über das unrasierte
Kinn. Er wirkte ganz ruhig. Schließlich räusperte er sich
und sagte langsam: »Dieser verdammte Valdemar scheint
ziemlich klug zu sein. Wir können nicht sicher sein, dass
diese Welt existiert. Nenn es Traum, Sinnestäuschung
oder wie auch immer du willst. Vielleicht sind wir nur
ein Funken Bewusstsein in der Finsternis des unendli-
chen Universums. Aber da die Zeit vor uns und nach uns
unendlich ist, können wir mathematisch gesehen nicht
mit Sicherheit sagen, dass dieser Funke jemals entstan-
den ist. Verstehst du, worauf ich hinauswill?«

»Ungefähr. Aber was wollten Sie mir denn nun so
Wichtiges mitteilen?«

»Mein Gott, ich bin doch dabei! Gedulde dich!«

Titus keuchte und schnappte nach Luft, seine Lunge
schien laut zu rasseln. Einen Moment lang fürchtete ich,
er würde ersticken, und wollte die Krankenschwester rufen. Doch er hielt mich am Arm fest. Nachdem er dreimal tief durchgeatmet hatte, kehrte wieder ein wenig
Farbe in sein Gesicht zurück.

»Strengen Sie sich nicht unnötig an«, flüsterte ich ihm
ins Ohr. »Lassen Sie sich Zeit. Ich habe nichts zu versäu-
men.«

»Aber ich! Darum tu mir den Gefallen und unterbrich
mich nicht.«

Ich nickte und faltete die Hände wie ein braver Klos-
terschüler. Als er zu sprechen anhob, begriff ich, dass
Titus diese Worte schon länger für mich vorbereitet hatte; eine Art Abschiedsbotschaft.

»Wir leben zu weit entfernt von den äußeren Galaxien. Niemals werden wir dort hin gelangen. Und wir sind auch zu weit entfernt vom Quantenuniversum, um es zu verstehen. Niemals werden wir die letzte Schwelle der Materie überschreiten. Und wenn wir es täten, würden wir feststellen, dass nichts existiert, wie Valdemar sagt. Um die Materie im Innersten zu begreifen, kann man sie sich nicht einfach nur anschauen und damit hat sich's dann! Das ist absurd. Was ich sagen will, ist, dass wir niemals etwas wissen werden, weil es wahrscheinlich keine Art von echtem, unumstößlichen Wissen gibt. Wir leben in einer Welt der Gefühle, das ist alles, was es gibt. Denk immer daran, Samuel Du darfst niemals deine Gefühle und Empfindungen gering schätzen, denn sie sind alles, worauf du dich verlassen kannst.«

Ich war beeindruckt von seinen Worten und musste an den Satz von Nasreddin denken: Mögen die, die es wissen, es denen erzählen, die es nicht wissen.

»Jetzt geh und komm nicht mehr wieder«, sagte er schließlich.

»Was meinen Sie damit?«, fragte ich beunruhigt.

Auf einmal hatte ich das Gefühl, als würde meine ganze neu entdeckte Welt, mein neues Leben in tausend Stücke zerbersten.

»Mehr habe ich dir nicht zu sagen. Ich will auch nicht, dass du mich anrufst. Lass mich meine letzte Partie mit dem Tod allein spielen. Ich fürchte allerdings, er hat die Karten gezinkt.«

Der Preis des Mondes

Am Boden zerstört kam ich zu Hause an. Vielleicht hatte ich mich geirrt und das Leitmotiv des Tages lautete nicht »Ich fühle mich schuldig«, sondern »Lebe wohl«.

Ich trat ins Wohnzimmer und sah erleichtert, dass der Anrufbeantworter nicht blinkte. Noch hatte Gabriela unsere Verabredung nicht abgesagt, wobei sie bis Donnerstag natürlich noch ein wenig Zeit hatte. Ob ich mich langsam zum Neurotiker entwickelte?

Während ich Nudelwasser aufsetzte und ein bisschen mit Mishima spielte, hoffte ich inständig, dass Valdemar an diesem Abend nicht zu mir herunterkommen würde. Ich fühlte mich nicht in der Verfassung, ihm zuzuhören. Ich wollte nur schnell etwas essen und dann ins Bett, um diesen Tag endlich hinter mir zu lassen.

Ich hatte Titus verloren, der in dieser kurzen Zeit für mich zu einer Art Vater geworden war – mehr als irgendjemand sonst. Um seine Abschiedsbotschaft wirklich zu erfassen, würde ich sicher eine Weile brauchen, aber sein Schicksal hatte mir den Blickwinkel auf mein eigenes Leben wieder zurechtgerückt. Sosehr ich wegen Gabriela auch leiden mochte, mein Schmerz war nichts im Vergleich zu dem eines Menschen, der in einem staatlichen Krankenhaus einsam und allein auf seinen Tod wartete.

Der Abschied von Titus hatte mich zu sehr mitgenommen, als dass ich mich für den Moment mit seinen Worten beschäftgen wollte.

Ich vermengte die Spaghetti mit einer Dose kalter Tomatensoße und aß ohne Appetit vor dem Fernseher, was ich sonst nie tue. Interessanterweise lief gerade ein Dokumentarfilm über den Wettlauf ins All, als müsste man mir in Valdemars Abwesenheit – mein Wunsch schien in Erfüllung zu gehen – meine tägliche Dosis Raumfahrt über das Fernsehen verabreichen.

Der Bericht schilderte die Erfolge und Misserfolge der über fünfzig Raumschiffe, die jemals einen Flug zum Mond unternommen hatten, wobei allerdings nur ein Dutzend Menschen ihn auch tatsächlich betreten hatten. Nach der Apollo 17, die im Dezember 1972 gelandet war, war niemand mehr zum Mond geflogen, was Valdemars Zweifel immerhin zu rechtfertigen schien. Die nächste Mission war die der unbemannten Raumsonde *Lunar Prospector* gewesen, die erst fünfundzwanzig Jahre nach der letzten Apollo gestartet war.

Der Aufbau der Sendung ähnelte dem meines Literaturseminars: Nach den Fakten folgte ein Schlusssegment mit ein paar kuriosen Anekdoten. Der Sprecher erzählte etwas über den Mondstaub, den Regolith, von dem Valdemar gesprochen hatte. Offenbar hatten die Astronauten 382 Kilo Gestein und Staub als Souvenir mitgebracht, das nun im NASA-Kontrollzentrum in Houston bei 92 Grad unter Null aufbewahrt wird. Im August 2003 waren dann drei Praktikanten des NASA-Labors gerichtlich verurteilt worden, weil sie 105 Gramm Mondstaub gestohlen hatten und zu einem Preis von tausend bis fünftausend Dollar pro Gramm verkaufen wollten. Das Gericht hatte dem entwendeten Regolith aber einen sehr viel höheren Wert beigemessen. Die Gewinnung eines Gramms habe die US-amerikanische Staatskasse 50 800 Dollar gekostet, so das Gericht. Der tatsächliche Verkaufspreis sollte später allerdings noch in ganz andere Höhen klettern. Bei Sotheby's wurden von sowjetischen Missionen gewonnene Mondproben für 1,2 Millionen das Gramm versteigert.

Ich fragte mich, welcher Idiot wohl so viel Geld für ein Häufchen Staub gezahlt hatte, und schaltete den Fernseher aus.

ABSENCEN

Nachdem ich am Mittwoch mehrere Klausuren beaufsichtigt hatte, ging ich bei der Tierärztin vorbei. Seit ihrem Besuch bei mir, der so abrupt geendet hatte, hatte ich sie nicht mehr gesehen. Ihr Empfang war jedoch unerwartet herzlich.

»Ich kann jetzt leider nicht hier weg«, sagte sie. »Bis fünf habe ich Dienst.«

»Okay, wenn du später zum Kaffee vorbeikommen willst – ich bin da. Mishima muss ja auch noch geimpft werden. Du weißt ja, wie sie ist.«

»Ich bringe die Sachen für alle Fälle mit.« Sie schenkte mir ein breites Lächeln, ehe sie wieder im Behandlungsraum verschwand.

Die Sonne kündigte strahlend den nahenden Frühling an, doch mir war nicht danach zumute, allein durch die Stadt zu streifen. Mir stand der Sinn nach der anregenden Gesellschaft eines Freundes – genauer gesagt der von Meritxell.

Eine kleine Gefahr schien mir jedoch unser nachmittägliches Kaffeetrinken zu überschatten. Es waren noch exakt vierundzwanzig Stunden bis zu dem Treffen mit Gabriela. Der ideale Moment, um es unter irgendeinem

Vorwand abzusagen. Wenn der Anrufbeantworter erneut ansprang, während wir im Wohnzimmer saßen, konnte ich die Freundschaft mit Meritxell endgültig abschreiben.

Die Lösung war simpel: den Anrufbeantworter ausstöpseln und das Telefon gleich mit. Eigentlich wollte ich auch gar nicht wissen, ob Gabriela kommen würde oder nicht. Ich würde einfach zur vereinbarten Zeit am Plattenladen sein, und wollte sie dann nicht mitkommen, würde ich alleine in dem Restaurant zu Mittag essen. Mehr Gedanken wollte ich mir im Moment erst mal noch nicht machen.

Von der Außenwelt abgeschottet, setzte ich mich am frühen Nachmittag an den Schreibtisch, ich hatte Deutsch- und Literaturgeschichte-Klausuren zu korrigieren. Erstaunlicherweise gab es kein echtes Mittelfeld: Ein Teil der Arbeiten war tadellos; bei den anderen musste man eine ordentliche Portion Mitgefühl oder Pragmatik an den Tag legen, um die jeweiligen Studenten bestehen zu lassen.

Während ich leidenschaftslos die Aufgaben korrigierte, fragte ich mich, was Valdemar wohl den ganzen Tag dort oben trieb. Nur weil ich ihn seit einigen Tagen nicht gesehen hatte, hieß es ja nicht, dass das Problem aus der Welt war. Wie lange konnte ich ihn verstecken? Wenn Titus sterben würde – was ja anscheinend kein abwegiger Gedanke mehr war –, würden seine Angehörigen kommen, um die Wohnung aufzulösen. Wenn sie ihn dort fanden, saß ich in einem ziemlichen Schlamassel.

Der Gedanke an Valdemar rief mir eine noch problematischere Angelegenheit ins Gedächtnis: das Buch von Francis Amalfi. Es war eine Ewigkeit her – so schien es mir jedenfalls –, dass Titus mich gebeten hatte, den Auftrag zu übernehmen. Es hätte längst fertig sein sollen, obwohl Titus mir weder den Abgabetermin noch den Verlag genannt hatte, für den das Buch bestimmt war.

Die Klingel riss mich aus meinen Grübeleien. Während ich Meritxell die Treppe hinaufkommen hörte, setzte ich den Kaffee auf. Ihr Schritt war sanft und ruhig, wie der eines kleinen Mädchens.

Ich begrüßte sie mit einer schüchternen Umarmung und half ihr aus dem Mantel. Sie schien wieder bester Laune zu sein. Offensichtlich hatte sie mir die Ereignisse während ihres letzten Besuchs nicht übel genommen.

Das Angebot auf einen Kaffee und ein halbes Croissant nahm sie dankbar an, und ich versuchte unser Gespräch durch meine Lieblingsplatte von Keith Jarrett, *The Köln Concert*, unauffällig zu untermalen.

»Ich kann Mishima gar nicht entdecken«, sagte sie ironisch.

»Sie hat sich versteckt, nehme ich an. Ich glaube, sie riecht dich schon von Weitem. Ich kann das gut verstehen – ich habe mich auch immer unterm Bett verkrochen, wenn ich wusste, dass der Arzt mit einer Spritze kam.«

Soeben hatte ich den Kaffee und das halbierte Croissant auf den kleinen Tisch gestellt, als ein erneutes Klingeln an der Wohnungstür mich aufschrecken ließ.

»Erwartest du jemanden?«, erkundigte sich Meritxell misstrauisch.

»Eigentlich nicht«, erklärte ich und lief rasch zur Tür.

Als ich öffnete, sah ich meine Befürchtungen bestätigt: Es war Valdemar, mitsamt seinem Hut auf dem Kopf.

Bevor ich ihn hereinbitten oder aber ihm den Weg versperren konnte, war er schon im Flur und marschierte gleich weiter ins Wohnzimmer.

Hastig lief ich hinter ihm her und konnte so gerade noch den Schrecken auf Meritxells Gesicht sehen, als sich Valdemar grußlos neben ihr auf dem Sofa niederließ.

»Er wohnt über mir«, sagte ich, als würde das irgendetwas erklären. »Normalerweise treffen wir uns um Mitternacht, aber heute ist er früher gekommen.«

»Sie haben Temis gefunden«, verkündete Valdemar euphorisch, als müssten Meritxell, ich und der Rest der Menschheit wissen, worum es ging. Er setzte den Hut ab, um sich besser anlehnen zu können, und erklärte: »Temístocles García. Für seine Freunde Temis. Er ist letztes Jahr am 5. Juli im Valle de la Luna verschollen.«

Während Valdemar vor Aufregung immer mehr herumhampelte, saß Meritxell mit der Kaffeetasse in der einen und dem halben Croissant in der anderen Hand wie erstarrt da.

Ich sollte ein Foto von ihr machen, dachte ich. Sehr wahrscheinlich war dies unser letztes gemeinsames Kaffeetrinken.

»Ich spreche von Nordchile«, erklärte Valdemar, »von der Atacama-Wüste. Dort ist das Valle de la Luna, das Tal des Mondes, wo Temis verschwunden ist. Eine Absence *Grand-mal*.«

»Sag mal, wovon zum Teufel redest du denn da?«, fuhr ich ihn an, verärgert, dass er einfach so unsere Verabredung sprengte.

»Ich bin kein Mediziner«, fuhr Valdemar fort, ohne meinem Einwurf Beachtung zu schenken, »aber ich weiß, dass es eine Art von Epilepsie gibt, bei der sogenannte Absencen auftreten; man unterscheidet dabei zwischen *Petit-mal* und *Grand-mal*. Temístocles litt unter Absencen *Grand-mal*, der schlimmeren Art. Bei dem Betroffenen trübt sich für einige Stunden das Bewusstsein ein, und er denkt nur daran zu fliehen. Falls er Geld hat, wie mein Freund, rast er womöglich zum Flughafen und kauft sich ein Flugticket zu einem möglichst weit entfernten Ort. Nach einigen Stunden, meist im Schlaf, verschwindet die Absence, und alles, was in den letzten Stunden passiert ist, ist wie ausgelöscht. Stell dir vor, wie verstörend es sein muss, etwa in einem Hotel in Toronto aufzuwachen und weder zu wissen, wo man ist, noch, wie man dort hingekommen ist. So etwas ist Temis mehrere Dutzend Mal passiert. Dank einer Erbschaft ist er in den letzten Jahren in allen möglichen Städten überall auf der Welt aufgewacht. Wenn man das so erzählt, klingt es lustig, aber für den, der darunter leidet, ist es beängstigend, das kann ich dir versichern. Nach dem letzten *Grand-mal* im Tal des Mondes wusste niemand, wo er steckte. Aber eben habe ich mit einem chilenischen Freund telefoniert, der mir sagte, dass sie ihn gefunden haben. Besser gesagt: Temístocles hat sich selbst wiedergefunden.‹

»Also, ich muss dann mal los«, sagte Meritxell und erhob sich.

Als habe er sie gerade erst entdeckt, sagte Valdemar zu ihr: »Wenn du mal in einer unbekannten Stadt aufwachst, ruf uns und wir kommen dich holen. Man weiß nie, wann ein *Grand-mal* zum ersten Mal zuschlägt.«

Und das Schwein?

Sollte sie nicht im letzten Augenblick absagen, wäre es meine dritte Verabredung mit Gabriela. Und immer noch waren wir zwei Fremde füreinander.

Ich wusste lediglich, dass sie in einem Plattengeschäft arbeitete und dass sie in Japan gelebt hatte; dass sie früher Ballettunterricht gehabt hatte und im Klavierunterricht am *Spinnerlied* gescheitert war. Und natürlich, dass ich verrückt nach ihr war.

Mit dem festen Vorsatz, mich dieses Mal etwas zurückhaltender zu geben, machte ich mich auf den Weg zu ihrem Laden. Zu meiner Überraschung erwartete Gabriela mich bereits ausgehfertig auf der Straße. Sie trug einen granatroten Mantel und im Haar einen Reif derselben Farbe.

»Heute macht mein Kollege den Laden zu. Wir können gleich los«, begrüßte sie mich munter.

Es stimmt wirklich, dass Frauen einen immer wieder überraschen, dachte ich, während wir auf die Ramblas traten und das letzte Stück in Richtung Plaça Catalunya hinaufgingen.

»Wollen wir die U-Bahn nehmen?«, fragte ich.

»Meinetwegen können wir zu Fuß gehen. Es ist so ein schöner Tag.«

Ich schaute mich um. Um diese Zeit war der Platz bevölkert von in der Sonne sitzenden Touristen und einigen Anzugträgern, die dort ihre Mittagspause verbrachten, rauchten und laut mit ihren Kollegen herumalberten. Ja, es war wirklich ein schöner Tag, und für mich ganz besonders, da ich an Gabrielas Seite ging.

Der Weg zu dem Restaurant führte über den Passeig de Gràcia, wo die Jugendstilbauten als Vorwand dienen, Touristen in Boutiquen mit astronomischen Preisen zu locken. Wir kamen an einer Gruppe Japaner vorbei, die hilflos mit einem Stadtplan herumhantierten, und ich fragte Gabriela: »Wovon hast du in Japan eigentlich gelebt?«

Das schien mir ein unverfänglicher Gesprächseinstieg. So war es sehr viel diskreter als zu fragen, warum sie dorthin gezogen oder wieder zurückgekehrt war.

»Ich habe Englischunterricht gegeben.«

»Im Ernst? Ich hätte die Japaner so eingeschätzt, dass sie nur Muttersprachler akzeptieren. Dann ist dein Englisch wohl ziemlich gut.«

»Gar nicht mal. Ich habe nur das *First Certificate*. Es ist einfach so, dass in Japan praktisch kein Mensch Englisch spricht, noch schlimmer als bei uns in Spanien. Darum werden verzweifelt Lehrer gesucht, und die Bezahlung ist ziemlich gut.«

»Aber das Leben dort muss doch sehr teuer sein«, sagte ich, während ich zwei nordisch aussehenden Touristen auswich, die den Blick beim Gehen starr auf ein Gaudí-Dach gerichtet hielten. »Dann hast du wohl sehr viel gearbeitet.«

»So viel auch wieder nicht. Ich lebte in Osaka, und damals bin ich so gut wie nie ausgegangen. Wenn ich nicht gerade Unterricht gab, war ich zu Hause in meinem Zimmer und habe gelesen. Drei oder vier Bücher pro Woche habe ich damals verschlungen.«

Wozu lebt man in Japan und schließt sich dann in einem Zimmer ein?, hätte ich sie gerne gefragt. Doch diese Frage schien mir zu persönlich.

»Liest du auf Japanisch?«

»Nein. Sprechen kann ich es, das ist nicht so schwer. Aber die *Kanji* zu lesen, ist noch mal was ganz anderes. Um das zu lernen, braucht man Jahre.«

»Und in welcher Sprache hast du dann gelesen?«

»Vor allem Englisch. Osaka ist so etwas wie die kulturelle Hauptstadt Japans. Zumindest behaupten das die Menschen dort. Sie sagen, Tokio ist für die Geschäfte da, Kyoto das spirituelle Zentrum und Osaka eben die Kulturhauptstadt. In der Nähe meiner Wohnung gab es eine amerikanische Second-Hand-Buchhandlung. Am meisten habe ich Kurzgeschichten gelesen, ich liebe Short Stories!«

»Du überraschst mich immer wieder. Offenbar ist dein Leben um einiges interessanter gewesen als meins. Was für Autoren hast du denn am liebsten gelesen?«

»Viele, die man heute kaum noch liest, Somerset Maugham zum Beispiel. Aber meine Lieblingsgeschichte ist eine von Graham Greene, sie heißt *A Shocking Accident*. Die Anthologie, in der die Geschichte abgedruckt war, war das einzige Buch, das ich aus Osaka mitgenommen habe. Die Geschichte findest du sonst nirgends. Soll ich sie dir erzählen?«

Ich nickte und verlangsamte den Schritt. Ich fühlte mich so glücklich an ihrer Seite, dass ich wünschte, der Passeig de Gràcia würde niemals enden oder wenigstens so lang sein wie die Avenida de los Insurgentes in Mexico City, die mehr als vierzig Kilometer misst.

Gabriela begann die Geschichte zu erzählen:

»Der Protagonist ist der Sohn eines erfolglosen Schriftstellers, der als Zeitungsjournalist sein Geld verdient. Da der Mann zudem noch Witwer ist, schickt er den Jungen auf ein Internat nach England, während er selbst als Korrespondent in Italien arbeitet. In der Ferne fängt der Junge an, den Vater zu glorifizieren, stellt sich vor, dass er in Wirklichkeit Geheimagent ist, und sonst noch alles Mögliche. Eines Tages ruft ihn der Internatsdirektor zu sich, um ihm mitzuteilen, dass sein Vater gestorben sei, wobei er sich beeilt zu versichern, er habe nicht gelitten. Natürlich will der Junge wissen, was seinem Vater zugestoßen ist. Der Direktor will nicht recht mit der Sprache herausrücken, doch der Junge bleibt hartnäckig, und so erzählt er ihm in etwa Folgendes: ›Es war ein sehr sonderbarer Unfall. Dein Vater spazierte durch Neapel und ging unter einem Balkon vorbei, auf dem der Wohnungsbesitzer ein Schwein hielt. Das Schwein war zu dick, weil es zu sehr gemästet worden war. Und gerade als dein Vater unter dem Balkon vorbeikam, krachte ihm der auf den Kopf. Er war sofort tot.‹

›Und das Schwein?‹, fragt der Junge den Direktor. Der wird wütend, weil er die Frage pietätlos findet und schickt den Jungen auf sein Zimmer.

Der Sohn des Journalisten wächst zu einem schwermütigen und einsamen Menschen heran. Er hat eingesehen, dass sein Vater kein Spion war, aber er weigert sich, darüber Auskunft zu geben, wie er starb, denn jedes Mal, wenn er das getan hat, wurde er ausgelacht. Er trägt dieses Trauma still mit sich herum wie eine tonnenschwere Last. Eines Tages lernt er ein Mädchen kennen. Er verheimlicht ihr, dass sein Vater tot ist, weil er weiß, falls sie lacht, wird er sie niemals heiraten können. Doch als sie einmal bei der Tante des Jungen zu Besuch sind, sieht sie dort ein Foto des Vaters und fragt, wer das sei. Die Tante sagt es ihr und erzählt, dass er bei einem Unfall ums Leben gekommen ist.

›Davon hast du mir nie etwas erzählt‹, sagt sie überrascht zu ihrem Freund.

›Dann werde ich dir die Geschichte mal erzählen‹, erklärt die Tante.

Er fängt schon an zu zittern. Als die Tante die Geschichte von dem Unfall zu Ende erzählt hat, fragt das Mädchen: ›Und das Schwein?‹

Da weiß er, dass er die Liebe seines Lebens gefunden hat.«

Schreib es mir ins Karma

»*Buzzing* bedeutet, dass der Laden brummt«, antwortete der Besitzer des Restaurants. »Wir haben es so genannt, damit der Erfolg schon mal weiß, wo es langgeht. Irgendwie muss man ja anfangen.«

Er trug seine Haare, wild und psychedelisch anmutend, in alle Himmelsrichtungen frisiert, passend zum Lokal, das in schwarz und orange gehalten und mit Mobiliar im Stile der Sechzigerjahre eingerichtet war. Gabriela betrachtete eine Reihe von Schwarzweißfotos an einer der Wände, ehe sie sich erkundigte: »Hast du schon einen neuen Eintrag für dein Wörterbuch?«

»Ja, da ist etwas«, antwortete ich und versuchte zu improvisieren, denn in Wirklichkeit hatte ich gar nicht weiter darüber nachgedacht. »Eine Art schnelles Karma, das zuschlägt, wenn uns ein Schnitzer unterläuft. Wenn du zum Beispiel über einen Freund erzählst, wie geizig er ist, und er dich noch am selben Tag mit einem Geschenk überrascht. Oder du schreist jemanden an, und wenn du aus dem Haus kommst, rennst du gegen einen Laternenpfahl. Im Deutschen gibt es dafür eine Redensart: ›Kleine Sünden bestraft der liebe Gott sofort.‹«

»Das ist gut.«

»Als würde jemand bemerken, wenn wir uns danebenbenehmen und uns die Ohren lang ziehen, damit wir reagieren. Dieses Karma braucht keine weiteren Leben, es wird quasi mit dem Kleingeld aus der Hosentasche bezahlt.«

Während wir noch überlegten, was wir zu essen bestellen sollten, brachte uns der Kellner mit der Space-Frisur den Wein. Ich hob das Glas, um mit Gabriela anzustoßen, und war kurz versucht »Auf uns!« zu sagen, verkniff es mir aber und prostete ihr wortlos zu.

Nach dem Essen, das unter unverbindlichem Geplauder vorübergeplätschert war, erhoben wir uns zum Gehen. Etwas ungeschickt half ich Gabriela in den Mantel.

»Wann werde ich dich wiedersehen?«, fragte ich unter Missachtung meines Vorsatzes, sie nicht unter Druck zu setzen.

»Ich weiß noch einen Eintrag für dein Wörterbuch«, sagte sie, ohne auf meine Frage zu antworten. »Suche einen Begriff für die Unfähigkeit mancher Menschen, Gegenwartsmomente einfach zu genießen.«

»Das war nicht nett«, protestierte ich.

Gabriela lachte.

»Schreib es mir ins Karma.«

10 000 Arten, »Ich liebe dich« zu sagen

Jeder Verliebte spürt die Versuchung, die Vergangenheit der geliebten Person erforschen zu wollen. Man will die Geliebte besser verstehen und möglichst nicht enttäuschen. Ich wusste fast nichts über Gabrielas Vergangenheit außer, dass sie in Osaka gelebt hatte und Japanisch sprach, also verordnete ich mir noch am selben Abend einen Crashkurs in japanischer Kultur.

Meine Mittel waren beschränkt. Ich verfügte über *Der Seemann, der die See verriet* von einem Autor, der so hieß wie meine Katze, sowie eine Anthologie mit Haikus und anderen kurzen japanischen Gedichten, die ich vor Jahren geschenkt bekommen hatte.

Bei den Haikus, diesen kleinen Perlen japanischer Dichtkunst, fand ich eins von Issa, das mir ideal erschien, um es Mishima vorzutragen, die mich lässig vom Sofa aus beobachtete.

Die Katze hat geschlafen:
Sie streckt sich, gähnt und geht
auf Liebe aus.

Mishima antwortete mit ein paar Schwanzschlägen, bewegte sich aber nicht von ihrem Platz. Wahrscheinlich war sie noch zu jung, um auf Liebe auszugehen. Anschließend las ich ihr ein japanisches Volkslied vor, das ich reizend fand:

Zwei Dinge werden sich nie verändern,
nicht heute und nicht morgen,
denn es gibt sie, seit die Zeit Zeit ist:
das Fließen des Wassers
und das süße und sonderbare Wesen der Liebe.

Das schien mir allerdings eine gute Definition für die Liebe, denn wäre sie nicht sonderbar und unvorhersehbar, wäre ich wohl kaum erneut mit Gabriela verabredet.

Ich fühlte mich beinahe gefährlich glücklich – der Abgrund der Liebe, von dem Stendhal gesprochen hatte – und strotzte vor Energie. Irgendwo hatte ich einmal gelesen, dass Verliebte in Wirklichkeit nicht in eine andere Person, sondern in das Leben selbst verliebt sind. Genau so ging es auch mir.

Das einzige Problem war, dass ich nicht wusste, wie lange ich meine Gefühle für mich behalten konnte. Ungeachtet meiner Vorsätze spürte ich, sobald ich in ihrer Nähe war, das Verlangen, ihr geradeheraus meine Liebe zu gestehen. Das aber kam definitiv nicht infrage. Vorerst hatte sie mir nur ihre Freundschaft angeboten, und ich musste mich daran klammern wie an den letzten Strohhalm. Was mich nicht daran hinderte, für mich privat die ungeheuerlichsten Liebeserklärungen zu proben.

Dafür kam mir ein Büchlein aus Titus' Bibliothek mit dem Titel *10 000 Ways to Say I Love You* wie gerufen.

Kaum zu glauben, dass es so viele Varianten geben soll, doch der Autor – ein gewisser Godek – hatte sich vorgenommen, den Guinness-Rekord in dieser Disziplin zu brechen. Hier ein paar von den extravagantesten Vorschlägen:

* Sich mit einem möglichst ungiftigen Filzstift ICH LIEBE DICH auf die Zähne schreiben (auf jeden Zahn einen Buchstaben) und breit lächeln, damit die geliebte Person es lesen kann.
* Überall in ihrer Gegend Plakate mit einem Foto von dir und ihrem Namen aufhängen, auf denen steht: ICH LIEBE DICH.
* Es ihr mit einem kleinen Löffel an ein Glas schlagend durchs Telefon morsen (wenn sie das Morsealphabet kennt).
* Ihr dich selbst in Packpapier eingewickelt zum Geburtstag schenken.
* Eine Pizza mit ihr teilen, auf der aus den Zutaten ein Herz geformt ist.
* Die Augen schließen, damit sie dich küsst, und dir vorher ICH LIEBE DICH auf die Lider schreiben.

Das letzte gefiel mir am besten, aber man muss wohl im Teenageralter sein, damit so etwas nicht lächerlich wirkt. Ich persönlich bevorzugte die flammenden Shakespeare-Verse:

Zweifle an der Sonne Klarheit,
Zweifle an der Sterne Licht,
Zweifl', ob lügen kann die Wahrheit,
Nur an meiner Liebe nicht.

Wer ist Lobsang Rampa?

Infolge meines neuen Gemütszustands und der Aussicht auf eine freie Woche empfing ich Valdemar an diesem Abend in aufgeräumter und entspannter Stimmung.

Im Gegensatz zu mir zeigte sich mein Freund diesmal düster und pessimistisch, als hätte er eine Nachricht von seinen Verfolgern erhalten und wäre nun in akuter Gefahr. Bei ausgeschaltetem Licht rauchte er eine ganze Zigarette, bevor er sich entschloss zu reden. In der Zwischenzeit hatte ich mir ein Glas Wein eingeschenkt und beobachtete die schweigende, rauchende Gestalt in meinem Wohnzimmer.

Valdemar hatte den Rucksack, von dem er sich niemals trennte, zu seinen Füßen abgestellt und fragte – mehr sich selbst, wie mir schien – in bedächtigem Ton: »Wer war Lobsang Rampa? Jedenfalls nicht der, für den wir ihn hielten. Millionen von Menschen, die *Das dritte Auge* gelesen haben, waren überzeugt, er sei ein tibetischer Lama mit übernatürlichen Fähigkeiten, wie er in seinem Buch behauptete. Und obwohl es jahrzehntelang ein Bestseller war, gab es niemals ein Fernsehinterview mit ihm, was sein Ansehen nur noch steigerte, denn die Leute lieben solche Rätsel. So ähnlich war es später auch mit Carlos Castaneda. Sein größter Trumpf war, dass keiner wusste, wie er aussah. Aus demselben Grund war es den Menschen lieber, sich die dunkle Seite des Mondes nur vorzustellen. Die Wirklichkeit oder das, was wir dafür halten, hat die meisten nie interessiert.«

»Und wer ist nun also Lobsang Rampa?«, fragte ich.

»Niemand, das ist das Problem. Lobsang Rampa als solchen gibt es nicht. Nachdem er alle Welt mit der Lamageschichte getäuscht hatte, wurde von ein paar Journalisten der *Times* aufgedeckt, dass Lobsang in Wirklichkeit ein englischer Klempner namens Henry Hoskins war, der Tibet nie gesehen hatte. Das Erstaunlichste daran ist, dass niemand enttäuscht zu sein schien, denn die Bücher verkauften sich weiter. In was für einer Welt leben wir denn? Verstehst du jetzt, warum ich Heimweh nach der Zukunft habe?«

»Ich verstehe, dass manche Menschen sich verstellen müssen, weil das Publikum es von ihnen verlangt«, sagte ich und war selbst überrascht, mich Francis Amalfis Berufsstand verteidigen zu hören.

»Was willst du damit sagen?«

»Vielleicht wäre der Autor lieber unter seinem eigenen Namen aufgetreten, aber dann hätte ihm niemand Beachtung geschenkt, angefangen bei den Verlagen. Die Welt wartete auf Lobsang Rampa, nicht auf Henry Hoskins.«

»Und Castaneda?«

»Ich glaube, der wollte einfach nur ganz in Ruhe sein Leben leben, während sich die Lizenzen für seine Bücher verkauften Eine ziemlich gesunde Einstellung.«

»Dann ist da noch der Fall Carnegie.«

»Du meinst Dale Carnegie? Der den Leuten beibringen wollte, wie man Freunde gewinnt?«, sagte ich, verblüfft, dass Valdemar diesen Autor überhaupt kannte.

»Genau der. Hat der Welt sein ganzes Leben lang erklärt, wie man leben soll, und bringt sich am Ende selber um, obwohl sein Verlag versichert, das sei ein haltloses Gerücht. Vielleicht hatten sie Angst, dass die Leser ihr Geld zurückfordern würden.«

»Das heißt ja nicht, dass die Ratschläge nicht gut waren. Es gibt ja auch Lungenärzte, die zwei Schachteln am Tag rauchen, und trotzdem die Patienten vor den Risiken des Rauchens warnen.«

»Willst du mir weismachen, man bräuchte kein Vorbild zu sein, wenn man etwas predigt? Man könnte eine Sache denken, eine andere verkünden und eine dritte tun? Ist es das, was du mir sagen willst?«

»Ich will nur sagen, dass wir Menschen sind.«

»Wie meinst du das?«

»Menschen sind in höchstem Maße widersprüchlich. Du zum Beispiel kaufst dir eine Schachtel Zigaretten, auf der steht ›Rauchen kann tödlich sein‹, und hast dir gerade eine zweite Zigarette angezündet. Dabei willst du gar nicht sterben. Ist das etwa kein Widerspruch?«

Valdemar nahm einen tiefen Zug, als wollte er dem Gesundheitsministerium trotzen. Dann stieß er langsam den Rauch aus und sagte: »Nicht nur, dass wir in einer Trugwelt leben – ich bin auch zu der Überzeugung gelangt, dass es unmöglich ist, eine Erfahrung mit jemand anderem zu teilen.«

»Und wie kommst du darauf?«

»Ich werde es dir an einem Beispiel erklären: Stell dir vor, ich will eine längere Reise machen, weiß noch nicht, wann ich zurückkehre, und du kommst zum Bahnhof, um mich zu verabschieden. Wenn wir uns später über den Abschied am Telefon unterhalten, wird es im Grunde nichts als Täuschung sein.«

»Wieso?«

»Weil wir nicht von demselben Ereignis sprechen werden, auch wenn wir uns in der Illusion wiegen, dass es so ist. Unsere Erinnerungen werden verschieden, um nicht zu sagen entgegengesetzt sein. Du erinnerst dich an einen Mann, der aus dem Fenster eines sich entfernenden Zuges winkt. Ich dagegen erinnere mich an einen Mann, der regungslos auf dem Bahnsteig steht und mehr und mehr verblasst. Das ist das Einzige, was wir teilen können: das Gefühl, dass der andere immer kleiner wird. Dieser Umstand hat auch Auswirkungen auf unser Empfinden. Wenn du dich physisch von jemandem entfernst, reduziert sich nach und nach auch dessen Präsenz in deinem Unterbewusstsein. So gesehen ist vielleicht das, was auf visueller Ebene geschieht, nur die Vorbereitung auf das, was sich im Denken vollziehen wird. Aber zurück zu unserem Ausgangspunkt: Eine Erfahrung ist niemals mit anderen teilbar. Sie ist immer subjektiv.«

Beinahe hätte ich ihm Beifall geklatscht. Im Unterschied zu anderen Abenden kam mir Valdemar heute außergewöhnlich klar vor.

»Möchtest du ein Glas Wein?«, bot ich ihm an. »Ich denke, wir werden noch eine ganze Weile hier sitzen und reden.«

DER LEERE RUCKSACK

Ich erwachte im Sessel und brauchte einen Augenblick, um mich zu erinnern, wo ich war, als hätte ich eine Absence erlitten. Das erste Morgenlicht spiegelte sich in zwei leeren und einer dritten halb leeren Weinflasche.

Mein Schädel dröhnte, und beim Anblick meines Wohnzimmer dämmerte es mir, dass ich wohl über unseren Gesprächen eingeschlafen sein musste. Valdemar musste in seine Wohnung hochgewankt sein, jedenfalls war er nicht mehr da, hatte aber seinen Rucksack vergessen, der immer noch auf dem Boden stand.

Bevor ich meinen Körper auf Vordermann brachte, hatte ich das Bedürfnis, die Spuren unserer nächtlichen Sitzung zu beseitigen. Schnell räumte ich die Flaschen und den Aschenbecher voller Kippen weg. Als ich den Rucksack anhob, stellte ich überrascht fest, dass er ganz leicht war. Neugierig öffnete ich den Reißverschluss. Der Rucksack war leer.

Normalerweise trug Valdemar darin ja immer sein Manuskript mit sich herum. Ich hatte ihn den Rucksack die ganze Nacht nicht aufmachen sehen. Wie konnte er also leer sein? Es war natürlich möglich, dass er ihn bereits leer mit nach unten gebracht hatte. Aber wozu eine leere Tasche?

Ich wankte unter die Dusche und dachte, dass es fast unmöglich war, die Handlungen zweier Betrunkener nachzuvollziehen, vor allem, wenn sie die ganze Nacht herumphilosophieren, was einem doppelten Rausch gleichkommt. Auch Worte können den Geist benebeln.

Zwei Paracetamol und eine kalte Dusche später ließ mein Kopfweh allmählich nach. Ein herzhaftes Frühstück aus Toast und Käse schien mir die beste Methode gegen den Kater.

Es war etwa zehn, als ich noch etwas benommen auf die Straße trat. Ich hatte noch zwei Stunden, um mich zu regenerieren, bevor ich Gabriela treffen würde, die den Vormittag frei hatte. Hätte ich bloß gestern daran gedacht, bevor ich mich mit Rotwein vergiftet habe!, dachte ich, während ich gierig die frische Luft einsog.

Die Auswahl eines Romans

Diesmal wollten wir uns im Café der Buchhandlung Central treffen, der größten im Raval. Da ich etwas früher da war, konnte ich in Ruhe die neuen ausländischen Romane durchstöbern.

Ich schaute mir einen Roman des ukrainischen Kultschriftstellers Andrej Kurkow an. Ein Titel wie *Picknick auf dem Eis* reizte auf jeden Fall zum Lesen des Klappentextes. Das Buch handelte von Leben und Einsamkeit in der postsowjetischen Ukraine: Viktor, ein gescheiterter Schriftsteller, adoptiert den Pinguin des Kiewer Zoos. Denn der Zoo hat kein Geld mehr, seine Tiere zu ernähren. Zusammen erleben sie verschiedene Abenteuer, geraten allerdings bald in einen Schlamassel rund um die russische Waffenmafia, aus dem sie nur schwer wieder herausfinden.

Angetan von meinem Fund beschloss ich, den Pinguin und seinen Beschützer mit nach Hause zu nehmen. Eigentlich hätte ich für Gabriela auch gern etwas ausgesucht, nur was? Es ist nicht leicht, den Geschmack von jemandem zu treffen, den man kaum kennt, obwohl ich immerhin wusste, dass sie Somerset Maugham und Graham Greene mochte.

In solchen Fällen schenkt man am besten das, worauf man selber Lust hat. Doch Vorsicht ist geboten, denn die Auswahl eines Buchtitels kann verräterisch sein. Es ist ein Unterschied, ob man einer Frau *Sag mir, dass du mich liebst, auch wenn es nicht wahr ist* oder *Die Tochter der Hündin* schenkt.

Also fragte ich nach dem Roman *Der Fehler* von Antonis Samarakis. Das Buch scheint zunächst ein Krimi, entwickelt sich aber im weiteren Verlauf zur Geschichte einer Freundschaft. Ich hatte es mit Tränen in den Augen gelesen, was mir äußerst selten passiert. Ja, das würde Gabriela gefallen.

Ich ließ mir die beiden Bücher als Geschenk einpacken. Wenn ich mir einen Roman kaufe, lasse ich ihn meist so lange eingepackt, bis ich das Gefühl habe, dass ich mir die Belohnung verdient habe. Dann schenke ich mir das Buch und freue mich wie ein Schneekönig.

Alle einsamen Menschen, die ich kenne, haben solche persönlichen Rituale. Einmal habe ich jemanden kennengelernt, der sich selber Briefe schrieb und sie auch abschickte. Wenn ihm dann sein eigenes Schreiben, ordnungsgemäß abgestempelt, zugestellt wurde, machte er den Brief ganz behutsam auf und las ihn gespannt, als käme er von weit her. Am nächsten Tag verfasste er eine ausführliche Antwort. Drei Tage später lag der Brief bei ihm im Kasten, und alles ging wieder von vorne los.

Ich denke, das ist eine gute Art, sich selbst kennenzulernen.

DER FEHLER

Als Gabriela das Café der Buchhandlung betrat, saß ich bei einem »Mönchstee«. Es schien mir das angemessene Statement: Zurückhaltung und Enthaltsamkeit.

Sie sah fantastisch aus, wobei das alle Verliebten denken, wenn sie ihre Angebeteten anschauen. Sie hielt mir die Wange zum Kuss hin – diesmal hatte ich mich rasiert –, und mich umfing ein sanftes Parfum mit Mandarinennote.

Sie bestellte das Gleiche wie ich. Während die Bedienung sich abwandte, um den Tee zuzubereiten, legte ich den Roman auf den Tisch, den ich für Gabriela ausgesucht hatte.

»Was ist das denn?«, rief sie überrascht aus.

»Lass mich nachdenken – wir befinden uns in einer Buchhandlung, also nehme ich mal an, es wird ein Buch sein«, versuchte ich zu scherzen.

»Woher weißt du, dass ich heute Geburtstag habe? Hast du einen Detektiv engagiert?«

Zunächst war ich etwas gekränkt durch diese Unterstellung, fand dann aber diesen Zufall doch zu komisch, um mich zu ärgern. Dennoch gab ich mich leicht kühl und distanziert.

»Das wusste ich nicht, aber herzlichen Glückwunsch trotzdem. Im Übrigen halte ich es wie der Märzhase bei *Alice im Wunderland*: Ich feiere lieber die Nichtgeburtstage.«

»Dann ist das ja ein irrer Zufall«, lächelte sie überrascht.

»Ja, so etwas kommt vor. Neulich bin ich ganz zufällig zweimal in dasselbe Taxi eingestiegen, aber ich glaube nicht, dass ich daraus eine Botschaft ableiten sollte. Das ist wie mit meiner Uhr hier, weißt du, was toll an ihr ist?«

Ich krempelte mir den Ärmel hoch, damit sie das antike Stück sehen konnte, das ich am Handgelenk trug. Ich hatte sie direkt von meinem Großvater geerbt. Genau in dem Moment war sie damals stehen geblieben, was mich in meiner Überzeugung noch bestärkte.

»Zumindest zweimal am Tag zeigt sie die Zeit richtig an.«

Gabriela zog die Brauen hoch, als ob sie nicht sicher war, ob ich mich über sie lustig machte oder einfach nur albern war.

»Willst du es nicht aufmachen?«, fragte ich ungeduldig.

Mit langen Fingern riss sie das Papier auf. Als *Der Fehler* zum Vorschein kam, schaute Gabriela mit unbewegter Miene darauf, ohne es zu berühren. Eine Strähne ihres Haars war auf das Buch gefallen und verdeckte den Namen des Autors.

»Das kenne ich nicht«, sagte sie tonlos.

»Deswegen schenke ich es dir ja, damit du es kennenlernst. Es ist eins meiner Lieblingsbücher.«

Das läuft schief, dachte ich. Jetzt wird sie denken, ich erwarte, dass sie darauf irgendwie reagiert.

»Danke«, antwortete sie und steckte das Buch in die Tasche ihres Wollmantels.

Ich wollte die Situation so schnell wie möglich retten, also trank ich rasch meinen Tee aus und schlug vor: »Wollen wir vielleicht ein bisschen spazieren gehen? Heute ist mein erster freier Tag seit Langem, vielleicht würde mir ein bisschen frische Luft ganz guttun.«

Gabriela nickte abwesend und stand auf, ihren Tee hatte sie noch nicht angerührt. Das hatte ich gar nicht bemerkt. Blöder hätte ich es wirklich nicht anstellen können.

Wir verließen den Buchladen und bogen in die Straße ein, die auf die Plaça dels Àngels mündet. Dort steht ein altes Gebäude mit zwei hohen schlanken Palmen davor, das mir immer sehr gefallen hatte. An diesem Vormittag allerdings schienen sie mir wie zwei traurige, vom Wind gebeutelte Gestalten, wie Gabriela und ich.

»Wie ist Osaka so?«, fragte ich, um das Schweigen zu brechen, das sich zwischen uns breitgemacht hatte.

»Es wird das japanische Venedig genannt, wegen seiner Kanäle. Aber das ist Quatsch. Osaka ist eine moderne Stadt mit vielen Studenten.«

Erneutes Schweigen. Ich fragte nichts weiter, und sie schien auch nicht bereit, die Initiative zu ergreifen wie bei unserem letzten Treffen. Was war bloß los?

Vor lauter Verzweiflung, endgültig alle Hoffnungen begraben zu können, wagte ich einen tollkühnen Schritt. Als wir auf den großen Platz hinaustraten, griff ich nach ihrer Hand. Zu meiner Überraschung zog sie sie nicht weg. Sie blieb nicht einmal stehen. Wir gingen einfach weiter über den Platz, auf dem sich Touristen und Straßenmusiker tummelten.

Ich hatte ihre Hand, die kalt und weich war, genommen, was jedoch nicht bedeutete, dass sie dasselbe mit meiner getan hätte. Statt sie ein wenig zu drücken, um mir zu verstehen zu geben, dass sie die Geste erwiderte, lag ihre Hand leblos in der meinen. Verunsichert erkundigte ich mich: »Stört es dich, wenn ich deine Hand nehme?«

»Mich stört es nicht. Ich will nur nicht, dass es für dich zu viel bedeutet.«

Das saß. Ich ließ ihre Hand los. Jetzt war alles aus, es gab kein Zurück. Und ich war schuld, denn ich hatte nicht genügend Geduld und Selbstbeherrschung gehabt, um nach und nach ihre Freundschaft und ihr Vertrauen zu gewinnen. Jetzt wusste sie von meinen Gefühlen.

Da nun ohnehin alles verloren war, sah ich mich außerstande, dieses Spiel noch weiter zu treiben. Dann schon lieber mit wehenden Fahnen untergehen.

»Gabriela, es tut mir leid, dass ich dich belästigt habe, jetzt und die ganzen letzten Wochen«, sagte ich. »Flirten ist nicht meine Stärke. Ich will ganz ehrlich zu dir sein: Ich glaube nicht, dass wir jemals Freunde sein können.«

»Oh – nein?«, fragte sie erschrocken.

»Versteh mich nicht falsch, ich bin sehr gern mit dir zusammen. Aber ich empfinde zu viel für dich, als dass ich dieses Theater länger durchhalten könnte. Gabriela, entweder du gehst jetzt sofort oder ich küsse dich.«

Mit diesen Worten ergriff ich die Flucht, ohne ihre Reaktion abzuwarten. Während ich vom Platz stürzte, drehte sich alles in mir. Ich kam mir vor wie der lächerlichste Mensch der Welt.

Von oben herab

Den Rest des Tages marschierte ich wie ein Besessener durch die Stadt und hoffte, irgendwann so müde zu werden, dass ich das Geschehene vergessen würde. Ich verließ das Barrio Raval über den Mercat de Sant Antoni und ging dann Richtung Norden durch das westliche Ensanche-Viertel. Ich erreichte die Avinguda Diagonal – die Trennlinie zwischen dem reichen und dem anderen Barcelona – und folgte ihr in Richtung Norden. Ich wollte nicht nach Hause, dort würde ich mich unweigerlich mit den Ereignissen des Nachmittags auseinandersetzen müssen.

Die Lust, weiter auf der schnurgeraden Diagonale die Stadt zu durchqueren, verließ mich, also bog ich in die Carrer Muntaner ein, die in Richtung Tibidabo nach Norden führt. Die Sonne stand im Zenit, und meine Füße fingen an zu brennen. Während ich Schulmädchen, Anzugträger und Rentner hinter mir ließ, wurde mir klar, dass ich nicht anhalten würde, bis ich die Stadt ganz hinter mir gelassen hätte. Hinter der Plaça de la Bonanova bog ich nach links ab; ich schaute mich nach einer Straße um, die mich weiter den Berg hinaufführen würde. Nicht weit von einer renommierten Handelsschule

fand ich einen Weg und machte mich ohne zurückzu-
schauen an den Aufstieg. Nach etwa zwanzig Minuten
wichen die Luxusapartments kleineren und größeren
Einfamilienhäusern. Danach kam noch die eine oder andere baufällige Villa. Dann nur noch der Wald.

Erschöpft von dem Marsch, setzte ich mich unter ein
paar Kiefern, die sich unter der Last ihrer Äste neigten.
Zum ersten Mal seit Stunden kam ich ein wenig zur Ruhe. Es war ein befreiendes Gefühl, die Stadt zu meinen
Füßen zu sehen und, selbst wenn nur für wenige Minuten, zu wissen, dass ich nicht mehr Teil von ihr war.

Von der Höhe meines Beobachtungspostens aus kam
mir all mein Wünschen mit einem Mal ganz und gar be-
deutungslos vor. Während ich die nach Harz duftende
Luft einsog, senkte sich die Sonne langsam und unerbitt-
lich auf den Horizont herab. Die Ruhe, die sich langsam
in meinem Innern ausgebreitet hatte, ließ mich bald auch
einige halbwegs klare Gedanken fassen.

Dieser Frau den Geburtstag zu verderben hast du auf
jeden Fall geschafft, sagte ich mir. Jetzt geh nach Hause
und sieh zu, dass du dir auf dem Weg nicht auch noch
den Hals brichst.

Ein Tag im Leben

DAS VERSCHWINDEN

Der Abstieg war weitaus weniger beschwerlich. Es war bereits stockdunkel, als ich zu Hause ankam, nicht ahnend, dass mich die bizarrsten vierundzwanzig Stunden meines Lebens erwarteten.

Ich hätte ins Kino gehen können, um mich abzulenken, doch ich war zu müde, um einem Film folgen zu können. Vielleicht wäre es das Beste, mich ins Bett zu verkriechen und alles zu vergessen.

Ich schleppte mich die Treppe hinauf, in der Hoffnung, auf dem Anrufbeantworter eine Nachricht von Gabriela vorzufinden. Es gab zwei Möglichkeiten: Entweder sie erkundigte sich, wie es mir ging – was sehr freundlich von ihr gewesen wäre –, oder sie machte mir klar, dass ich mich gefälligst nie wieder bei ihr melden solle.

Es war keine Nachricht auf dem Anrufbeantworter, ich war gekränkt. War es ihr etwa egal, dass ich litt?

Ich stellte mich unter die Dusche, damit das Wasser meine Tränen durch den Abfluss wegspülte. Ich wollte die Traurigkeit möglichst weit von mir fortschicken, damit ich zu meiner tristen Einsamkeit zurückkehren konnte.

Ziemlich niedergeschlagen trat ich vor den Spiegel und kämmte mir die Haare. Zu meinem Missfallen entdeckte ich dabei auch noch ein weiteres Dutzend graue Haare.

Wie schnell die Zeit vergeht, dachte ich, ließ mich aber nicht mehr dazu herab, die Haare auszureißen. Die Sache mit den 650 000 Stunden interessierte mich nicht mehr; ich würde meinen Lebenskredit an jemanden verschenken, der damit etwas anzufangen wusste.

Mir etwas zu essen zu machen hatte ich keine Lust, also räumte ich noch ein bisschen die Wohnung auf, während Mishima mir aufmerksam zusah. Erneut stolperte ich über Valdemars Rucksack, und eine üble Vorahnung beschlich mich.

Wie konnte es sein, dass er nicht zurückgekommen war, um die Tasche zu holen? Wenn er sich nun im Rausch den Kopf angeschlagen hatte und schwer verletzt dort oben lag?

Meine Unruhe wollte mich nicht loslassen. In Pyjama und Hausschuhen stieg ich die Treppe hinauf und drückte zweimal auf die Klingel. Nichts. Ich brauchte eine ganze Weile – inzwischen hatte ich ein drittes Mal geklingelt –, bis ich merkte, dass die Tür nur angelehnt war. Ängstlich und unsicher, was für eine Katastrophe ich vorfinden würde, stieß ich die Tür auf. Ich schaltete das Licht ein und war überrascht, dass alles unversehrt schien. Der Schlüssel steckte von innen im Schloss. Ich zog ihn ab und steckte ihn in die Tasche, bevor ich die Tür schloss und mich weiter umschaute.

Zitronenduft stieg mir in die Nase. Offenbar hatte Valdemar geputzt. Wohn- und Arbeitszimmer waren perfekt aufgeräumt und sauber, der Laptop stand auf dem

Tisch, auf dem nicht ein einziges Staubkörnchen zu sehen war. Nur der Blick in die Küche beunruhigte mich. Auf einem Stativ mitten im Raum war ein großes Teleskop montiert, das durch das offene Fenster bis nach draußen reichte und schräg nach oben gen Himmel gerichtet war.

Laut nach Valdemar rufend lief ich durch die Wohnung. Während ich Zimmer und Schränke nach Hinweisen durchsuchte, fiel mir die Metallkiste ein, die er in der Nacht dabeigehabt hatte, als er angekommen war. Zweifellos war darin das Teleskop gewesen. Ausgeschlossen, dass er einfach gegangen war und das Teleskop dagelassen hatte. Es sei denn, etwas hatte ihn zur sofortigen Flucht gezwungen.

Der Wanderer über dem Nebelmeer blickte ungestört ins Leere, denn die Wohnung war einsam und verlassen.

Ein unbestimmtes Gefühl sagte mir, dass Valdemar nicht zurückkommen würde. Ich durchsuchte ein weiteres Mal die Wohnung und stellte fest, dass alle seine Sachen noch da waren, sogar die Zigaretten. Lediglich das Manuskript fehlte. Das war wirklich äußerst merkwürdig.

Verstört ging ich zurück in die Küche. Unter einer Untertasse klemmte ein Zettel mit einer handschriftlichen Notiz, den ich vorher übersehen hatte:

ICH MUSS WEG. RÜCKKEHR FRAGLICH.

Mit beklommenem Gefühl und schlechtem Gewissen, weil ich nicht aufmerksam gewesen war, legte ich das Auge an die Linse des Teleskops. Vielleicht konnten ja die Sterne irgendeinen Hinweis auf Valdemars Verbleib geben. Wie von kosmischer Hand geleitet, gab mir das Teleskop den Blick auf den Vollmond frei.

Ich weiß nicht, wie lange ich dort wie hypnotisiert verharrte und die Krater und die dunklen Meere betrachtete. Ich vermisste Valdemar. Der Gedanke, dass er es irgendwie nach dort oben geschafft hatte, schien mir tröstlich. Ich stellte mir vor, dass er mich gerade in diesem Moment von einem Krater aus durch ein gewaltiges Teleskop beobachtete, das von den Astronauten der Apollo 17 seinem Schicksal überlassen worden war.

Die Nacht, in der die Welt unterging

Es war Mitternacht, als ich mich ziemlich aufgewühlt wieder anzog und nach draußen ging, um ein wenig Luft zu schnappen.

Von der Straße aus schaute ich zu den beiden obersten Wohnungen unseres Hauses hinauf. Sie waren zu einer Art Schattenmausoleum geworden. Ich hatte beschlossen zu fliehen, bevor es für immer versiegelt wurde. Ich wollte nicht wie der Mann aus Tokio enden.

Genau über meinem Kopf stand ein riesiger Mond, der sein gespenstisches Licht über die Stadt legte. Gebannt von diesem Schauspiel blieb ich stehen. Ich konnte mich nicht erinnern, den Mond je so nah und so hell gesehen zu haben. Der Satellit sah aus, als sei er zum Greifen nah. Und wenn uns die Schwerkraft nun einen üblen Streich spielte und der Mond auf die Erde stürzte? Eine opferreiche Katastrophe: Der Weltuntergang war angerichtet.

Ob Valdemars Verschwinden etwas damit zu tun hatte?

Ich konnte jedenfalls unmöglich zu Hause bleiben. Wenn dies die Nacht war, in der die Welt unterging, hatte ich nicht vor, sie im Bett zu verbringen. Vielleicht hatte es etwas mit der mysteriösen Mondnäherung zu tun, dass diese Februarnacht außergewöhnlich warm war. Die Beine schmerzten zwar noch von meinem Stadtmarathon, doch ich hatte ordentlich Adrenalin im Blut, und so marschierte ich los, Richtung Zentrum.

Meine Intuition sagte mir, dass in dieser Nacht noch einiges passieren würde; womöglich sogar der Weltuntergang. Vielleicht stieß in wenigen Stunden der Mond mit der Erde zusammen. Der Abschiedskuss, der eine 4,6 Milliarden Jahre währende Liebesbeziehung beenden würde.

Merkwürdigerweise verspürte ich keine Angst. Da es nun einmal so war, hatte ich die kommende Katastrophe als würdiges Ende meiner bedauernswerten Existenz akzeptiert.

Während ich den Passeig de Gràcia hinunterspazierte, stellte ich fest, dass eine Menge anderer Leute dieselbe Idee gehabt hatten wie ich. Obwohl es beinahe ein Uhr nachts war, waren die Straßen voller Menschen, Familien mit Kindern standen da und starrten fingerzeigend in den Himmel.

Niemand schien beunruhigt, vielmehr waren die Leute fasziniert, und unentwegt wurden Digitalkameras gezückt, um das Phänomen einzufangen. Wie konnten die Menschen angesichts dessen, was da auf uns zukam, derart gut gelaunt sein?

Genervt schwenkte ich auf die Gran Vía ab und ging dann das letzte Stück der Carrer Balmes hinunter.

Ohne auf meinen Weg zu achten, fand ich mich plötzlich vor dem Café an der Kreuzung wieder. Zwar war der Rollladen halb heruntergelassen, aber im Innern brannte Licht. Plötzlich kam mir der Gedanke, dass falls Val-

demar irgendwo auf dieser Welt zu finden war, er eigentlich nur dort drinnen sein konnte.

Nachdem ich mehrere Wochen nicht mehr hier gewesen war, schien das Café mir ein schöner Ort, um den
Untergang der Welt zu begehen. Also bückte ich mich
und schlüpfte unter der Jalousie hindurch.

17 Minuten

Als der Kellner mich unter der Jalousie auftauchen sah, bedachte er mich mit einem unverhohlen grimmigen Blick. Mit der Gewissheit, dass der Weltuntergang mein Verhalten voll und ganz rechtfertigte, stellte ich mich an die Theke und bestellte ein Glas Wein.

»Wir haben eigentlich geschlossen, aber meinetwegen, weil Sie Stammgast sind«, sagte er und entkorkte eine neue Flasche. Er füllte mein Glas und zog sich anschließend in die Küche zurück, von wo die Radionachrichten herüberklangen.

Allein am Tresen, warf ich, während ich an meinem Wein nippte, einen Blick in die Zeitung des Tages. Auf der Titelseite war ein großes Foto, das den Mond über den Dächern von Barcelona zeigte. Womöglich war der Weltuntergang angekündigt worden und ich hatte es nicht mitbekommen. Lebte ich schon auf dem Mond?

Bevor ich den Artikel lesen konnte, kam ein Mann in den Laden geschlüpft, der mir bekannt vorkam. Es war der Rothaarige mit dem schwarzen Anzug, der mit den siebzehn Minuten. Die Nacht versprach immer interessanter zu werden.

»Wir haben geschlossen!«, brüllte der Kellner aus der Küche.

»Er ist auch Stammgast«, schaltete ich mich zu seiner Verteidigung ein.

Das Letzte, was ich auf dieser Welt erledigen würde, sollte es also sein, noch einmal die Zeit zu stoppen, die sich der Rothaarige an der Theke aufhielt.

Der Kellner fluchte ein paarmal, bevor er aus seinem Versteck kam, um ein Glas Bier auszuschenken.

»In fünfzehn Minuten mache ich endgültig zu«, knurrte er.

»Geht es nicht ein kleines bisschen länger?«, fragte ich, an die magische Zahl denkend.

Als Antwort erhielt ich einen weiteren feindseligen Blick. Dann verschwand er wieder und stellte das Radio lauter. Es lief gerade eine Diskussionssendung mit verschiedenen Wissenschaftlern. Ob Valdemar unter ihnen war?

Ich schaute auf meine Uhr: zehn nach eins.

Der Rothaarige mit seinem Bier und ich mit meinem Glas Wein. Zwei einsame Männer in einer geschlossenen Bar. Wenn dies ein Hollywooddrehbuch gewesen wäre, hätten wir jetzt ein tiefes und melancholisches Gespräch anfangen müssen. Zwei Fremde, die sich in der Einsamkeit der Bar Vertraulichkeiten erzählen, wie auf einem Bild von Edward Hopper.

Stattdessen kontrollierte ich mit einem Auge den Minutenzeiger meiner Armbanduhr, während das andere sich in die Lektüre des Artikels vertiefte.

MONDTÄUSCHUNG IM WINTER. Wissenschaftler nicht einig über Ursachen des Phänomens.

Agenturmeldung. Wie die NASA in einer Presseerklärung mitteilte, wird heute Nacht ein Vollmond von ungewöhnlicher Größe zu sehen sein. Es handelt sich dabei um eine optische Täuschung, die die Fachleute als »Mondtäuschung« oder, etwas technischer, auch als »Apparent Distance Hypothesis« bezeichnen.

Es ist nicht genau bekannt, worauf dieser optische Effekt, der normalerweise nur im Sommer auftritt, zurückzuführen ist.

Die optische Täuschung hängt jedoch ausschließlich mit der Perspektive des Betrachters zusammen und kann nur vom menschlichen Auge erfasst werden und nicht etwa von einer Fotokamera. Hierzu schlägt die NASA folgendes Experiment vor: Betrachtet man den Mond durch ein Loch in einem Stück Papier und schaltet damit die Vergleichsobjekte im Blickfeld aus, verschwindet der Täuschungseffekt, und der Mond erscheint wieder normal groß.

Geradezu verärgert faltete ich die Zeitung zusammen. Was für eine Enttäuschung. Ich hatte mich schon darauf gefreut, meinen gänzlich waffenlosen Kampf gegen das Leben endlich einstellen zu können.

Der Weltuntergang wird also warten müssen, dachte ich, während ich ein weiteres Mal auf die Uhr schaute: ein Uhr siebenundzwanzig. Just in dem Augenblick legte der Rothaarige eine Münze auf den Tresen, bückte sich geschickt unter der Jalousie hindurch und schlüpfte auf die Straße.

Plötzlich spürte ich das dringende Bedürfnis ihm zu folgen, und ich war zu erschöpft, um mich diesem Impuls zu widersetzen. Ungeachtet der späten Stunde ging ich ihm hinterher; der riesige, gespenstische Mond schwebte über unseren Köpfen.

DER FAHRSTUHL

Der schwarz gekleidete junge Mann überquerte eilig die Carrer Pelai, ging weiter bis zur Avinguda Portal de l'Àngel, wo er dann rechts in Richtung Kathedrale abbog.

Ich folgte ihm mit einigem Abstand wie ein professioneller Detektiv, der einen kniffligen Fall zu lösen sucht. In Wahrheit versuchte ich mit dieser Verfolgung den Schmerz über den Verlust von Gabriela zu vergessen. Alle großen Detektive haben eine schmerzhafte Vergangenheit, die sie hinter sich lassen wollen. Und die Gefahr oder vielmehr das Herumschnüffeln in fremden Leben ist das beste Betäubungsmittel.

Der Siebzehn-Minuten-Mann war an der Kathedrale angelangt, auf deren Turmspitze der Mond aufgespießt schien wie eine riesige milchige Frucht. Der Weg des Unbekannten führte unter einer gotischen Brücke hindurch in eine schmale Seitengasse. Die Straße war menschenleer, daher ließ ich ihm etwas mehr Vorsprung und gab mir Mühe, meine Schritte auf den tausend Jahre alten Pflastersteinen nicht zu laut aufhallen zu lassen. Auch er verlangsamte seinen Schritt, steckte sich eine Zigarette in den Mund und zündete sie an, während er zum Himmel aufsah. Wir überquerten den Platz mit dem Rathaus und dem Regierungspalast und nahmen dann eine Straße, die zum Hafen hinunterführt. Noch vor dem Hafen bog der rätselhafte Rotschopf links in die Bellafilla-Gasse ein. Einen Moment lang blieb er vor einer erleuchteten Tür stehen, durch die er dann verschwand.

Jetzt konnte er mir nicht mehr entwischen. Nun stand ich vor einer Tür, die sich als Eingang zu einer Cocktailbar namens *El Ascensor* herausstellte. Sie machte ihrem Namen alle Ehre, denn der Eingangsbereich war ein alter Mahagoni-Fahrstuhl mit Schiebetür aus dem letzten Jahrhundert.

Einen Moment lang kam mir die Schlussszene des Films *Angel Heart* in den Kopf, in der Mickey Rourke mit dem Fahrstuhl in die Hölle hinabfährt.

Etwas unschlüssig trat ich ein. Durch die Schiebetür gelangte man in ein kleines Café mit Spiegeln und Marmortischen. Sämtliche Tische waren von jungen Leuten belegt, die im Fin-de-siècle-Ambiente ihre Cocktails schlürften. Ich hatte keine Ahnung, was ich tun sollte, und stellte mich erst einmal an die Bar. Mickey Rourkes zynische Selbstgewissheit fehlte mir, zudem machte mir auch langsam die Müdigkeit zu schaffen.

Doch ehe ich auch nur ein Bier bestellen konnte, kam der schwarz gekleidete Rothaarige mit wenig freundschaftlicher Miene auf mich zu und ließ zwei junge Schönheiten an seinem Tisch zurück.

Seine Begleiterinnen, die kaum älter als zwanzig waren, beobachteten die Szene gespannt und amüsiert. Die eine rief ihm etwas hinterher, das klang wie »Mensch, lass ihn doch!«.

Ich lehnte an Tresen und hatte keine Ahnung, wie ich mich verhalten sollte, um eine eventuell unangenehme

Szene zu vermeiden. Bevor ich mir etwas zurechtlegen konnte, fragte der Rothaarige in höflichem, aber bestimmtem Ton: »Verfolgen Sie mich?«

Die einzige Antwort, die mir einfiel, war alles andere als kinotauglich: »Ja.«

»Und warum, wenn ich fragen darf?«

»Ich helfe einem Freund bei einer Studie zur Stadtanthropologie«, erklärte ich prompt, was ja nur halb gelogen war. »Wir untersuchen die Gewohnheiten des Tresentiers, insbesondere bei Gästen, die festgelegten Ritualen folgen, wie Sie.«

Mit verschränkten Armen baute er sich vor mir auf, als warte er auf die Verkündung eines Urteils. Doch sein verhaltenes Lächeln sagte mir, dass dieser Typ vollkommen harmlos war und sich auf meine Kosten amüsierte.

Er tat hellauf empört und fragte: »Wie kommen Sie darauf, ich sei einer von diesen Menschen?«

»Wir sind Stammgäste im selben Lokal. Übrigens haben Sie es meinem Eingreifen zu verdanken, dass Sie heute überhaupt Ihr Bier trinken konnten … in siebzehn Minuten.«

Diese Bemerkung schien ihn endgültig zu entwaffnen, denn er lachte breit und klopfte mir kumpelhaft auf die Schulter.

»Setzen Sie sich doch auf ein Glas zu uns.«

An dem kleinen Tisch war kein Stuhl mehr frei. Als sie uns zusammen kommen sah, erhob sich das eine Mädchen, eine Brünette mit kantigem Gesicht, und sagte: »Sie können meinen Platz nehmen. Ich muss in fünf Stunden aufstehen.«

Bevor ich etwas erwidern konnte, fand ich mich zwischen einer Kleinen mit blauen Augen und dem Rothaarigen, der mit einem Fingerschnipsen den Kellner heranrief. Zu meiner großen Überraschung sagte das Mädchen: »Rubén, darf ich dir Samuel de Juan vorstellen.«

Ich war vollkommen perplex. Es ist beunruhigend, wenn einen jemand erkennt, den man noch nie zuvor gesehen hat. Eine peinliche Frage wie »Und wer bist du?« wollte ich unbedingt vermeiden, deshalb wartete ich ab, dass mich irgendein Hinweis auf die richtige Spur führen würde.

»Mein Dozent für Gegenwartsliteratur«, sagte sie lächelnd. »Wir müssen ihn betrunken machen, damit er sich irgendwie danebenbenimmt. Dann muss er mir eine gute Note in der Klausur geben, um sich mein Schweigen zu erkaufen.«

Plötzlich ging mir ein Licht auf: die kleine Besserwisserin aus dem Überblickskurs. Ohne ihre Nickelbrille hatte ich sie nicht erkannt. Ihre kurzsichtigen tiefblauen Augen verliehen ihr etwas Zerbrechliches, das gar nicht zu der Studentin passte, die ich kannte.

»Das wird nicht nötig sein, die hast du ja schon sicher«, lachte ich. »In ein paar Tagen werden die Noten ausgehängt.«

Offenbar war sie etwas angetrunken, jedenfalls stürzte sie sich auf mich und gab mir einen schmatzenden Kuss auf die Wange, der mir den Atem verschlug. Glücklicherweise kam in diesem Moment der Kellner und rettete mich vor einem Erstickungsanfall.

»Drei Aquavit auf Eis«, sagte der Typ namens Rubén.

Wie selbstverständlich bestellte er für die ganze Runde, ohne vorher auch nur nachzufragen.

»Auf den Erfolg meiner Freundin müssen wir anstoßen.«

Bevor er die Getränke brachte, erkundigte sich der Kellner: »Wollen Sie den Aquavit Linie?«

»Natürlich«, erwiderte Rubén beinahe beleidigt.

»Was ist das mit der Linie?«, fragte die Studentin.

»Was ist Aquavit?«, fragte ich.

Rubén lachte selbstzufrieden, da seine Bestellung so viel Interesse geweckt hatte. Dann erklärte er in lehrerhaftem Ton: »Aquavit ist ein norwegischer Schnaps, den ich hier einmal mit einem Freund getrunken habe. Es gibt zwei Arten: den normalen und den Linie-Aquavit, der viel teurer ist, weil er erst einmal um die Welt fährt, bevor er abgefüllt wird. Der Schnaps reift im Lagerraum eines Schiffs, das den Äquator überquert. Erst wenn er zweimal die Äquatorlinie gekreuzt hat, bekommt er das offizielle Etikett.«

»Ein wahrer Schnaps von Welt«, lachte die Studentin mit den blauen Augen.

Als der Kellner uns die drei kleinen Gläser hinstellte sagte ich: »Die spinnen, die Norweger.«

GESPRÄCHE MIT DEM INGENIEUR

Glücklicherweise machte *El Ascensor* um halb drei zu, sodass nicht mehr allzu viele Runden bestellt werden konnten. Genug allerdings, um meinen Kopf kräftig zum Drehen zu bringen.

»Meine Freundin wohnt hier gleich um die Ecke«, sagte Rubén mit den Autoschlüsseln in der Hand. »Soll ich dich nach Hause bringen?«

»Mach dir keine Umstände«, antwortete ich und ging damit ebenfalls zum Du über.

»Ach was, das mache ich gern. Wir könnten uns über deine Stadtanthropologie unterhalten. Wolltest du nicht das mit den siebzehn Minuten wissen?«

Ich bekam einen zweiten Kuss von meiner Studentin, vor der ich an jenem Abend jegliche akademische Autorität eingebüßt hatte, und trottete in Begleitung des Rothaarigen zu einer Tiefgarage, wo er in einen nagelneuen Sport-Saab stieg. Das Nordische hatte es ihm offensichtlich angetan.

»Ich reise oft nach Skandinavien«, sagte er, als ich ihn danach fragte. »Ich bin Erdölingenieur, aber im Moment habe ich Urlaub.«

Während wir die Vía Laietana entlangfuhren, gab er

mir eine kurze Zusammenfassung seines Lebens: Er besaß eine kleine Wohnung in der Zona Alta, die er nur ein paar Monate im Jahr benutzte. Die beiden Mädchen, mit denen er ausgegangen war, waren alte Schulfreundinnen.

»Ich komme nicht dazu, mir eine feste Freundin zu suchen«, sagte er, ohne dass ich gefragt hätte. »Bei der ganzen Reiserei ist das Höchste, wovon ich träumen kann, eine kurze Affäre.«

Noch ein einsamer Mensch, schoss es mir durch den Kopf, und ich dachte an all meine Begegnungen seit Jahresbeginn.

Wir schwiegen eine Weile, und zwischen den verschwommenen Scheinwerfern der Autos, die uns überholten, versank ich in meinem Kummer. Im Geiste durchlebte ich noch einmal die jämmerliche Szene mit Gabriela auf der Plaça dels Àngels. Es schien mir unfassbar, dass sie an diesem selben Tag stattgefunden haben sollte, der erst jetzt zu Ende ging. Zu viel war passiert seitdem: die Flucht auf den Berg, Valdemars Verschwinden, die Mondtäuschung, die Begegnung mit dem Rothaarigen und dann auch noch die Studentin …

Die Tatsache, dass ich in diesem Augenblick an der Seite eines Unbekannten durch die Nacht von Barcelona fuhr, machte mir deutlich, dass ich ein schnelles – vielleicht allzu schnelles – Leben führte. Als gingen meine Stunden zur Neige.

Doch irgendwie ahnte ich, dass die Geschichte damit noch lange nicht vorbei war. Meine verrückte Jagd von einem Ereignis zum nächsten würde noch einige Überraschungen für mich bereithalten. Allerdings würde nichts die Leere füllen können, die das Fiasko mit Gabriela hinterlassen hatte.

Zum Glück riss mich der Ingenieur aus meiner Melancholie.

»Wenn ich in Barcelona bin, bin ich oft in dem Café an der Kreuzung«, sagte er. »Meist trinke ich dort etwas, bevor ich in die große Buchhandlung im Zentrum gehe. Ich lese viel, weil ich jedes Jahr Hunderte von Nächten in Hotelzimmern verbringe. Und Fernsehen ist überhaupt nicht mein Ding.«

»Aber wieso bleibst du immer genau siebzehn Minuten?«, fragte ich, plötzlich wieder wacher.

»Das mache ich nur, um euch den Spaß nicht zu verderben.«

Während Rubén sich eine Zigarette anzündete und ich eine ablehnte, dachte ich, dass mein neuer Bekannter nicht weniger durchgeknallt war als Valdemar.

Er fuhr fort: »Ich mache auch so meine Beobachtungen, weißt du? Eines Mittags saß ich draußen und sah, dass der Typ mit dem Bart sich in einem Heft Notizen darüber machte, wie lange jeder Gast sitzen blieb. Da beschloss ich, von da an immer exakt siebzehn Minuten zu bleiben. Es war eine Art Spiel. Als du dann auch noch anfingst, die Zeit zu stoppen, bin ich dabei geblieben, um euch nicht zu enttäuschen. Du weißt schon, wie diese Schlagersänger, von denen das Publikum immer dieselben Lieder erwartet.«

»Erstaunlich, dass ein Ingenieur sich mit solchen Spielchen befasst«, sagte ich etwas enttäuscht.

»Geheimnisse sind lebenswichtig, wie Essen, Trinken oder Schlafen. In einer Welt, in der es für alles eine Erklärung gibt, könnten wir gar nicht leben. Es gibt zwar auch viele natürliche Rätsel, aber eins mehr kann niemals schaden.«

»Du könntest eine NGO gründen«, spöttelte ich. »Rätsel ohne Grenzen.«

»Du musst gerade reden! Immer, wenn ich euch gesehen habe, dachte ich, Mann, was für zwei unheimliche Typen. Was die wohl im Schilde führen? Zuerst dachte ich, ihr wärt irgendwie pervers. Dann kam ich zu dem Schluss, dass ihr einfach nicht ganz dicht seid.«

Im Stillen musste ich ihm recht geben. Meine Freundschaft mit Valdemar, all die seltsamen Ereignisse in den letzten paar Wochen machten mehr als deutlich, dass mein Leben die Pfade der Normalität längst verlassen hatte.

Den Kopf tief im Sitzleder vergraben, sagte ich: »Die Beziehung zwischen uns und dir ist wie die zwischen einem Quantenphysiker und seinen Teilchen. Du bist siebzehn Minuten geblieben, weil es das war, was wir sehen wollten.«

»Genau. Deswegen meinte ich ja: Ich wollte euch den Spaß nicht verderben.«

»Wer weiß, wahrscheinlich gibt es alle möglichen Dinge, die sich in einer bestimmten Art und Weise entwickeln, weil wir es so wollen. Zum Beispiel die Leute, die immer das Schlimmste befürchten und unentwegt davon sprechen. Und dann wundern sie sich, wenn das Schlimmste tatsächlich eintritt. Sie merken nicht, dass sie in Wirklichkeit einen Wunsch formuliert haben.«

»Einen Wunsch nach Unglück.«

»So in etwa«, gab ich zu, »und vielleicht ist die Befriedigung darüber, dass ihre Vorhersage sich erfüllt hat, größer als das Unglück. Manche Leute brauchen das, dass sie sagen können: ›Siehst du, das habe ich dir gleich gesagt.‹ Meine Schwester und ihr Mann sind so.«

Das Auto hielt vor meiner Tür; der Ingenieur klopfte mir zum Abschied auf die Schulter, als wäre ich ein kleiner Junge, dabei war ich gut zehn Jahre älter als er.

»Meinetwegen kannst du in dem Café deinen eigenen Rekord brechen«, meinte ich. »Das nächste Mal trink doch ein zweites Bier.«

»Das werde ich dann mit euch trinken«, sagte er und trat aufs Gaspedal.

Der Wagen verschwand und ich stand wie benommen und etwas traurig da. Es gab kein »euch« mehr. Heute kam ich einsamer denn je nach Hause.

Ich beschloss, noch einmal oben bei Titus vorbeizuschauen. Vielleicht war Valdemar gar nicht geflohen und hatte nur die Wohnung verlassen, um das Mondphänomen unter freiem Himmel zu beobachten. Doch ich fand alles genau so vor, wie ich es verlassen hatte. Ich konnte der Versuchung nicht widerstehen, noch einmal durch das Teleskop zu schauen, musste allerdings die Position verstellen, um den Mond zu sehen.

Während meine Beine vor Erschöpfung ganz schwer wurden, ließ ich den Blick über die Mondtäler schweifen, als könnte ich dort irgendeine Spur meines Freundes finden. Ich ahnte ja nicht, dass Valdemars Geschichte noch längst nicht zu Ende war.

Der Tod hat den Zug verpasst

Es dämmerte bereits, als ich meine Wohnung betrat und von einer bleiernen Müdigkeit übermannt wurde. Den weißen Mond in meine Netzhaut gebrannt, sank ich aufs Bett und schlief sogleich ein.

Wäre ich nicht so unvermittelt aus dem Schlaf gerissen worden, hätte ich mir niemals diesen Traum gemerkt, der weitere Ereignisse ins Rollen bringen sollte. Ich wäre langsam aufgewacht, und die nächtlichen Bilder hätten sich wie morgendlicher Nebel verflüchtigt.

Doch es war noch nicht einmal sieben, als es unten an der Haustür klingelte, lange und penetrant; jemand verlangte dringend Einlass. Die letzte Szene eines Traums bekam mein Bewusstsein gerade noch zu fassen: Valdemar ging, Mishima folgend, mit dem Manuskript in der Hand den Flur meiner Wohnung entlang. Ein zweites Klingeln unterbrach den Traum endgültig, und ich erfuhr nicht mehr, wohin Mishima Valdemar geführt hatte. Es scheint, er ist vom Mond zurück, dachte ich, während ich verschlafen aus dem Bett stieg.

Die Stimme, die aus dem Hörer der Sprechanlage zu mir hoch drang, versetzte mich dann aber doch in Erstaunen.

»Hallo Samuel …«

Hatte ich richtig gehört? Es konnte doch nicht? Titus? Es war seine Stimme! Ich hielt mir noch einmal den Hörer ans Ohr. Es war der alte Redakteur höchstpersönlich, und er schien ziemlich ungeduldig, denn jetzt donnerte er: »Nun mach endlich auf, Junge, komm runter und hilf mir!«

Wie ein Kind, das seinen Vater nach einer langen Reise endlich wiedersieht, flog ich die Treppe hinunter und warf mich Titus in die Arme, der, wenngleich er auch verärgert tat, sichtlich glücklich war angesichts meines Überschwangs.

»Du hattest doch gesagt, du würdest sterben«, erinnerte ich ihn. Vor lauter Glück bemerkte ich gar nicht, dass ich ihn plötzlich duzte.

»Sonst hättest du mir nicht richtig zugehört. Außerdem habe ich nichts gesagt, was nicht wahr wäre. Wir alle beginnen zu sterben, sobald wir geboren werden. Aber auf diesem Weg gibt es eben viele Wiedergeburten.«

»Dann bist du also geheilt?«, fragte ich euphorisch.

»Niemand ist je von etwas geheilt, und erst recht nicht in meinem Alter. Aber man könnte sagen, der Tod hat den Zug verpasst und kommt ein andermal wieder vorbei.«

OFFENBARUNGEN

Mir schwante Seltsames. Valdemars sonderbares Verschwinden und Titus' Rückkehr in die Welt der Lebenden waren nur Symptome für größere Ereignisse.

Offenbar war Valdemar gegangen, damit Titus kommen konnte – obwohl sie sich ja gar nicht kannten. Ich würde jetzt einige Erklärungen abgeben müssen, zum Beispiel, warum in seiner Küche ein Teleskop stand, und hatte es eilig, den Alten in seine Wohnung zu begleiten. Ich kam mir vor wie ein Reiseführer, der bei einer Stadtrundfahrt rechts und links auf Veränderungen im Stadtbild hinweist.

Titus schienen meine Erläuterungen allerdings nicht allzu sehr zu interessieren, denn als ich ihn auf das Gerät in seiner Küche hinwies, sagte er nur: »Ja, ich sehe das Teleskop auch. Ich bin nicht blind, weißt du?«

»Und es überrascht Sie nicht, dass das Ding hier steht?«

»Valdemar hat mich gefragt, ob er es hier aufstellen darf, und ich habe es ihm erlaubt. Lassen wir es also, wo es ist.«

Ich verstand kein Wort mehr.

»Sie meinen, er hat Sie gefragt? Wie denn? Kennen Sie ihn?«

»Wir haben fast jeden Abend telefoniert, nachdem er einmal ans Telefon gegangen war, als ich aus dem Krankenhaus anrief.«

Verblüfft fragte ich mich, warum Valdemar in einer fremden Wohnung das Telefon abnahm, zumal wenn er untergetaucht war. Die einzig plausible Erklärung war, dass er bei dem ersten Anruf gedacht hatte, ich sei es, der von unten anrief.

»Er erläuterte mir in groben Zügen seine Situation und bat mich, nicht böse zu sein, dass du ihm die Wohnung überlassen hattest«, sagte er. »Ich habe ihm dann gesagt, dass er so lange bleiben kann, wie er will.«

»Und offenbar haben Valdemar und Sie sich dann am Telefon angefreundet. Warum haben Sie mir davon nichts erzählt?«

»Ich dachte, du hättest schon genug um die Ohren. Ich hatte hier oben angerufen, weil ich dachte, du sitzt am Schreibtisch und mühst dich mit dem Buch ab. Von Valdemar habe ich dann erfahren, dass du keinen Finger krumm gemacht hast.«

»Das hat er gesagt?«, fragte ich betreten.

»Na ja, im Grunde hat er versucht, dich zu entschuldigen. Er meinte, du hättest zwar nichts gesagt, aber es ginge dir wohl nicht so gut. Dieser Mann versteht mehr, als man glaubt.«

»Und wo ist er jetzt?«, fragte ich. Ich kam aus dem Staunen nicht heraus.

»Woher soll ich das wissen! Gestern habe ich ihm gesagt, ich käme heute Morgen, er könne aber ruhig bleiben. Ich dachte mir allerdings schon, dass er sich verkrümeln würde. Valdemar ist ein wahres Goldstück: Er tut alles, um niemandem zur Last zu fallen.«

Serenitas

Es gibt Leben, in denen passiert zwischen Geburt und Tod überhaupt nichts Bemerkenswertes, und Tage, die reichen für ein ganzes Leben, weil man keinen Augenblick zur Ruhe kommt.

Seit ich aufgestanden war, kam es mir vor, als sollte mein gesamtes Schicksal auf Biegen und Brechen in diesen einen Tag hineingepresst werden. Um in diesem Strudel der Ereignisse nicht unterzugehen, musste ich versuchen, das Tempo zu drosseln. Nach Titus' Offenbarung war ich mit dem festen Vorsatz in meine Wohnung zurückgekehrt, mir keine Sorgen mehr zu machen. Sollte tatsächlich noch eine Katastrophe eintreffen, würde ich mich dann mit ihr beschäftigen, wenn es so weit war, und nicht früher.

Eine Zeitschrift, die ich abonniert hatte, enthielt einen Artikel über Mendelssohn, der mich dazu anregte, Barenboims *Lieder ohne Worte* aus ihrer Verbannung hervorzuholen. Ich fläzte mich aufs Sofa und widmete mich der Lektüre, es war ein kleiner literarischer Essay über den Komponisten. Der Autor war ein gewisser Andrés Sánchez Pascual, und der Text schien mir sehr gelungen. Zu Mendelssohns Musik schrieb er:

Der Genuss, den sie vermittelt, ist nicht einfach, trivial oder plump, es ist ein ganz zarter und feiner Genuss, voller Melancholie, und vielleicht am treffendsten mit der lateinischen Vokabel *serenitas* zu bezeichnen.

Außerdem ging der Artikel auf die Beziehung zwischen Goethe und Mendelssohn ein. Bereits im Alter von zwölf Jahren habe sich der Komponist als begabter Pianist hervorgetan und sei sogar bei einem Besuch beim großen Dichter dazu genötigt worden, täglich acht Stunden zu spielen. Tatsächlich bedurfte es Mendelssohns, um Goethe, Jahre später, zur Musik Beethovens zu bekehren, von dem Goethe nichts hatte wissen wollen.

Aus meinen Boxen tönte bereits das zweite *Gondellied*, als ich auf eine kuriose Anekdote über die *Lieder ohne Worte* stieß. Als Mendelssohn 1842 von einem Verwandten seiner Frau gefragt wurde, was er mit diesen Kurzstücken habe ausdrücken wollen, hatte er in einem Brief geantwortet:

Es wird so viel über Musik gesprochen, und so wenig gesagt. Ich glaube überhaupt, die Worte reichen nicht hin dazu, und fände ich, daß sie hinreichten, so würde ich am Ende gar keine Musik mehr machen (…). Das, was mir eine Musik ausspricht, die ich liebe, sind mir nicht zu unbestimmte Gedanken, um sie in Worte zu fassen, sondern zu bestimmte.

Der feuchte Käfig des Mondes

Es klingelte an der Tür, und alle *serenitas* war dahin. Ein lautes Räuspern verriet mir, dass es Titus mit einer Neuigkeit war. Ich bat ihn herein, und der alte Redakteur tätschelte mir liebevoll den Rücken, was äußerst ungewöhnlich war. Unterm Arm trug er eine mit Gummibändern zusammengehaltene Mappe.

»Stört Sie die Musik?«, fragte ich und drehte die Lautstärke herunter.

»Was mich stört, ist, dass du so bescheiden bist.«

»Was meinen Sie?«, fragte ich, während ich es mir wieder auf dem Sofa bequem machte.

Titus setzte sich in den Sessel und sagte: »Der *Kleine Lehrgang in Alltagsmagie* ist großartig geworden. Meinen Glückwunsch. Morgen schicke ich das Manuskript an den Verleger. Natürlich bekommst du das gesamte Honorar! Keine Widerrede.«

»Aber ... wovon reden Sie? Ich kann mich nicht erinnern, mehr als fünfzehn Seiten geschrieben zu haben.«

»Also ich habe hundertachtundzwanzig gezählt«, sagte er und öffnete die Mappe, in der sich ein Stapel Papier befand. »Du bist nicht nur bescheiden, sondern auch ein ganz schöner Schwindler, wie es scheint.«

»Lassen Sie mal sehen«, bat ich und riss ihm den Stapel aus den Händen; ich war mir sicher, dass er sich über mich lustig machte.

Ich blätterte rasch die Seiten durch und stellte fest, dass die Arbeit, so unerklärlich es war, ganz sorgfältig zu Ende gebracht worden war. Jedes der sieben Kapitel – einschließlich der »Liebe im Kleinen« – umfasste knapp zwanzig Seiten voller inspirierender Passagen.

Die Anthologie schloss mit einem traditionellen keltischen Vers:

Fürchte nicht die Magie der Druiden,
auch du bist ein tüchtiger Magier.
Du kannst die Geister der Nacht herbeirufen
und den Mond in eine Pfütze sperren.

Immer noch völlig perplex, gab ich Titus die Blätter zurück und sagte: »Geben Sie Valdemar das Geld, wenn Sie ihn finden. Das hier ist ohne Zweifel sein Werk.«

Den restlichen Nachmittag verbrachte ich damit, Titus von Valdemar zu erzählen: wie ich ihn in dem Café kennengelernt hatte, von seinem Unfall in Patagonien und dem mysteriösen Leuten in der U-Bahn, wie er mitten in der Nacht bei mir aufgetaucht war und von unseren nächtlichen Gesprächen.

Der Redakteur hörte meinen Bericht an, ohne allzu viel Interesse zu signalisieren. Er nickte nur ab und zu, als sei ihm vieles schon bekannt. Als ich jedoch auf unser Zechgelage, den leeren Rucksack und den Traum zu sprechen kam, aus dem er mich mit seinem Klingeln herausgerissen hatte, horchte er auf.

»Du meinst, in dem Traum ist Valdemar mit dem Manuskript in der Hand der Katze gefolgt?«

»So ist es«, antwortete ich und schaute zu Mishima hinüber, die sich genüsslich auf dem Teppich hin und her rollte. »Seltsam, oder?«

Der Alte lachte und sagte: »Das einzig Seltsame daran ist deine lange Leitung. Die Katze hat dir im Traum bedeutet, wo Valdemars Manuskript versteckt ist. Solange er verschwunden ist, ist das das Einzige, was von ihm und seinen Forschungen bleibt. Darum ist es unsere Pflicht, es zu suchen und darauf aufzupassen.«

»Versteckt«, wiederholte ich. »Das ist das Schlüsselwort. Jedes Mal, wenn die Tierärztin kam, um Mishima zu impfen, hat sie sich irgendwo versteckt, wo ich sie nie gefunden habe.«

»Wo Platz für eine Katze ist ...«, begann Titus.

»... ist auch Platz für ein Manuskript«, vollendete ich. »Das Problem ist, dass ich nie herausgefunden habe, wo dieses Versteck ist.«

»Soll Mishima uns doch selber hinführen«, schlug er vor. »Du rufst die Tierärztin an, und ich folge der Katze.«

Die Idee war so einfach und so genial, fast zu gut, um zu überzeugen. Doch ich tat, wie mir geheißen, griff nach dem Telefon und wählte die Nummer der Tierarztpraxis. Nach einigen Sekunden erklang am anderen Ende der Leitung die Stimme von Meritxell.

»Guten Tag. Ich habe eine Katze namens Mishima, die müsste geimpft werden«, sagte ich und betonte die Worte »Mishima« und »geimpft« besonders stark. Aus dem Augenwinkel beobachtete ich, wie Mishima sich reckte und sich klammheimlich in Richtung Flur verzog, während Titus ihr mit etwas Abstand folgte.

»Willst du dich über mich lustig machen?«, sagte Meritxell leicht verwirrt. »Oder warst du zu lange mit deinem Nachbarn zusammen?«

»Ich erkläre es dir später«, flüsterte ich und legte schnell den Hörer auf, um mich Titus' Verfolgungskommando anzuschließen. Der Alte war neben einem Einbauschrank stehen geblieben, in dem ich alte Kleidung aufbewahrte. Er legte den Finger an die Lippen, um mir zu bedeuten, dass ich keinen Lärm machen sollte.

»Sie ist da drinnen«, flüsterte er.

Wir schauten uns an, als warte jeder auf ein Kommando des anderen. Schließlich öffnete ich die Schranktür, um das große Geheimnis zu lüften.

Auf den ersten Blick hingen da nur zwei alte Anzüge und darüber war ein Regal mit einem eingestaubten Schuhkarton. Ich hob den Karton hoch, die Katze schien nicht darin zu sein. Zu meiner Überraschung kam jedoch dahinter ein Loch in der Wand zum Vorschein.

Und da saß sie: Mishima machte große Augen, offenbar erstaunt darüber, dass wir ihr Versteck aufgespürt hatten. Jetzt würde sie sich ein anderes suchen müssen.

Ich wollte sie packen, doch mit einem flinken Satz war sie mir entwischt und flitzte den Flur entlang. Tatsächlich, da lag das Manuskript. Der Schuhkarton hatte Mishima verdeckt und die wiederum Valdemars Werk.

Ich überreichte es Titus, der es entgegennahm wie einen kostbaren Schatz. Gerührt sagte er: »Da Valdemar in meiner Wohnung gehaust hat, erlaube mir, das Manuskript zu verwahren. Wer weiß, ob ich das Teleskop benötige, um das eine oder andere nachzuvollziehen. Ja, wer weiß.«

»Aber gern.«

»Ich lade dich für heute Abend zu mir ein, dann können wir es zusammen studieren, wenn du Lust hast. Vielleicht führt es uns auf die Spur seines Verfassers. Es gibt
vieles, was du noch nicht über ihn weißt.«

Die Rose des Dichters

In der Hoffnung, eine späte Siesta würde mir helfen, die Erlebnisse zu verdauen, legte ich mich, sobald Titus gegangen war, aufs Ohr.

Es war sechs Uhr abends, und im Schlafzimmer war es schon dunkel. Mishima war gekränkt, weil wir ihr Geheimnis gelüftet hatten, und begleitete mich diesmal nicht ins Bett. Als ich die Beine ausstreckte, rief mir mein Muskelkater schmerzhaft den langen Marsch vom Vortag in Erinnerung. Doch mitunter findet man ja, wenn man sehr müde ist, partout keinen Schlaf, und so ging es mir auch jetzt. Eine lange Stunde lag ich in jenem Dämmerzustand zwischen Wachen und Schlafen, in dem man den Körper hinter sich lässt und die Gedanken umherschweifen, ohne dass man an etwas Konkretes denkt.

Die Meister der Meditation empfehlen für den Fall, dass man versucht, an nichts zu denken und sich dennoch ein hartnäckiger Gedanke einstellt, das Folgende: Man soll sich vorstellen, der quälende Gedanke sei eine Wolke, die man mit dem Etikett »Gedanke« versieht und dann vorbeiziehen lässt, ohne über sie zu urteilen. Gedanken sind weder gut noch schlecht, es sind einfach nur Gedanken.

Ohne es darauf anzulegen, hatte ich diesen neutralen meditativen Zustand erreicht, wenngleich ich sehr weit davon entfernt war, das Leben oder meine Rolle darin zu begreifen. Jedenfalls hielt mich dieser Zustand fern von der Welt und von meinen eigenen Sehnsüchten, bis ich es wieder mit ihnen aufnehmen musste.

Ein Maunzen in der Dunkelheit bedeutete mir, dass Mishima mir nicht mehr böse war und nun meine Aufmerksamkeit forderte. Ich stand also auf, da ich annahm, sie hätte kein Futter oder kein Wasser mehr, oder sie wollte, dass ich ihr Klo sauber machte. In diesen Dingen ist sie sehr anspruchsvoll. Doch sowohl die Näpfe als auch das Katzenklo schienen in bester Ordnung. Warum also hatte sie mich geweckt? Eine Katze hat immer ihre Gründe.

Während ich unschlüssig in der Küche stand und mich nicht entscheiden konnte, ob ich Kaffee kochen sollte oder nicht, bemerkte ich, dass im Wohnzimmer ein Blatt Papier auf dem Teppich lag. Es musste Titus aus der Mappe gefallen sein.

Meine Erlebnisse der letzten Monate hatten mich gelehrt, dass es keine echten Zufälle gab und dass diese Seite, die da so demonstrativ auf dem Boden lag, aus einem besonderen Grund dort liegen musste. Ich hob sie auf und setzte mich aufs Sofa.

Die Seite gehörte zur Rubrik »Das Herz in der Hand« und war eine offenbar wahre Anekdote über den ersten Parisaufenthalt des jungen Rainer Maria Rilke:

Jeden Mittag ging der Dichter in Begleitung eines jungen Mädchens auf einem Platz an einer Bettlerin vorbei, die die Hand ausgestreckt hielt. Die Frau saß immer an derselben

Stelle, sie schaute die Vorübergehenden nicht an, noch bat sie um Almosen, und sie zeigte auch keine Dankbarkeit, wenn ihr jemand etwas gab. Während seine Freundin des öfteren eine Münze spendete, gab Rilke der Frau niemals Geld. Einmal fragte das junge Mädchen den Dichter, weshalb er ihr nichts gab, und er antwortete: »Man müßte ihrem Herzen schenken, nicht ihrer Hand.«

Einige Tage später legte Rilke der Bettlerin eine Rose in die rissige Hand. Da geschah etwas Unerwartetes: Die Frau hob den Blick, küsste die Hand des Dichters und ging davon. Der Platz der Bettlerin blieb eine Woche lang leer, bevor sie sich wieder dort niederließ.

»Wovon mag sie all die Tage gelebt haben?«, fragte das Mädchen.

Und Rilke gab zur Antwort: »Von der Rose.«

Der Kreis schliesst sich

Ohne mich damit aufzuhalten, Titus die Seite zurückzu-
bringen, fand ich mich unversehens auf der Straße wieder. Ich war entschlossen, mich auf den Weg ins Zentrum
zu machen, und zwar zu Fuß.

Es war eine dieser Entscheidungen, die man erst viel
später begreift. Meiner Intuition und dem Leitmotiv des
Tages folgend: »Heute kann alles passieren«, beschloss
ich, zum Plattenladen zu gehen.

Mit Titus' Rückkehr, Valdemars Verschwinden und
der Entdeckung des Manuskripts gab es genügend Fra-
gezeichen in meinem Leben, sodass ich das Bedürfnis
hatte, wenigstens eine Angelegenheit zu klären, die ausschließlich von mir abhing. Da ich Gabriela beleidigt hatte, musste ich sie um Verzeihung bitten. Nur so konnte
ich diese schmerzhafte Geschichte endlich abschließen.

Diesmal wollte ich mich nicht verstellen, wollte nichts
inszenieren. Ich würde einfach nur in den Plattenladen
gehen, mich bei Gabriela für mein Verhalten entschuldigen und ihr alles Gute wünschen. Damit wäre ein Stück
Ordnung wiederhergestellt. Früher oder später würde
die Wunde der Liebe sich schließen, und ich konnte zu
meiner einsamen Ruhe zurückfinden.

Als ich ankam, ließ Gabriela gerade das Metallgitter herunter. Aus Sorge, ich könnte ihr zu nahe treten, blieb ich in einiger Entfernung stehen. Bevor sie mich entdeckte, wappnete ich mich mit aller *serenitas* der Welt und wiederholte im Stillen die Entschuldigung, die ich auf dem Weg hierher vorbereitet hatte.

Doch als sie sich umdrehte und mich aus ihren Mandelaugen ein flammender Blick traf, blieb ich stumm. Ich wollte eben zu meinem kleinen Vortrag ansetzen, als sie mir zuvorkam: »Ich rufe seit gestern laufend bei dir an und die ganze Zeit ist besetzt«, sagte sie. »Warum machst du so was? Ich habe mir Sorgen um dich gemacht, weißt du?«

Verblüfft schaute ich sie an, dann fiel mir ein, dass ich zwei Tage vorher während des Kaffeetrinkens mit Meritxell den Stecker von Telefon und Anrufbeantworter gezogen hatte. So etwas kann nur jemandem passieren, der nie angerufen wird.

»Ist auch egal«, sagte sie, als ich nicht antwortete, »Hauptsache, du bist okay. Ich hatte schon Angst, dass du irgendeinen Unsinn angestellt hast.«

»Na ja, habe ich irgendwie auch«, erwiderte ich, während wir die Ramblas hinuntergingen. »Ich bin zu Fuß durch die ganze Stadt bis zum Tibidabo marschiert, bis in den Wald hinauf.«

»Und dann?«

»Dann bin ich wieder runtergeklettert.«

»Na, das war ja ein Abenteuer!«, spottete sie.

»Bei mir sind eben auch die Abenteuer von anderem Kaliber: alles im Kleinformat.«

Schweigend schlenderten wir weiter, um uns herum der übliche Trubel der meistbevölkerten Straße der Welt.

Was zum Teufel machten wir hier? Gab es denn keine besseren Orte zum Spazierengehen in Barcelona?

Wie als Antwort auf meine Frage nahm mich Gabriela in dem Augenblick bei der Hand und zog mich aus der Menschenmenge. Jetzt war ich es, der sich willenlos mitschleifen ließ, während sie sanft meine Finger drückte, wie ein kleines Mädchen, das etwas entdeckt hat und es schnell zeigen will.

Wir traten durch ein großes Steinportal, durch das man zum Eingang einer Kunstbuchhandlung gelangte. Ein Plakat wies auf eine Frida-Kahlo-Ausstellung hin. Es zeigt eine aufgeschnittene Wassermelone, in die mit dem Messer VIVA LA VIDA geritzt ist.

»Willst du die Ausstellung sehen?«, fragte ich und schloss meine Hand um ihre.

»Ich möchte dir etwas anderes zeigen«, entgegnete sie und zog mich durch das Portal weiter nach hinten und dann nach rechts in einen Gang, wo es dunkel und feucht war und wir uns ducken mussten.

Ehe ich michs versah, fand ich mich plötzlich, zusammengekauert neben Gabriela, unter derselben Treppe, unter der wir uns vor dreißig Jahren kennengelernt hatten. Wie waren wir hierher gelangt? Ich hatte die alte Villa, die offenbar zu einem Ausstellungsraum umgebaut worden war, nicht gleich erkannt. Außerdem war in meiner Erinnerung alles viel größer.

Gabriela sah mich verschmitzt an, und plötzlich fragte ich mich: Hatte sie mich die ganze Zeit über getäuscht und erinnerte sich in Wirklichkeit genauso daran wie ich? Oder hatte sie auch einen Offenbarungstraum gehabt, wie ich den mit dem Manuskript?

Mit flachem Atem unterdrückte ich meine Fragen,

denn ich hatte gelernt, in solchen Momenten mit Gabriela lieber zu schweigen. Wie Mendelssohn sagte: Die wirklich wichtigen Dinge lassen sich mit Worten nicht ausdrücken.

»Mach die Augen zu«, flüsterte Gabriela mir in dem Halbdunkel zu und näherte ihr Gesicht dem meinen.

Ich tat, wie mir geheißen, und eine Sekunde später streifte ein kaum merklicher Flügelschlag meine Wange. Der Kreis hatte sich geschlossen.

Ich öffnete die Augen und fürchtete, aus einem Traum zu erwachen. Doch Gabriela war immer noch da und lächelte mir herausfordernd zu. Ich sagte: »Ich nehme an, hier ist die Geschichte zu Ende.«

»Im Gegenteil, sie fängt erst an«, sagte sie, während ihre Lippen sich langsam auf meine zubewegten.

Ich danke

Marisa Tonezzer und Teresa González.
Fernando Haro, meinem chilenischen Bruder.
Miquel de Loles.
Dem gesamten Institut für Germanistik der Universität Barcelona.
Zinka Carandell, Heidi Grünwald und Anna Rossell, die mich die Liebe zur deutschen Sprache gelehrt haben.

Und dir, lieber Leser, dafür, dass du dich auf dieses Abenteuer eingelassen hast.